Aan niemand vertellen

Van Simone van der Vlugt verscheen bij uitgeverij Anthos

De reünie
Beste thrillerdebuut 2004 door Crimezone
Nominatie voor de NS Publieksprijs 2005

Schaduwzuster

Het laatste offer
Nominatie voor de NS Publieksprijs 2007

Blauw water
Nominatie voor de NS Publieksprijs 2008
Nominatie voor de Gouden Strop 2008
Winnaar Zilveren Vingerafdruk 2009

Herfstlied

Jacoba, Dochter van Holland

Op klaarlichte dag
Winnaar NS Publieksprijs 2010
Beste Nederlandse thriller 2010 door Crimezone

In mijn dromen
Nominatie voor de NS Publieksprijs 2012

Rode sneeuw in december

Aan niemand vertellen

Simone van der Vlugt ontving in 2006 de Alkmaarse Cultuurprijs voor haar tot dan toe verschenen werk.

Simone van der Vlugt

Aan niemand vertellen

Anthos|Amsterdam

MIX
Papier van verantwoorde herkomst
FSC® C014496

ISBN 978 90 414 2270 5 (gebonden)
ISBN 978 90 414 2147 0 (paperback)

Omslagontwerp Roald Triebels, Amsterdam
Omslagillustratie © Ayal Ardon / Arcangel / Hollandse Hoogte
Foto auteur © Wim van der Vlugt

Verspreiding voor België:
Veen Bosch & Keuning uitgevers n.v., Antwerpen

I

De man staat op het dak van het flatgebouw, gevaarlijk balancerend op de rand. Het is een mistige, koude ochtend begin december; vanaf de grond is hij nauwelijks te zien. Hij had kunnen springen zonder dat het iemand was opgevallen dat hij er stond als een voorbijgangster niet omhoog had gekeken en de politie had gebeld.

'Volgens mij is hij niet alleen,' had de vrouw gezegd. 'Het lijkt wel alsof er een kind naast hem staat.'

De melding over een springer is al genoeg om het hele politieapparaat in beweging te zetten, maar de mogelijkheid dat er ook een kind bij betrokken is, verhoogt de urgentie nog eens.

Lois hoort de oproep van wachtcommandant De Vries aan de noodhulp en kijkt naar haar collega Fred, met wie ze in de auto zit.

'De Judith Leysterstraat? Daar zijn we toch vlakbij?'

'Ja, dat is verderop,' zegt Fred gespannen, en hij gooit meteen het stuur om.

Terwijl haar collega zo snel mogelijk naar de plek des onheils rijdt, neemt Lois contact op met de wachtcommandant. '11.18, hier 89.22. Fred en ik zitten in de buurt van de Judith Leysterstraat. Is er iemand dichterbij?'

Vanuit de monitorkamer heeft De Vries op zijn computer een gedetailleerd overzicht van de posities waar de andere politiewagens zich bevinden. Eigenlijk is het de taak van de geüniformeerde dienst om op dit soort calamiteiten af te gaan, niet die van de recherche. Maar in dergelijke situaties telt elke seconde.

'89.22, ga ter plaatse, bevries de situatie en wacht tot er professionele hulp komt. Ik ga de onderhandelaar en de andere eenheden waarschuwen.'

'11.18, begrepen, wij gaan ter plaatse.'

Zo snel mogelijk rijden Lois en Fred naar de Judith Leysterstraat, waar aan de rand van een winkelcentrum een twaalf verdiepingen hoge flat verrijst. In de dichte mist die op deze decembermorgen in de straten hangt, zijn de bovenste etages van het gebouw amper te zien. Lois tuurt omhoog, maar kan niemand op het dak ontdekken. 'Degene die alarm geslagen heeft, moet wel heel goede ogen hebben,' zegt ze.

'Misschien staat hij aan de andere kant.' Fred zet de auto neer op de parkeerplaats naast de flat.

Nog voor de wagen helemaal stilstaat is Lois er al uit. Ze rent naar de deur, die wordt opengehouden door een vijftiger met een kale kruin.

'Ik ben Jan, de huismeester,' zegt hij. 'De vrouw die de melding heeft gedaan, waarschuwde me.'

'Bent u boven geweest? Weet u of er inderdaad iemand staat?' vraagt Lois, terwijl ze driftig op het knopje van de lift drukt en over haar schouder kijkt om te zien waar Fred blijft. Even later stapt hij langs de huismeester de hal in.

'Ik ben gaan kijken, ja. De toegang tot het dak is afgesloten, maar het luik bleek te zijn geforceerd. Ik heb mijn hoofd door het gat gestoken en zag twee mensen staan; een man en een jongetje. Ik heb naar ze geroepen, maar ze reageerden niet. Toen ben ik naar beneden gegaan om open te doen voor jullie.'

De liftdeur gaat open en ze stappen met z'n drieën naar

binnen. Het is een kleine ruimte, wat Lois een beklemmend gevoel geeft.

'Voer jij het woord,' zegt Fred, als de lift stilhoudt op de twaalfde etage. 'Ik ben niet zo'n prater, zoals je weet.'

'Nee, ik voer elke dag dit soort gesprekken,' zegt Lois, maar ze protesteert verder niet. Met zijn veertig dienstjaren, stevige bouw en schat aan ervaring is Fred een goede rechercheur, maar hij is geen prater. Ze ziet hem eerder ongemakkelijk kuchend naast de springer staan. Niet dat ze zelf weet wat ze moet zeggen. Ze zal op haar gezonde verstand moeten vertrouwen.

'Hier is het. Hierdoor kun je het dak op.' De huismeester wijst naar een luik.

Aan de zijkant zit een klein slot, dat met een paar flinke slagen open is geramd. De hamer ligt nog op de grond. Onder aan het luik hangt een uitgeklapte trap.

'Nou, daar gaan we dan.' Fred zet zijn voet op de onderste sport en klimt naar boven.

'Zou u naar beneden willen gaan om onze collega's van de nooddienst binnen te laten?' vraagt Lois aan Jan.

De huismeester knikt en na een laatste blik op Fred stapt hij de lift weer in.

Zodra haar collega zich door het gat gewurmd heeft, klimt Lois ook naar boven en kruipt het dak op. Ze ziet de man en het kind meteen. Ze staan aan de rand, waar hun gedaantes bijna oplossen in de mist.

Haar eerste impuls is op ze afrennen, maar ze onderdrukt de neiging en kijkt naar Fred. Het is koud en hij staat net als zij te rillen. Hun jassen bieden zo hoog op het dak niet genoeg bescherming.

'Jij eerst. Ik blijf op de achtergrond,' fluistert Fred.

Lois knikt.

Ondanks de kilte en het slechte zicht heeft de mist ook

voordelen: de man heeft haar en Fred nog niet gezien. Blijkbaar heeft hij wel iets gehoord, want hij kijkt over zijn schouder, maar hij reageert niet.

Voorzichtig komen Lois en Fred dichterbij. Pas als ze binnen gehoorsafstand zijn, spreekt Lois de man aan.

'Hallo, meneer! Niet schrikken. Wij zijn van de politie. Blijft u rustig staan, beweegt u zich niet.'

De man kijkt weer over zijn schouder.

'Blijf daar!' roept hij op overspannen toon. 'Geen stap verder of we springen!'

'We blijven hier staan, meneer. Niet springen! Mogen we even met u praten?' Lois werpt een snelle blik op het jongetje. Ze schat hem een jaar of acht, negen. Hij reageert niet op hun komst, kijkt ook niet om. Zijn hoofd is gebogen en hij staat te zwaaien op zijn benen, alsof hij half slaapt. Zijn vader – Lois gaat er tenminste van uit dat dit vader en zoon zijn – houdt hem bij de hand.

Ze kijkt naar Fred en maakt een hoofdbeweging naar het jongetje. Fred knikt.

'Wat is er aan de hand, meneer? Kunt u me vertellen waarom u daar staat?' roept Lois naar de rug van de man.

Domme vragen. Het is volkomen duidelijk wat er aan de hand is, maar ze moet contact leggen. Hem zover zien te krijgen dat hij met haar praat.

'Ik kom iets dichter bij u, is dat goed? Anders praat het zo moeilijk. Ik kom niet te dichtbij, dat beloof ik.'

Geen reactie.

Voorzichtig doet Lois een paar passen opzij en dan schuifelt ze naar voren, naar de rand van het dak. Twaalf etages boven het harde asfalt. Zonder muurtje, reling of andere afbakening die haar voor een val kan behoeden. Ze laat een meter of drie tussen haar en de man, opdat hij zich niet door haar bedreigd voelt.

Fred is blijven staan, zijn ogen als een havik op het jongetje gericht.

'Wat is er aan de hand, meneer? Wilt u mij dat vertellen?' vraagt Lois.

Gevangen in een wereld van wanhoop, starend naar beneden, lijkt de man niet gemerkt te hebben dat Lois dichterbij is gekomen. Schichtig kijkt hij opzij. Hij reageert met een afwerend gebaar. Met een arm gestrekt houdt hij haar op afstand.

'Ik had gezegd dat je uit mijn buurt moest blijven!'

'Ik kom niet dichterbij. Wilt u me vertellen wat er aan de hand is?'

'Je praat me hier toch niet vandaan,' zegt de man bitter. 'Ik heb mijn besluit genomen. Dit is het beste voor iedereen.'

'Misschien,' zegt Lois voorzichtig. 'Maar misschien ook niet. Er kunnen alternatieven zijn, oplossingen waar u niet aan hebt gedacht. Wat is het probleem, meneer?'

'Dat gaat je geen donder aan.' De man staart naar beneden, in gedachten al bij zijn sprong.

Lois doet nog een stapje in zijn richting, maar als de man fel haar kant op kijkt, staat ze meteen weer doodstil.

Waar blijft die onderhandelaar? Hier is ze niet voor opgeleid, dit is haar taak niet. Maar als die vent springt en het kind meeneemt in zijn val, zal ze zich daar haar hele leven verantwoordelijk voor voelen.

'Is dat uw zoon?' vraagt ze snel.

De afleiding helpt; de man maakt zijn blik los van de grond en kijkt naar het jongetje naast hem. Hij knikt.

'Hoe heet hij?'

'Sem,' zegt de man, zijn ogen nog steeds op het kind gericht.

Goed zo. Kijk maar naar hem, denkt Lois. Kijk hoe dat joch staat te rillen en te wankelen, zie wat je hem aandoet.

'Mooie naam, Sem. Mijn neefje heet ook zo.' Ze zegt maar wat – wat interesseert die man dat nou? Ze heeft niet eens een neefje. Haar stem klinkt ook veel te opgewekt, alsof ze gezellig over de heg een praatje maken. Maar gelukkig praten ze nog en heeft ze zijn aandacht. Als ze nu de juiste woorden zegt, kan ze een verschil maken. Helaas heeft ze geen idee welke woorden de juiste zijn. Het enige wat ze kan bedenken is haar hand naar hem uitsteken. Het is een troostend gebaar, geen poging hem vast te pakken, en zo vat de man het ook op. Hij blijft doodstil staan, net buiten haar bereik, en kijkt haar zonder iets te zeggen aan. Op zijn gezicht verschijnt een uitdrukking van berusting.

De verleiding is groot om nog een stap naar hem toe te doen, maar Lois moet voorzichtig blijven. De situatie bevriezen, heeft De Vries gezegd. Wachten tot er professionele hulp komt.

Ze kijkt naar beneden en ziet de straat niet. Nevelsluiers onttrekken alles aan het zicht, wikkelen zich als natte doeken om hen heen, nemen diepte en afstand weg. Wat het gemakkelijker maakt om te springen, realiseert ze zich.

Lois werpt een voorzichtige blik op Fred, die onder dekking van de mist in de buurt van het jongetje is gekomen. Dan kijkt ze weer naar de man.

Hij kijkt ook naar haar, met een uitdrukking op zijn gezicht die haar meteen duidelijk maakt wat hij op het punt staat te gaan doen.

'Nee!' Haar noodkreet schalt over het dak en lost op in de grijze wolk waarin ze zich bevinden. 'Nee, niet doen!' Tegen haar belofte in doet ze een paar stappen in de richting van de man, waardoor ze opeens zo dichtbij is dat ze hem kan aanraken als ze haar arm strekt.

Hun ogen houden elkaar vast. Lois ziet een relatief jong gezicht dat getekend is door zorgen en verdriet. Fijne waterdruppeltjes hangen aan zijn wenkbrauwen en wimpers.

'Je bent te dichtbij,' zegt hij met lage, hese stem.

'Doe het niet. Alsjeblieft, ik zal je helpen. Ik weet niet wat je problemen zijn, maar overal is een oplossing voor.' Lois hoort zelf hoe smekend haar stem klinkt.

'Nee, dat is niet waar. Dat weet je zelf ook wel. Sommige problemen zijn niet op te lossen.'

'Je hebt een kind. Hoe oud is hij? In elk geval te jong om te sterven, zeker op deze manier. Denk aan Sem.'

'Dat doe ik juist. Daarom heb ik hem meegenomen. Ik heb hem een slaapmiddel gegeven; hij zal er niets van merken.'

De man verstevigt zijn greep om de hand van zijn zoontje en kijkt naar beneden.

'Hoe heet jij zelf eigenlijk? Ik weet je naam niet eens,' zegt Lois snel.

Hij kijkt opzij, glimlacht naar haar. 'Ik heet Richard.'

En dan springt hij.

Het ene moment lijkt de situatie precair maar redelijk onder controle; het volgende moment gebeurt er van alles tegelijk. De man springt, Lois probeert hem tegen te houden, maar grijpt in de lucht, terwijl Fred naar voren duikt en nog net de onderkant van de jas van het jongetje weet vast te pakken. Hij struikelt naar voren, gevaarlijk dicht bij de gapende leegte naast het dak. Even lijkt het erop dat ze allebei zullen vallen, maar door Freds krachtige greep wordt Sem naar achteren getrokken en uit de hand van zijn vader gerukt.

De jongen valt tegen Fred aan, die onmiddellijk zijn armen om het kind heen slaat.

Lois weet niet hoe lang ze daar op het dak heeft gestaan en hoeveel tijd er is verstreken sinds de dodensprong van de man. Het maakt ook niet uit. Het enige wat telt is dat zij hem niet heeft kunnen tegenhouden.

Haar hele lichaam reageert op de schok van zijn sprong. Ze rilt onophoudelijk, krijgt braakneigingen en vindt zichzelf op handen en voeten terug bij de rand van het dak. Zachte maar besliste handen trekken haar weg. Stemmen wervelen om haar heen.

Ze ziet dat Sem wordt meegenomen door een net gearriveerde rechercheur van Jeugd en Zeden en dat ook Fred hem nakijkt, zijn armen slap langs zijn grote, zware lichaam, alsof alle kracht in één keer uit hem is weggevloeid.

2

'Dat wij daar nu juist moesten rijden. Op de academie hebben ze me van alles geleerd en op straat heb ik genoeg meegemaakt, maar dit...' zegt Lois. 'Ik heb echt geprobeerd met die man te praten en toen sprong hij toch nog.'

Mismoedig haalt ze haar hand door haar halflange blonde haar en plant met een zucht een elleboog op de bar.

Ze zitten in een van de vele gezellige cafés op het Waagplein van Alkmaar. Een kroeg waar ze wel vaker komen als er na het werk nog wat te bespreken valt.

'Er wordt je ook niets verweten. Je hebt gedaan wat je kon. We hebben allebei gedaan wat we konden. Zijn besluit stond vast.' Fred neemt een slok van zijn bier.

'Jij hebt dat jongetje tenminste weten te redden, maar wat heb ik bijgedragen? Die man is gesprongen. Voor mijn ogen.'

'Doordat jij met hem praatte kon ik dat kind benaderen.' Fred geeft een troostend klapje op Lois' schouder. 'Als wij niet zo snel ter plaatse waren, hadden we twee doden gehad. Nu hebben we in elk geval dat jochie kunnen redden.'

Lois sluit haar ogen en schudt haar hoofd. Wat bezielt iemand om met zijn kind aan de hand op het dak van een flatgebouw te gaan staan? Hoe wanhopig moet je zijn om te denken dat dat je enige uitweg is?

Nu weet ze dat de zesendertigjarige Richard Veenstra hoge schulden had. Zijn vrouw en hij hadden drie jaar geleden een eengezinswoning gekocht. Door de crisis op de woningmarkt slaagden ze er niet in hun oude woning te verkopen. De schulden liepen op en toen Veenstra's vrouw aan kanker stierf, had hij geen zin meer in het leven. Hij had zijn zoontje bedwelmd met slaapmiddelen en gezegd dat ze naar mama gingen. Nu is hij dood en heeft een ventje van acht jaar in korte tijd zowel zijn vader als zijn moeder verloren. Sem is opgevangen door familie.

Einde verhaal, door met het werk, zou je zeggen. Fred en zij zitten net midden in een serie overvallen die de laatste tijd de regio teisteren, maar ze weet nu al dat ze moeite zal hebben om zich op de briefings en onderzoeksuitslagen te concentreren.

Hoe lang zal het duren voor ze de verschrikkelijke beelden die zich op haar netvlies hebben vastgezet kwijt is? Niet alleen het beeld van de man die sprong, het jongetje dat stond te wankelen en Freds wonderbaarlijke actie waarbij hij hem terug het leven in trok, maar ook dat van het slachtoffer toen ze hem beneden terugzag.

In films stroomt er bij mensen die te pletter zijn gevallen een straaltje bloed uit hun neusgaten. Zelden zie je de rest van de schade, de impact die zo'n klap op een lichaam heeft: de hersenen die uit de opengebarste schedel puilen, het geknakte lichaam waarin geen botje nog op zijn plaats zit en de enorme hoeveelheid bloed die over het trottoir stroomt. Goddank voor de mist, die de toegestroomde omstanders het zicht op dat tafereel ontnomen heeft.

Lois is nu eenendertig en heeft al heel wat vreselijke dingen gezien, maar nog niet eerder is ze de directe schakel geweest tussen iemands leven en dood. Ook toen ze een keer haar wapen moest afvuren heeft dat niet tot iemands dood geleid. Het ging om een schot in het been, doelgericht en met de intentie iemand uit te schakelen.

Voor de regionale recherche werken is altijd haar droom geweest. Ze heeft de opleiding voor allround politiemedewerker aan de politieacademie in Amsterdam gevolgd en vlot afgerond. Nu is ze hoofdagent bij Politie Noord-Holland Noord en bestaat haar leven al twee jaar uit het oplossen van zware delicten.

Fred is haar vaste partner, al worden koppels weleens gesplitst als de teamindeling daarom vraagt. Hij was haar mentor toen ze bij de regionale recherche kwam werken; hij nam haar op sleeptouw, begeleidde en beschermde haar, en leerde haar het vak tot ze in staat was zelfstandig op te treden. Inmiddels vormen ze een hecht team, dat aan een enkel woord, een gezichtsuitdrukking of gebaar genoeg heeft om elkaar te begrijpen.

Toen Fred haar vertelde dat hij van plan was om met vervroegd pensioen te gaan, was dat een grote schok voor haar. Nog steeds is ze niet gewend aan het idee dat ze Freds rustige, stabiele aanwezigheid op het werk binnenkort zal moeten missen. Dagen als vandaag confronteren haar er weer mee.

'Hadden ze je dat aanbod maar nooit gedaan,' zegt ze, terwijl ze van het colaatje drinkt dat voor haar staat. 'Je hebt altijd gezegd dat je je thuis dood zou vervelen als je met pensioen ging, en nu treed je vervroegd uit. Ik kom je niet reanimeren, hoor, als je ligt te verkommeren tussen de geraniums.'

Fred grijnst breed en veegt het schuim uit zijn snor. 'Maak je maar geen zorgen, Nanda heeft haar EHBO-diploma. Ze zal me met alle zorg omringen.'

'Dat bedoel ik. Volgens mij word je daar binnen drie maanden gillend gek van.'

'Nee hoor, we zijn helemaal niet van plan om thuis te blijven zitten. We gaan reizen. Nanda heeft de brochures van campers al klaarliggen. We hoeven er alleen nog maar een uit te zoeken.'

'Vertel me niet dat jullie gaan overwinteren in Benidorm, want dan laat ik je opnemen.'

'Wat is er mis met Benidorm?'

'Alles! Je houdt toch zo van wintersporten? Van schaatsen en langlaufen?'

'Dat is waar. Maar als we genoeg hebben van de Spaanse zon rijden we gewoon door naar Oostenrijk. Vrijheid, blijheid.' Fred lacht erbij, maar opeens ernstig buigt hij zich naar Lois toe. 'Weet je, daar verlang ik wel naar: vrijheid. De mogelijkheid om voor langere tijd weg te gaan, zonder iets te boeken en zonder vaste thuiskomstdatum. Je neus achternagaan en dan maar zien waar je uitkomt. Geen pieper die afgaat en die je wegroept van verjaardagsfeestjes en etentjes met vrienden. Vooral Nanda snakt daarnaar, en na al die jaren in mijn schaduw heeft ze er ook recht op. Vandaar dat ik vervroegd opstap. Om nog iets van een leven samen te hebben.'

Het blijft even stil tussen hen. Lois pakt haar glas om nog een slok te nemen.

'Dat begrijp ik ook wel,' zegt ze ten slotte. 'Natuurlijk begrijp ik het. En je hebt ook helemaal gelijk. Ik zal je alleen zo verdomd missen. Ik vraag me af met wie ik straks opgescheept word.'

'Met net zo'n beginnertje als jij was, iemand die met trillende hand een pistool probeert af te vuren, die met één misstap de plaats delict bevuilt en die nog dagenlang opgevangen moet worden als hij voor het eerst een ontbonden lijk heeft zien liggen,' grinnikt Fred.

Lois geeft hem een stomp tegen zijn arm. 'Zo erg was ik helemaal niet!'

'Je was nog erger. Weet je nog die keer dat ik op vakantie was en dat jij alleen naar de melding moest van dat lichaam onder de brug? Je had de hele kermis gewaarschuwd, van de burgemeester tot ons afdelingshoofd.'

'Ja, ja,' zegt Lois afwerend, maar Fred praat door alsof ze niets gezegd heeft.

'Ik wou dat ik erbij geweest was toen die man wakker werd. Wat zal hij geschrokken zijn van al die mensen in papieren overalls.' Fred lacht luid. Destijds heeft hij enorm genoten van dat verhaal, en nog steeds kan hij er geen genoeg van krijgen.

'Ga je nog iets leuks doen dit weekend?' vraagt Lois snel.

'Nanda wil campers bekijken,' zegt Fred. 'Dus we zullen wel de hele zaterdag en zondag in showrooms rondhangen. En jij?'

Lois trekt een gezicht. 'O, ik heb zóiets leuks in het vooruitzicht, dat wil je niet weten. Guido wordt vijftig en geeft vanavond een groot feest. Dresscode tenue de ville.'

'Wat wil dat zeggen?'

'Dat ik een nieuwe jurk heb moeten kopen. En hoge hakken.'

'Had je die niet?'

'Jurk en hakken? Jawel, van de laatste keer dat ik ze nodig had. De schoenen hebben puntneuzen en op de jurk zit een vetvlek die ik er niet meer uit krijg. Dus het werd wel tijd voor iets nieuws. En ik kan ze met kerst ook weer aan.'

'Dan word je natuurlijk weer in een andere creatie verwacht bij je zus en zwager. In gala of zo,' zegt Fred met een brede grijns.

'Kan ik niet zeggen dat ik voor beide kerstdagen bij Nanda en jou ben uitgenodigd?' vraagt Lois hoopvol.

'Natuurlijk. Als je denkt dat je het lawaai van mijn kleinkinderen aankunt, ben je van harte welkom. Maar dat kun je je zus natuurlijk niet aandoen.'

'Nee,' geeft Lois toe. 'Dus ik zal wel moeten komen opdraven. Maar eerst dat stomme verjaardagsfeest. Eén probleem tegelijk.'

3

Buiten hangt nog steeds een dichte mist. Het is al dagen somber weer en het is ook alweer vroeg donker. Was het maar weer zomer zodat ze nog een uurtje buiten kon hardlopen. Dat kan nu ook wel, maar het gure van een winterse avond werkt niet echt stimulerend. En vanavond komt het er sowieso niet van vanwege Guido's verjaardagsfeest.

Lois veegt met de mouw van haar jas het vocht van haar zadel en haalt een sjaal uit haar fietstas. Het is niet ver van het Waagplein naar haar huis, maar ze heeft toch altijd iets warms bij zich. Weggedoken in de dikke wollen sjaal rijdt ze het plein af.

Zoals altijd als ze naar huis fietst, prijst ze zichzelf gelukkig dat ze zo dicht bij haar werk en de oude binnenstad van Alkmaar woont. Haar huis aan de Baangracht ligt heel schilderachtig aan het water, vlak bij waar ooit de stadsmuren hebben gestaan. Nu is het een geliefd wandelgebied, met paden die langs de singel leiden. Haar vader, die geschiedenisleraar was, kon daar mooi over vertellen.

'Die stadsmuren hadden ze nooit mogen slopen,' zei hij altijd. 'Ze hebben ons verdedigd tegen de Spanjaarden. De mensen zouden meer respect moeten hebben voor het verleden. Kun je je dat voorstellen, Lois? Dat aan de andere kant van de singel de vijand lag, klaar om ons te bestormen?'

Ze was toen nog klein, een jaar of vijf. Het was winter; de

singel lag er roerloos bij onder een dikke laag ijs. Haar vader schaatste graag en trok haar dan op een slee achter zich aan. Tessa, die een koukleum was, ging zelden mee. Het waren momenten waarop Mart Elzinga Lois over zijn grote passie, geschiedenis, vertelde, met alle prachtige verhalen die erbij hoorden.

'Daar stonden ze! De troepen van de Spaanse don Fadrique de Toledo, de zoon van Alva. Daar aan de overkant, zie je het voor je?'

Lois was nog te jong om mee te kunnen in de historische verbeeldingskracht van haar vader. Vanaf haar slee keek ze een beetje glazig naar de besneeuwde walkant. 'Bij dat bankje?' vroeg ze.

Haar vader zweeg een paar tellen, lachte toen en zei: 'Ja, daar.'

Nu woont ze vlak bij die plek en elke keer als ze naar de overkant kijkt, waar het bankje inmiddels is weggehaald, moet ze aan haar vader denken.

Haar huis is niet groot; hoewel ze de eerste en tweede verdieping tot haar beschikking heeft, telt de woning maar drie kamers. Op de begane grond bevindt zich de woonkamer met open keuken; boven zijn de badkamer en een grote en kleinere slaapkamer te vinden. Van dat laatste vertrek heeft ze een sportkamertje gemaakt, waar net een loopband en een hometrainer in passen.

Meer ruimte heeft ze niet nodig. Haar grootste wens was dat ze niet te ver van haar werk zou wonen en ze is volledig geslaagd in haar missie. Wonen in de binnenstad is niet goedkoop, maar ze had nog net genoeg budget om het huisje naar haar smaak op te knappen en in te richten. Dat heeft geresulteerd in een strakke inrichting zonder tierelantijntjes: een zwarte houten vloer met een dito wollen kleed, witte meubels tegen witte muren en een moderne keuken met, natuurlijk, een zwart aanrechtblad. Er was nog net plek om een tweepersoonsbarretje neer te zetten waar ze 's morgens snel een kop koffie kan drinken. De woonkamer en keuken worden van elkaar gescheiden door een kleine witte eettafel, waaromheen vier stoelen staan met zwart-wit gestreepte bekleding.

Haar zus snakt ernaar om wat kleur in Lois' woning aan te brengen, maar tot nu toe heeft Lois dat weten te voorkomen. De geschenkjes die Tessa voor haar meeneemt, en die meestal roze van kleur zijn, geeft Lois in één beweging door aan haar vriendinnen. De laatste tijd lijkt Tessa de strijd te hebben opgegeven, want ze komt of met lege handen aan, of ze heeft iets bij zich in Lois' favoriete tinten.

Zwart en wit hadden ook Brians voorkeur. De flat die ze vijf jaar lang deelden, was niet veel anders ingericht dan de maisonnette waar ze nu, na hun breuk, woont. Misschien dat ze daarom die sobere stijl heeft aangehouden: zodat hij zó weer haar leven en huis in kan stappen als hij terugkomt. Ze mist hem en ze weet dat dat omgekeerd ook geldt. Hun relatie was een klassiek geval van niet met en niet zonder elkaar kunnen leven. Ook al is hij terug naar Amerika, ze hebben nog steeds contact. Via mail en Facebook. Een mager surrogaat voor wat er ooit tussen hen was.

Ach, van het begin af aan heeft ze geweten dat het een problematische relatie zou worden. Dat één van de twee afscheid zou moeten nemen van geboorteland, familie, vrienden en alles wat je verder lief is. In haar naïviteit en verliefdheid was ze ervan uitgegaan dat Brian in Nederland zou blijven, terwijl hij er toch altijd heel duidelijk over was dat het maar voor een paar jaar zou zijn.

Ze waren zo verschrikkelijk verliefd. Lois was ervan overtuigd dat daar niets tussen kon komen.

Tot de eerste problemen ontstonden. Lichte irritaties en kleine ruzies. Brian miste zijn familie, terwijl zij worstelde met het feit dat ze er geen had. Die last die ze met zich meedroeg had ze bewust niet om zijn schouders gehangen, maar misschien had hij het gewicht toch gevoeld.

Na drie jaar werd Brian door zijn Amerikaanse werkgever teruggeroepen naar Amerika. Lois was niet bereid om alles op te geven en met hem mee te gaan, en hij was niet bereid voor haar te blijven. Blijkbaar was hun liefde toch niet zo sterk als ze dacht. Desondanks is het eerste wat ze doet als ze thuiskomt de computer opstarten en op Facebook kijken waar Brian mee bezig is. Ze mogen dan geen geliefden meer zijn, in de digitale wereld zijn ze in elk geval nog vrienden.

Af en toe reageren ze op elkaars posts, of ze 'liken' iets. Elke foto die Brian toevoegt bestudeert Lois met een aandacht alsof hij een crimineel is die ze op de hielen zit, en altijd is ze bang dat Brian er met een nieuwe liefde op staat. Zou hij haar foto's ook zo scherp in de gaten houden? Zou hij zich afvragen of ze met een nieuwe vriend op stap is geweest als ze beschrijft hoe leuk haar avond was, of zou hij wel weten dat ze met haar collega's in de kroeg heeft gezeten?

Lois trekt het elastiekje uit haar haren en schudt haar hoofd, zodat het blonde haar om haar hoofd zwiert.

Ze opent Facebook en scrolt langs de berichten van haar vrienden. Er staat een korte post van Brian tussen waarin hij zijn zorgen uit over een naderende orkaan. Meer niet.

Een tijdlang kijkt Lois naar zijn profielfoto. Elke keer als ze zijn gebruinde gezicht met het donkere haar ziet, bezorgt dat haar een elektrisch schokje. En het voltage neemt maar langzaam af.

Het jurkje is zwart, vrij kort en heeft een kanten zoom. Het decolleté is te diep, maar dat lost ze op met een topje. De schoenen zijn van het soort waar je niet te veel mee kunt lopen en ook niet te lang op moet staan als je geen blijvende schade aan je kniegewrichten wilt veroorzaken.

Na een snelle opwarmmaaltijd, een douche en een kwartiertje voor de spiegel gaat Lois de deur uit en stapt in haar auto.

Ze verlaat Alkmaar en rijdt richting Bergen. Even later slaat ze de Eeuwigelaan in.

In Bergen kun je sowieso niet goedkoop wonen, maar aan de Eeuwigelaan wonen de echt welgestelden. De smalle weg loopt tussen eeuwenoude bomen door, waarvan sommige gevaarlijk ver overhangen. Op de beboste percelen wisselen de kapitale villa's elkaar af, sommige romantisch rietgedekt, andere juist hypermodern. Een aantal staat zo ver van de weg af dat je er amper een glimp van kunt opvangen, maar bijna allemaal weren ze de buitenwereld af met toegangshekken.

Het toegangshek voor de witte, moderne villa waar ze moet zijn, staat uitnodigend open. Aan weerszijden staan twee stevig uitziende mannen, die de gastenlijst bijhouden en nieuwkomers de weg wijzen.

Lois draait het raampje open en noemt haar naam, waarna ze verder mag rijden. De banden van haar auto knerpen op het grind. Ze krijgt de neiging een flink spoor in de oprijlaan te trekken.

Zoals altijd als ze hier komt, kan ze nauwelijks geloven dat haar zus hier woont. Inmiddels al een paar jaar, maar het is nog steeds niet te bevatten. Het verschil met de omstandigheden uit hun jeugd is zo groot dat ze er maar niet aan kan wennen. Misschien was het anders geweest als haar zwager niet van adel was. Als Tessa gewoon Tessa was gebleven. Als ze net als vroeger gek door de kamer danste, of vreselijk vloekte of de slappe lach kreeg omdat ze iets te veel gedronken had. Sinds haar huwelijk is Tessa zich naar haar nieuwe status gaan gedragen. Ze kleedt zich heel anders, van het soort waarover ze vroeger gezichten naar elkaar trokken. Tegenwoordig verkleedt Tessa zich zelfs als ze met de hond gaat wandelen en moet de peperdure merkbroek die ze dan draagt opgepimpt worden met even dure laklaarzen en met een poncho van kasjmier, die ze, net als andere vrouwen uit de buurt, nonchalant over haar designjasje drapeert. Spijkerbroeken draagt ze nog wel, maar ze komen uit winkels die ze vroeger ontzet verlieten als ze de prijskaartjes hadden bekeken.

In de afgelopen paar jaar heeft Tessa geprobeerd Lois in te wijden in het taalgebruik van de adel, dat ondoorgrondelijk bleek te zijn. Een jonkheer of baron zegt geen 'gebakje' maar 'taartje'; hij 'lust iets niet graag', maar 'houdt er erg van' en hij eet geen 'patat' maar 'frites'.

Wie denkt het goed te doen door deftig te gaan praten, loopt grote kans flater na flater te slaan. Want een nagerecht is geen dessert, maar gewoon een toetje; je gaat niet naar het toilet, maar naar de wc; en je zegt geen 'prettig weekend' maar gewoon 'dag'.

De etiquette schrijft ook voor dat het onbeleefd is om je gasten daarop te wijzen, zodat versprekingen genegeerd worden. Eén keer heeft ze aan Guido gevraagd naar de do's en don'ts van het sociolect, en toen kwam er zo'n lijst van woorden en uitdrukkingen dat Lois besloot daar niet aan te beginnen.

Maar ze merkt dat Tessa er wel degelijk mee bezig is. Of ze dat nou uit eigen beweging doet of dat ze werd heropgevoed door haar echtgenoot, is Lois niet duidelijk.

Het lijkt ook wel alsof ze steeds minder hebben om over te praten. Tessa is lief en hartelijk, maar ze leeft in een andere wereld, waarin je elkaar bijpraat over tripjes naar vijfsterrenhotels op Bali 'om even bij te komen', of over de problemen die je kunt hebben met de lekkage van het zwembad in de tuin.

Lois doet haar best om belangstelling te tonen, maar ze

kan geen bijdrage leveren aan dat soort gesprekken. Haar problemen bestaan uit misdaden en de bijbehorende ellende, waar ze bijna dagelijks mee geconfronteerd wordt. Waar zij 's nachts wakker van kan liggen is het lijk van iemand die zijn of haar hele leven nog voor zich had, of van de juwelier die zijn zaak niet meer durft te openen omdat hij al twee keer een pistool tegen zijn hoofd heeft gehad. Dat is haar wereld.

4

Guido van Sevenhuysen staat in het midden van de kamer met de proporties van een balzaal, zijn trui over zijn schouders gedrapeerd. De facetgeslepen glazen schuifdeuren staan open, zodat de 'living', zoals hij de woonkamer altijd noemt, één geheel vormt met de hal. Zoals de gasten in een rij aansluiten om hem te feliciteren heeft hij wel iets van een vorst die audiëntie verleent aan het volk.

Tessa staat naast hem, frêle en blond, gekleed in een op maat gemaakt jurkje dat Lois nog niet eerder heeft gezien en dat ongetwijfeld een kapitaal heeft gekost. Lois voelt er weinig voor om in de rij te gaan staan, maar ze heeft geen keus. Gelukkig ziet Tessa haar en wenkt ze haar naar voren. Ze loopt snel langs de mensen heen naar haar zus en omhelst haar.

'Gefeliciteerd, Tes. Het ziet er allemaal weer prachtig uit.'

'Ja, hè? Het evenementenbureau dat we ingeschakeld hebben, heeft er werk van gemaakt. Maar ik heb me er ook flink mee bemoeid, hoor. Het is mooi geworden, hè?'

Guido is in gesprek met twee gasten, maar zodra die weglopen wendt hij zich tot zijn schoonzus.

'Lois! Wat fijn dat je gekomen bent.' Hij buigt zich naar haar toe en kust haar op de wangen.

'Natuurlijk ben ik gekomen. Gefeliciteerd, Guido. Ik heb iets voor je meegenomen,' zegt Lois en ze steekt Guido het pakje toe.

'Ach, wees zo goed om het op de cadeautafel te zetten. Ik pak alles later wel uit. Het is druk. Ik wist niet dat ik zoveel vrienden had!' zegt Guido met een brede lach. 'Alles goed met je, meisje? Je ziet er mooi uit in dat jurkje. Weer eens wat anders dan een uniform, zeker?'

'Ik draag geen uniform,' zegt Lois. 'Ik zit bij de recherche.'

'O ja, dat is ook zo. Druk op je werk? Nog moordenaars gevangen?' Over Lois' schouder kijkt Guido naar de rij achter haar.

'Vandaag even niet. Ik ga dit op de cadeautafel leggen.' Lois houdt het pakje omhoog, glimlacht naar Guido en haar zus en loopt door.

Langs de muur, onder het enorme schilderij van Guido en zijn vorige vrouw en – toen nog – jonge kinderen, staat een tafel opgesteld waarop al een hele verzameling zo te zien chique cadeaus ligt. Lois legt haar pakje, dat er achteraf wel erg bescheiden uitziet, ertussen en draait zich om.

Voorzichtig kijkt ze om zich heen of ze iemand kent, al is het maar oppervlakkig, maar ze kan niemand ontdekken. In de vier jaar dat Tessa een relatie heeft met Guido, heeft Lois door haar werk nogal wat verjaardagen en andere feestdagen moeten overslaan, waardoor de familie van haar zwager haar nog altijd grotendeels onbekend is.

Als ze zo om zich heen kijkt, zou ze echt niet weten met wie ze een leuk gesprek zou kunnen voeren. Er wordt niet gepraat, maar geconverseerd. De dames dragen designerjurkjes en laten quasinonchalant hun tas van Louis Vuitton of Hermès aan hun arm bungelen. Ze staan op hakken die die van Lois doen verbleken. De mannen dragen bandplooibroeken en spencers waar de boord van hun overhemd keurig bovenuit steekt. Zonder uitzondering hebben ze halflang, achterovergekamd haar, in model gehouden door een zonnebril.

Een ober komt langs met een blad vol champagneglazen.

'Hebt u ook jus d'orange?' vraagt Lois.

'Helaas niet,' zegt de ober op verontschuldigende toon.

Lois maakt een gebaar dat het niet erg is en de ober loopt door. Een beetje verloren kijkt ze om zich heen.

'Wat een drukte, hè?' zegt iemand naast haar.

Lois kijkt opzij en dan omhoog, naar een blonde man die van zijn champagne staat te nippen. Hij draagt een shirt met een bloemmotief en hij heeft erg zijn best gedaan zijn dikke blonde haar in bedwang te houden met een overdosis gel.

'Ja,' antwoordt ze. 'Ben je familie?'

'Een neef.' De man steekt zijn hand uit. 'Onno van Zuylen tot Velthoven.'

Lois schudt zijn hand. Ze onderdrukt de neiging om zich voor te stellen als Lois van Hier tot Ginder, een grap die ze met Fred weleens maakt, en noemt keurig haar echte naam.

'Elzinga? Tessa's zus?'

'Helemaal.'

'En waarom sta je hier alleen, zonder een drankje, Lois?'

'Omdat ik bijna niemand ken en omdat ik piket heb.'

Met verbaasd opgetrokken wenkbrauwen neemt Onno haar van top tot teen op. 'Piket?'

'Dienst,' verduidelijkt Lois. 'Ik werk bij de politie.'

'En je kunt elk moment opgeroepen worden omdat er iemand fout geparkeerd staat, of omdat er een vechtpartijtje in de stad is?'

Lois glimlacht. 'Ik werk bij Moordzaken.'

Vol verbazing kijkt Onno haar aan. 'Grappig,' zegt hij en hij neemt een slok champagne. 'Ik had me een rechercheur Moordzaken heel anders voorgesteld.'

'Laat me raden: ik had een snor en kortgeknipt haar moeten hebben.'

'Dat nou ook weer niet, maar jij bent wel erg klein en meisjesachtig.'

Lois glimlacht nietszeggend en kijkt hulpzoekend naar Tessa, die in haar richting komt lopen.

'Staan jullie gezellig te babbelen?' zegt ze stralend. 'Wat een leuk feest, hè? Volgens mij is iedereen gekomen die we uitgenodigd hebben.'

'Achthonderd man?'

'Nee, gekkie. Dat past toch nooit in dit huis. Nee, we hebben de grens getrokken bij vierhonderd.'

'Gelijk heb je,' zegt Lois. 'Het kan te gek ook. Wat heb je een mooie jurk aan – nieuw?'

Alsof die woorden een toverformule zijn die een speciale beweging in gang zetten, draait Tessa om haar as, zodat haar rode jurk om haar heen wervelt.

'Van Monique Collignon. Is het geen beeldje?'

Er was een tijd dat Lois gevraagd zou hebben of Monique Collignon een vriendin van Tessa is van wie ze de jurk heeft geleend, maar intussen weet ze dat ze een beroemde ontwerpster is.

'Jij ziet er ook prachtig uit, Lois. Je zou vaker jurken moeten dragen, je hebt zo'n mooi figuur. Waar heb je hem gekocht?'

'Bij Zara. Ik heb me suf gezocht naar iets leuks.'

'Hij staat je echt heel goed,' zegt Tessa hartelijk. 'Als je wilt mag je de volgende keer wel iets van mij lenen, hoor. Ik heb zoveel jurken van topmerken die maar in de kast hangen. Je kunt ze moeilijk twee keer dragen, nietwaar?'

'Nee,' zegt Lois. 'Dat kan echt niet.'

'Dan hebben wij mannen het makkelijker,' zegt Onno. 'Een nieuw overhemd, een nieuwe das, en klaar zijn we.'

Hij strekt zijn arm om een nieuw glas champagne te pakken van een blad en daarbij wordt zijn horloge zichtbaar – een Rolex Oyster die hem duizenden euro's moet hebben gekost. Lois kent dat soort horloges; ze zijn een gewilde buit bij overvallen op juwelierszaken. Op straat worden je hersens ervoor ingeslagen.

Lois kijkt op haar eigen eenvoudige horloge van Esprit en slaakt een onhoorbare zucht. Er is nog maar een kwartier voorbij en ze heeft nu al genoeg van deze avond. En dat wordt er niet beter op, ook al ontfermt Tessa zich over haar, leidt ze haar rond en stelt ze haar voor aan groepjes mensen. De gesprekken verlopen allemaal hetzelfde. Ze stokken als haar gesprekspartner erachter komt dat ze geen vastgoed in Dubai heeft, of zelfs maar een vakantiehuisje in Toscane om zich af en toe in terug te trekken.

Midden in een tamelijk eenzijdig gesprek gaat Lois' telefoon. Ze grijpt ernaar alsof het een reddingsboei is en neemt zonder zich te verontschuldigen op.

'Lois, met Ramon. We hebben een lijk in de Daalmeer. Duidelijk moord. Kun je zo snel mogelijk komen?'

'Ik kom er meteen aan,' zegt Lois, met haar mobiel tegen haar oor gedrukt en haar andere hand tegen haar andere oor om het geroezemoes buiten te sluiten.

'Het lichaam ligt aan de rand van de Oudie, die grote plas in de Daalmeer.'

'Ik ken het, ik kom eraan.' Lois drukt haar telefoon uit en stopt hem in haar tas. Gered, al had ze liever niet dat daar een moord voor nodig was.

'Het spijt me, Tessa, dat was het bureau. Ik moet weg.'

Geschrokken draait Tessa zich naar haar toe. 'Nee toch? Uitgerekend vanavond? Kunnen ze niet iemand anders bellen?'

'Nee, dat kan niet. Ik heb piket, ik moet gaan. Het spijt me. Verontschuldig jij me bij Guido?'

Zonder op antwoord te wachten draait Lois zich om en ze haast zich naar de deur die toegang geeft tot de hal. Daar is ook de garderobe, een meterslang rek dat vol jassen hangt.

Ze geeft haar bonnetje aan de garderobedame en wacht tot die haar eenvoudige zwarte trenchcoat tussen al het leer en bont gevonden heeft.

'Je gaat toch nog niet weg?' Onno komt de hal in en kijkt Lois teleurgesteld aan.

'Helaas,' zegt ze. 'Ik moet aan het werk.'

'Wat is er gebeurd?'

'Er is een lichaam gevonden, meer weet ik niet.' Lois pakt haar jas aan. Onno neemt hem van haar over en helpt haar erin.

'Nou, Lois, dat was dan een kort genoegen,' zegt hij spijtig. 'Zie ik je nog eens?'

'Wie weet.' Met een vluchtige glimlach neemt Lois afscheid van hem en loopt naar buiten.

Even later zit ze in haar auto en draait ze de Eeuwigelaan weer op. Ze vraagt zich af hoe haar collega's zullen reageren als ze straks op hoge hakken en in een sexy jurkje op de plaats delict arriveert.

Voorzichtig rijdt ze over de binnenweggetjes van Bergen, waar de vele bochten er niet toe uitnodigen om het gaspedaal in te trappen. Zolang ze binnen de bebouwde kom rijdt, houdt ze zich zo goed mogelijk aan de maximumsnelheid, maar als de lange, goeddeels verlaten Helderseweg zich voor haar uitstrekt, geeft ze vol gas.

5

Op de plaats delict is het circus al in volle gang. Als er een melding van moord binnenkomt, gaat eerst de officier van dienst van de politie eropaf; vervolgens worden de officier van dienst van de recherche en het forensisch team erbij gehaald en tegelijk krijgen de piketrechercheurs een oproep.

Fred komt Lois tegemoet lopen.

'Toe maar,' zegt hij met een keurende blik op haar outfit. 'Dus zo breng jij je vrijdagavonden door.'

'Altijd.' Lois wendt zich tot haar collega. 'Wat hebben we?'

'Het lijk van een jonge man. De heren van de forensische dienst zijn net klaar, dus kijk zelf maar.'

Ze lopen over het natte gras in de richting waar lampen zijn opgesteld en afzetlint in de wind wappert. Bij elke stap voelt Lois haar hakken diep in de modder wegzakken. Moeizaam loopt ze naar de afzetting toe en laat haar legitimatie zien aan de politieagent die de plaats delict bewaakt. Fred doet hetzelfde en ze bukken om onder het lint door te stappen.

Officier van dienst Ramon Koenen staat met GGD-arts Benno Andriesse bij het lijk, dat zich als een donkere vlek tegen het gras aftekent.

'Goed dat je er zo snel bent,' zegt Ramon als hij Lois ziet. 'We hebben iets fraais hier.'

Lois gaat naast hem staan. Het slachtoffer ligt op zijn rug

in een plas bloed. Zijn broek is naar beneden getrokken en in het felle licht van de lampen die rond de plaats delict staan opgesteld, is een afzichtelijke wond zichtbaar waar eerst zijn penis heeft gezeten. Die zit nu in zijn mond gepropt.

Verbijsterd kijkt Lois op het lichaam neer. Ze heeft intussen heel wat gezien, maar zoiets nog nooit.

'Dat is zeker fraai,' zegt ze ten slotte. 'Wie heeft hem gevonden?'

'Een voorbijganger die zijn hond uitliet. De hond rende het veldje op, verdween in de mist en kwam niet meer terug. Toen de eigenaar hem ging zoeken, vond hij hem bij het lijk. Hij heeft meteen de politie gebeld en is gebleven tot de eerste eenheid ter plaatse was. Die hebben zijn gegevens genoteerd en de man verhoord. Helaas kon hij niet veel informatie geven.'

'Weten we iets van het slachtoffer?' vraagt Lois.

'Gelukkig voor ons had hij een identiteitsbewijs bij zich, dus ja, vrij veel,' zegt Ramon. 'Zijn naam is David Hoogland, achtentwintig jaar oud, wonend in Alkmaar. Het lijkt erop dat hij is omgebracht door een slag tegen zijn achterhoofd.'

'Dat zou kunnen,' zegt Benno Andriesse. 'Die slag hoeft niet per se dodelijk te zijn geweest. Dat was het afsnijden van zijn penis wel. Als die slag hem niet heeft gedood, dan heeft het bloedverlies dat wel gedaan. De moordenaar heeft hem, per ongeluk of expres, ook in de lies geraakt en daarbij een slagader doorboord.'

'Zijn er getuigen?' vraagt Lois.

'Voor zover we weten niet. Dit is geen plek waar je 's avonds laat graag een stukje gaat wandelen. Misschien dat iemand vanaf het fietspad of de rijweg iets heeft gezien, maar daar is nog geen melding van gedaan. We zouden een oproep kunnen doen.' Ramon laat zich op zijn hurken bij het lijk zakken en wijst naar de hondenriem die naast het slachtoffer in het gras ligt. 'Zo te zien was hij zijn hond aan het uitlaten. Het dier is overigens nergens te bekennen. De moordenaar heeft het slachtoffer van achteren neergeslagen en daarna de moeite genomen om zijn broek naar beneden te trekken en er nog een schepje bovenop te doen.'

'Diegene heeft Hooglands portefeuille in zijn zak laten zitten, dus waarschijnlijk is het geen roofoverval geweest,' zegt Lois.

'Nee, dat denk ik ook niet,' zegt Ramon. 'Het lijkt meer op een afrekening.'

Ze kijken alle drie naar het groteske beeld van de afgesneden penis in de mond van het slachtoffer.

'Wat hij ook gedaan mag hebben, iemand was heel erg kwaad op hem,' zegt Fred droog.

Alle bijzonderheden rond de moord op David Hoogland worden zorgvuldig genoteerd: de bevindingen van Andriesse, de hondenriem in het gras, de portefeuille en de inhoud ervan, een BlackBerry en een opgevouwen papiertje dat in David Hooglands kontzak zat. Het wordt allemaal in plastic zakjes gedaan. Lois pakt een zakje op en bekijkt het papiertje, dat uitgevouwen is opgeborgen. Het is reclame voor een expositie van schilderijen.

'Dus hij hield van kunst,' zegt Lois tegen zichzelf. Ze prent de naam van de schilderes, Maaike Scholten, in haar geheugen en legt het zakje in de plastic bak van het forensisch team terug.

Een agent van de geüniformeerde dienst komt aanlopen en kucht nadrukkelijk achter zijn hand. Ramon kijkt hem vragend aan.

'Er staat een vrouw bij de afzetting die bang is dat het slachtoffer haar vriend is, meneer,' zegt de agent. 'Ze zat al een tijd op hem te wachten en toen hun hond alleen thuiskwam, ging ze de deur uit om haar vriend te zoeken.'

Ze werpen allemaal een blik op het lint van de afzetting, waar in de duisternis een gestalte zichtbaar is.

'Lois, ga jij even met haar praten,' zegt Ramon.

Lois knikt en loopt over het drassige veld in de richting van de vrouw. Ze is nog jong, onder de dertig, en ze staat op haar nagel te bijten terwijl ze reikhalst om de plaats delict te overzien.

'Hallo,' zegt Lois en ze steekt haar hand uit. 'Ik ben rechercheur Lois Elzinga. Kan ik u helpen?'

De jonge vrouw schudt Lois flauwtjes de hand. Ze heeft blond, ingevlochten haar en een pony die vochtig over haar voorhoofd hangt.

'Ik ben Cynthia van Dijk,' zegt ze op gespannen toon. 'Weten jullie al wie daar ligt? Is het David?'

Oplettend kijkt Lois haar aan. 'Wie is David?'

'Mijn vriend. Hij ging even de hond uitlaten. Meestal is hij binnen een halfuur terug, maar vanavond niet. Ik dacht dat hij iemand was tegengekomen, dus ik maakte me niet druk. Maar toen Goldie opeens in haar eentje voor de deur stond, werd ik ongerust. Dus ik ben naar buiten gegaan om David te zoeken. Het is hem niet, hè? Laat het David alsjeblieft niet zijn!'

Lois ontwijkt Cynthia's dwingende blik. 'Wat is de achternaam van je vriend?'

'Hoogland. Hij heet David Hoogland.'

Vol medeleven kijkt Lois de jonge vrouw aan. 'We hebben inderdaad iemand aangetroffen met een rijbewijs op zak waar die naam op staat.'

'Maar... wat is er dan gebeurd? Is hij overvallen? Hij leeft toch nog wel?' vraagt Cynthia angstig.

'Helaas niet. Het spijt me ontzettend.'

Cynthia's mond valt open. Haar ogen worden groot en

schieten heen en weer, maar ze zegt niets. Ze barst ook niet in tranen uit. Het enige geluid dat ze voortbrengt is een zwak gekreun.

'Het spijt me zo.' Lois legt haar hand op de schouder van de vrouw. 'Kan ik iets voor je doen?'

Cynthia schudt haar hoofd en probeert langs Lois heen de plaats delict op te kijken. 'Ik wil hem zien.'

'Ik ben bang dat dat niet gaat. Het forensisch team is nog bezig sporen te verzamelen.' Het team gaat net weg, maar dat heeft Cynthia niet in de gaten.

'Wat kan mij dat nou schelen! Ik moet weten of het David is of niet! Misschien heeft iemand zijn portemonnee wel gestolen en ligt daar heel iemand anders,' roept ze.

'De foto in Davids rijbewijs komt overeen met het uiterlijk van de man die daar ligt,' zegt Lois zacht. 'Ik ben bang dat we ervan uit moeten gaan dat het om je vriend gaat. Zou ik je een paar vragen mogen stellen?'

6

Ze zitten bij Cynthia thuis op de bank. Natuurlijk hadden ze haar kunnen meenemen naar het bureau, maar Cynthia woont om de hoek. Zolang de plaats delict niet is vrijgegeven en het slachtoffer niet officieel geïdentificeerd kan worden, leek het Lois en Fred beter om in Cynthia's warme, vertrouwde huiskamer te praten.

'Ik begrijp het niet,' zegt Cynthia, bijtend op haar nagel. 'Waarom zou iemand David vermoorden en hem dan achterlaten, zonder zijn portefeuille mee te nemen?'

Ze hebben Cynthia de details over de toestand waarin David is aangetroffen niet verteld. Niet zozeer om haar gevoelens te sparen als wel om het protocol: daderinformatie wordt niet verstrekt.

De jonge vrouw is duidelijk in shock, al is ze niet zo overstuur dat ze de eerste vragen niet kan beantwoorden.

'Dat is een goede vraag,' zegt Lois. 'Heeft David de afgelopen tijd ruzie met iemand gehad?'

Cynthia strijkt haar lange, schuin geknipte pony uit haar gezicht en schudt haar hoofd. 'Niet dat ik weet. Hij heeft er mij in elk geval niets over verteld.'

'Wat deed David voor werk?' vraagt Fred.

'Hij is... was onderwijzer op een basisschool hier in de buurt, groep 4. Ik heb ook niets gehoord over problemen met de ouders van zijn leerlingen. David is geen ruziezoeker.

Hij is juist altijd heel kalm en evenwichtig; dat maakt hem ook zo geschikt om voor de klas te staan. Je moet wel heel ver gaan om hem kwaad te krijgen.'

'Andere mensen kunnen nog wel kwaad op hém zijn,' zegt Lois.

'Dat kan.' Cynthia haalt haar schouders op en krabt wat geschilferde lak van haar duimnagel.

'Maar dat geloof jij niet,' constateert Fred.

Ze kijkt op en schudt haar hoofd. 'Nee, dat geloof ik inderdaad niet. Het moet een gek geweest zijn. Of iemand die hem wilde beroven maar er de tijd niet voor kreeg.'

'Even een vraagje tussendoor: hield je vriend van kunst?' zegt Fred.

Verbaasd kijkt Cynthia hem aan. 'Niet bijzonder. Hoezo?'

'Omdat in zijn broekzak een foldertje zat over een kunstexpositie. Even kijken, hoor.' Fred raadpleegt de aantekeningen in zijn smartphone. 'Ene Maaike Scholten exposeert momenteel haar schilderijen bij de Kunstuitleen.'

'O ja, dat,' zegt Cynthia. 'Dat foldertje lag op de mat.'

'Waren jullie van plan een kunstwerk aan te schaffen?' vraagt Fred door.

'Niet dat ik weet. Maar Julian, een goede vriend van David, is wel erg geïnteresseerd in kunst. Misschien dat hij het daarom had bewaard.'

Op dat moment komt er een sms'je binnen op Lois' telefoon. Ze leest hem snel en zegt: 'Ze zijn klaar. Het slachtoffer kan geïdentificeerd worden.'

De identificatie vindt plaats in het mortuarium van het Medisch Centrum Alkmaar. Cynthia van Dijk heeft aan één blik genoeg. Na een kort knikje draait ze zich om en laat ze zich zwijgend naar buiten begeleiden.

'Onderkoeld type,' zegt Lois. 'Ik heb geen traan gezien.'

'Sommige mensen huilen liever niet in gezelschap,' merkt Fred op.

'Als mijn vriend vermoord op een veldje werd aangetroffen, zou ik het niet kunnen opbrengen om te wachten met huilen tot ik alleen was.'

'Misschien zegt het wel iets over hun relatie,' geeft Fred toe. 'Ze had zichzelf inderdaad goed onder controle. We gaan maar eens een onderzoekje beginnen naar meneer Hoogland en zijn vriendin. Of wil je bij de sectie aanwezig zijn?'

Hij lacht erbij en Lois geeft hem een stomp tegen zijn arm. Ze heeft een paar keer een lijkschouwing bijgewoond en telkens ging ze bijna onderuit. De confrontatie met de dood en de afschrikwekkende aanblik van wat zich onder de huid en schedel bevindt, zijn niet de redenen waarom ze bij de recherche is gegaan. Als ze daarin geïnteresseerd was geweest, had ze wel biologie gestudeerd. Haar taak is de misdaad te lijf gaan, moordenaars vinden en brave burgers beschermen. Dat kan ze heel goed zonder telkens te hoeven zien hoe een borstkas wordt opengelegd en de schedel doorgezaagd. In het begin werd ze door haar collega's uitgelachen en gepest met haar fijngevoeligheid, maar nadat ze een foto had gemaakt van diezelfde collega's die na de sectie de inhoud van hun maag leegden in een prullenbak, en die op het whiteboard in de recherchekamer had gehangen, heeft ze daar geen last meer van.

Nog dezelfde avond wordt op het hoofdbureau aan de James Wattstraat onder leiding van Ramon een Team Grootschalig Onderzoek opgestart. Dertig rechercheurs, werkzaam in Alkmaar en gedetacheerd van andere bureaus in Noord-Holland, verzamelen zich in de vergaderruimte voor de eerste korte briefing.

'Wat we tot nu toe weten is dat het slachtoffer David

Hoogland heet,' zegt Ramon, heen en weer lopend voor de groep rechercheurs. 'Achtentwintig jaar oud, werkzaam als onderwijzer op een basisschool in de Daalmeer. Zijn vriendin, Cynthia van Dijk, ging naar hem op zoek toen hij niet terugkeerde van een wandeling met de hond. Zij heeft het slachtoffer geïdentificeerd. Ze hadden geen problemen, geen vijanden, en Cynthia kon niemand bedenken die Hoogland van het leven zou willen beroven. Toch is dat gebeurd, en op een nogal opvallende manier. Iemand de hersens inslaan is één ding, maar dat vervolgens de penis van het slachtoffer is afgesneden en in zijn mond is gestopt, duidt op een wraakoefening. Voorlopig richten we ons dus op de vrienden- en kennissenkring van Hoogland, mannen én vrouwen.'

Een van de rechercheurs, Claudien, steekt haar hand op en krijgt met een knikje van Ramon het woord.

'Ik denk dat we er rekening mee moeten houden dat David Hoogland ook heel goed een willekeurig slachtoffer kan zijn geweest,' zegt ze. 'Bijvoorbeeld van een gefrustreerde vrouw die een paar keer te veel is bedrogen en een diepe afkeer van mannen heeft ontwikkeld.'

Claudien ligt in scheiding, en als Nick, de rechercheur die naast haar zit, een stukje opschuift, gaat er gegrinnik op. Met één handgebaar maakt Ramon daar een einde aan.

'Dat is natuurlijk mogelijk,' zegt hij. 'We nemen het mee in het onderzoek. Laten we beginnen met familie, vrienden en bekenden van het slachtoffer. Goed. Aan de slag, mensen. Het wordt een nachtje doorhalen – niets aan te doen. Het goede nieuws is dat er genoeg koffie en gevulde koeken voorradig zijn.'

Er wordt weer gelachen. Het aantal lege koffiebekertjes en koekverpakkingen dat na een nachtdienst op de bureaus wordt aangetroffen is altijd weer indrukwekkend.

Ramon beëindigt de briefing en de vergaderruimte loopt

langzaam leeg. De eerste gang is naar de koffieautomaten; daarna zoekt iedereen een werkplek in de recherchekamers. Lois ploft achter een computer dicht bij een raam, waar ze uitzicht heeft op hoge gebouwen en een straat waar bijna nooit iemand komt. Het gebouw van de regionale recherche staat op een rustige plaats in de stad, waar weinig mensen iets te zoeken hebben. Ze is er zelf ook bijna nooit. Hoewel dit gebouw de meest logische plek is om in te werken, kan ze dat net zo goed doen in het bureau aan het Mallegatsplein, en daar geeft ze de voorkeur aan. Bureau Mallegatsplein ligt aan de rand van het centrum. De drukke, gezellige sfeer van het politiebureau spreekt haar meer aan dan de rust van het gebouw van de regionale recherche, waar je geen gang kan doorlopen zonder een pasje te moeten gebruiken.

Alleen op momenten als deze, als er een onderzoek wordt opgestart en rechercheurs van verschillende bureaus zich verzamelen, is de rust ver te zoeken. Alle werkplekken zijn opeens in gebruik, overal wordt overlegd, getelefoneerd of op toetsenborden gerammeld.

Tot diep in de nacht wordt het sociale leven van David Hoogland onderzocht. De afdeling Informatiecoördinatie logt in op zijn online accounts, de digitale recherche scrolt zijn lijst met Twitter-berichten door en luistert, met toestemming van de rechter-commissaris, alle berichten af op zijn BlackBerry. Om halftwee 's nachts ligt er een lijst met namen op Lois' bureau waar ze de rest van het weekend wel mee doorkomt.

Met een zucht leunt ze naar achteren en trekt het elastiekje, waarmee ze een staartje gemaakt heeft, uit haar haren. Aan de andere kant van het bureau komt Fred overeind en laat met een gepijnigd gezicht een wervel in zijn rug knakken.

'Wat heb jij gevonden?' vraagt hij.

'Niet veel. Afspraken met vrienden, sms'jes naar Cynthia,

vergaderingen op de school waar hij werkte. Hij lijkt een rustig, stabiel leven te hebben geleid.'

'Toch heeft iemand hem zo gehaat dat diegene zijn penis afsneed en in zijn mond propte.'

'Ja...' Lois rekt zich uit met haar armen boven haar hoofd. 'Ik zat te denken aan de ouders van zijn leerlingen. Hij werkte in groep 4, dus met nog vrij jonge kinderen. Jij hebt kleinkinderen, Fred – hoe oud ben je als je in groep 4 zit?'

'Een jaar of zeven,' antwoordt Fred. 'Maar als Hoogland pedofiele neigingen had, zou dat wel bekend zijn geweest. Jeugd en Zeden heeft hem helemaal doorgelicht op dat gebied en heeft niets kunnen vinden.'

'Er kan recentelijk iets gebeurd zijn. Een kind met wie hij wat heeft uitgevreten zou dat aan zijn of haar ouders verteld kunnen hebben. Ik kan me voorstellen dat je als ouder dan helemaal flipt.'

'We gaan het uitzoeken,' zegt Fred. 'Morgen. Voor nu vind ik het mooi geweest, we kunnen toch niets meer doen. Kom op, dan breng ik je naar huis.'

7

Ze kon het niet laten om te blijven kijken. Het maakte haar niet uit hoe lang ze moest wachten tot het lichaam werd gevonden. In een roes van adrenaline, met trillende handen en een versnelde hartslag, kwam ze langzaam maar zeker tot rust. Dat ging vast sneller dan thuis, waar ze zich elke minuut zou hebben afgevraagd of het lichaam al gevonden zou zijn.

Niemand hield rekening met de mogelijkheid dat de moordenaar nog in de buurt was. Daarvoor hadden ze het veel te druk, de rechercheurs, forensisch onderzoekers en andere slimmeriken die waren opgetrommeld.

Het was spannend toen het lijk door die hond werd gevonden. Ademloos heeft ze staan kijken hoe het dier het lichaam besnuffelde en toen in haar richting kwam lopen. Bijna was ze gevlucht, maar de eigenaar kwam gelukkig net op tijd aanlopen. Hij had de hond aangelijnd en daarmee was het gevaar geweken. Toen er zich op het trottoir een groepje mensen vormde dat nieuwsgierig iets probeerde te zien van wat er verderop gebeurde, is ze met een omweg weggelopen. De duisternis en de mist onttrokken haar bebloede regenjas aan het zicht.

Haar kleren zitten in de wasmachine, ze heeft zich gedoucht en haar nagelriemen schoongeboend. Niets herinnert aan wat er vanavond is gebeurd, behalve de foto's. Fotografie is haar hobby en werk – haar leven, zou je kunnen zeggen. Voor haar werk heeft ze een professionele Nikon, maar die kan ze niet altijd met zich meeslepen. Tussendoor gebruikt ze de handzame Olympus Pen, voor onverwachte momenten. En om het lichaam van David Hoogland mee vast te leggen. Het is niet verstandig, maar ze kon het niet laten.

Nu is ze weer rustig. Vanavond zal ze goed slapen, hoewel ze weet dat de onrust zal terugkeren. Tijdens de moord gebeurde er iets vanbinnen waardoor ze zich nu bevrijd voelt en even verder kan. Geweld reinigt, zorgt ervoor dat woede en vernedering worden weggezogen naar een leegte waar ze tot rust komen. Ja, ze voelt zich rustig nu. Beter dan ze zich in jaren heeft gevoeld. Het was nodig, ze had geen keus.

Misschien dat ze nu haar leven weer oppakt. Maar diep in haar hart weet ze dat dat niet zo is. De onrust zal terugkeren en de leegte zal zich opnieuw vullen met woede en haat, zodat ze opnieuw een daad zal moeten stellen.

8

'Je moet de groeten hebben van Onno,' zegt Tessa. 'Volgens mij vond hij het heel jammer dat je weg moest. Hij bleef maar vragen over je stellen.'

'O ja?' antwoordt Lois weinig geïnteresseerd. Ze staat in de badkamer en probeert met één hand haar trainingsbroek uit te trekken, terwijl ze met haar andere hand haar mobiel vasthoudt en met Tessa praat.

'Hij gaat je bellen,' zegt Tessa. 'Ik heb hem je nummer gegeven. Dat vind je toch niet erg? Leuke vent, die Onno. Zijn familie heeft een landgoed in de buurt van Haarlem, maar daar hoor je hem nooit over. Ik bedoel, hij is geen opschepper. Tegenwoordig moeten zulke mensen gewoon werken voor de kost.'

'Hoe was het feest?' vraagt Lois tussen het gekwebbel van haar zus door.

'O, je hebt wat gemist! We hadden een enorme champagnetoren, een koor dat Guido toezong en op het tijdstip dat hij geboren werd, om tien over elf, barstte het vuurwerk los. Chinees vuurwerk, echt prachtig. Iedereen vond het waanzinnig.'

'Het klinkt inderdaad waanzinnig.' Met een half oor luistert Lois naar Tessa's verslag. Over de reacties van de gasten op het feest en hoe laat het geworden is. Over de laatste stuiptrekkingen van de party, waarbij ze met de overgebleven gasten in het binnenzwembad waren gesprongen en hun glazen kregen aangereikt van de obers.

'Dus het is laat geworden. Dat je dan al zo vroeg belt. Ben je wel naar bed geweest?'

'Ja, natuurlijk. Ik heb een paar uurtjes geslapen, maar toen was ik alweer wakker. Dat heb ik altijd. Heel irritant. Waarschijnlijk stort ik vanmiddag opeens in.'

'Nou, doe dan maar rustig aan. Ik neem aan dat je mensen hebt om je te helpen met de troep,' zegt Lois. 'Ik moet nu echt ophangen. Ik moet nog douchen, ik heb niet eens meer tijd om te ontbijten.'

Hoewel het ook voor haar laat is geworden gisteravond, was ze vroeg wakker vanochtend. De hele nacht waren haar dromen vervuld van de sprong van Richard Veenstra, maar vooral van zijn zoontje. In haar droom werd het jongetje door zijn vader meegetrokken over de dakrand, de diepte in. Lois werd wakker van haar eigen geschreeuw. Toen is ze maar opgestaan.

Het gaf haar de gelegenheid om nog een halfuurtje te hardlopen. Maar een halfuur werd een uur, zodat ze nu nog een kwartier overheeft.

'Je bent zeker eerst gaan hardlopen? Waarom doe je dat in vredesnaam? Moet je niet al vroeg genoeg je bed uit?' klinkt Tessa's stem streng in haar oor.

'Ik vind hardlopen lekker, dat weet je. Ik word chagrijnig als ik te lang niet loop.'

'Nou, ik zou chagrijnig worden als ik elke ochtend om zes uur op moest. En zeker als ik dan meteen moest sporten. Ik begrijp niet dat je dat volhoudt. En dan kom je ook nog eens heel laat thuis, zodat ik je nooit spreek. Ik dacht: als ik om zeven uur bel, dan hebben we tijd om nog even te kletsen.'

'Sorry, het is niet anders. Ik zal vanavond ook wel laat thuis zijn.'

'Sms me even als je thuis bent. Ik heb een brief gekregen over het onderhoud van mama's graf. Daar moeten we het over hebben.'

'Kan dat niet even wachten?' zegt Lois. 'De komende tijd heb ik het ontzettend druk.'

'Nee, natuurlijk kan dat niet wachten. Tenzij je wilt dat het graf opeens geruimd wordt, moeten we het erover hebben of we het met nog eens tien jaar willen verlengen.'

'Ja, natuurlijk wil ik dat. Jij niet dan?'

'Ik weet het niet. Het kost wel veel geld.'

'Kom op, Tessa, dan had je een iets minder hoge champagnetoren moeten laten bouwen,' zegt Lois geïrriteerd. 'Ik moet nu echt gaan, ik spreek je later.'

Ze zet haar telefoon uit en schudt haar hoofd. Af en toe loopt de ergernis die haar zus bij haar oproept zo hoog op dat ze zich niet kan inhouden. In een rap tempo doucht ze en kleedt ze zich aan; een donkerblauwe spijkerbroek met een wit truitje en laarsjes met een lage hak. Ze laat haar natte haar los om haar hoofd hangen, zodat het kan drogen, en pakt haar favoriete bruine leren jasje.

Voor Lois de deur uit gaat werpt ze een blik op de foto van haar moeder in de zilveren lijst die op het dressoir staat. Ze blaast er een kushand naartoe en trekt de deur achter zich dicht.

De dag begint met een briefing waarin de eerste resultaten van het moordonderzoek bekend worden gemaakt. Op het whiteboard hangen foto's van de plaats delict en verschillende close-ups van Davids lichaam. Lois kijkt er maar niet te lang naar. Het brengt het gal in haar omhoog. Aan de linkerkant van het bord heeft Ramon met een zwarte viltstift alle bekende feiten opgeschreven. Rechts staan de vragen. De lijst aan de rechterkant is beduidend langer.

Lang duurt de update niet; er is veel werk te doen. De ouders van David Hoogland zijn op de avond van de moord door twee familierechercheurs, Claudien Harskamp en Nico Zonneveld, op de hoogte gesteld van de dood van hun zoon. Omdat de emoties hoog opliepen gaan ze nu nog een keer met hen praten. Hoewel het erbij hoort en ze in zo'n situatie geleerd heeft enige afstand te bewaren, is Lois blij dat die taak haar bespaard blijft. Fred en zij beginnen met een bezoekje aan de directrice van de basisschool waar David werkte.

Het is zaterdag, de school is dicht, en dus zoeken ze haar adres op en rijden naar Heerhugowaard.

'Daar woont Sem nu, in Heerhugowaard,' zegt Lois onderweg.

Fred kijkt haar van opzij aan. 'Hoe weet je dat?'

'Dat heb ik nagetrokken. Hij is opgenomen in het gezin van zijn vaders broer, Maarten Veenstra. Het is niet ver van waar we moeten zijn.'

Zonder iets te zeggen neemt Fred de afslag naar Heerhugowaard. Pas als de wagen een scherpe bocht heeft genomen en ze weer op een rechte weg rijden, zegt hij: 'Je wilt ernaartoe.'

Lois knikt. 'Het hoeft niet lang te duren. Even polsen hoe het gaat en dan weer weg.'

'Van Claudien heb ik gehoord dat het goed met hem gaat. Hij heeft een neefje en nichtje die in leeftijd niet veel met hem schelen, en hij kon altijd al goed met zijn oom en tante opschieten.'

'Dat weet ik, maar ik wil hem zelf graag zien.'

'Wat ga je dan tegen hem zeggen?'

'Weet ik veel. Niets. Ik wil hem gewoon even zien en met zijn oom en tante praten.'

Een tijdlang rijdt Fred zwijgend door. 'Kunnen we daar niet beter een poosje mee wachten? Het is allemaal nog zo vers.'

‘Daarom juist. Ik heb vannacht geen oog dichtgedaan. Misschien kan ik het beter verwerken als ik zie dat er goed voor Sem gezorgd wordt.’

‘Oké dan.’ Fred knikt naar de ingebouwde navigatie. ‘Voer het adres maar in. Maar we blijven niet langer dan tien minuten.’

Het bezoekje duurt toch wat langer, al slaan ze de kop koffie af die Chantal Veenstra hun gastvrij aanbiedt. Ze oogt een beetje nerveus, maar komt tot rust als ze merkt dat Lois en Fred uit pure belangstelling zijn langsgekomen.

‘Sem slaapt nog,’ zegt ze. ‘Hij zit onder de slaapmiddelen; daar is hij nog steeds suf van. Wilde u hem zien?’

‘Niet per se,’ stelt Lois haar gerust. ‘We wilden gewoon even weten of alles goed met hem gaat.’

Chantal haalt haar schouders op. ‘Op zich wel. Het dringt nu nog niet erg tot hem door, maar we hebben psychische hulp aangeboden gekregen voor straks. Gelukkig dat Marijke en Richard ons als voogd hadden aangewezen voor het geval er iets met hen zou gebeuren. Anders had Sem nu in een kindertehuis gezeten.’

Lois knikt bevestigend.

‘Alkmaar is niet ver weg. Sem kan contact houden met al zijn vriendjes en hij kan eventueel ook op zijn eigen school blijven,’ zegt Chantal.

‘Weet hij al wat hij wil?’ Lois laat haar ogen door de kleine, maar fris ogende kamer gaan. Ze blijven rusten op een ingelijste foto van twee blonde kinderen, een jongen en een meisje, die een opvallende gelijkenis met elkaar vertonen.

‘Nee, maar ik denk dat hij naar dezelfde school wil als Merel en Mees. Ze hebben altijd al goed met elkaar overweg gekund. Sem kwam hier vroeger regelmatig logeren. Hij was enig kind, dus hij vond het heel gezellig om met ze op te trekken,’ zegt Chantal.

'Dus hij heeft het naar zijn zin hier. Het komt vast wel goed met hem,' zegt Lois.

Chantal knikt. 'We doen ons best, en natuurlijk is het allemaal onwerkelijk. De psycholoog zal hem moeten helpen met zijn verlies om te gaan.'

'Dat is goed,' zegt Lois. 'Heel goed.'

Fred zegt niets. Hij staat rustig om zich heen te kijken, op een paar passen afstand van de twee vrouwen.

'Meer kan ik er eigenlijk niet over zeggen,' merkt Chantal op met een licht hulpeloos gebaar van haar handen. 'Het is nog vers.'

'Ja, dat begrijp ik,' knikt Lois. 'Als Sem op een dag meer wil weten van wat er toen gebeurd is, kan hij ons altijd bellen.'

'Oké,' zegt Chantal. 'Ik zal het onthouden. Maar op dit moment proberen we het hem juist te laten vergeten.'

9

'Vergeten,' zegt Lois schamper als ze weer in de auto zitten. 'Alsof hij dit ooit zal vergeten! Hij moet ermee leren omgaan en dat is al moeilijk genoeg.'

'Dat bedoelde zijn tante denk ik ook,' merkt Fred op. 'En het is maar de vraag of Sem nog zoveel weet van gisteren. Hij zat helemaal onder de slaapmiddelen.'

'Gelukkig ja. Geen kind zou getuige mogen zijn van zoiets vreselijks.'

De rest van de rit is ze stil. Ze merkt dat Fred van opzij naar haar kijkt, maar hij zegt niets. Pas als ze voor de deur van Karin Meijer stoppen, legt hij even zijn hand op Lois' schouder. Dan opent hij zijn portier en stapt uit.

Een stevige vrouw van een jaar of vijfenveertig, met een grote bos rood haar, doet open. Ze draagt een ochtendjas en kijkt hen vragend aan.

'Mevrouw Meijer? Wij zijn van de recherche,' zegt Fred terwijl hij zijn legitimatie omhooghoudt. 'We zouden u graag even willen spreken.'

Karin Meijer verbleekt van schrik. 'Wat is er aan de hand? Is er iets met Joeri?'

'Wie is Joeri?'

'Mijn zoon. Hij gaat vrijdagavond altijd stappen. Ik ben zelf net op en heb nog niet eens gekeken of hij wel is thuisgekomen.' Karin legt haar hand op haar borst en sluit een moment haar ogen. Als ze ze weer opent vraagt ze: 'Maar daar komt u blijkbaar niet voor, anders vroeg u niet wie hij was. Waarvoor dan wel?'

'We komen voor een van uw leerkrachten, David Hoogland.'

'En u zou niet voor mijn deur staan als het niet om iets ernstigs ging. Wat is er gebeurd?' Met scherpe, intelligente ogen kijkt Karin hen beurtelings aan.

'Hij is vermoord,' zegt Lois. Ze houdt de reactie van de vrouw tegenover haar in de gaten, maar behalve dat Karins ogen wat groter worden merkt ze niet veel aan haar. Uit ervaring weet ze dat de schok meestal later komt, dus ze vraagt of ze even binnen mogen komen.

In de rommelige, maar gezellige woonkamer, waar eerst drie katten van de bank gejaagd moeten worden, praten ze verder. Dan komen ook de emoties. Met haar handen voor haar gezicht geslagen verwerkt Karin het vreselijke nieuws. Gelukkig blijft ze wel aanspreekbaar, al kan ze Lois en Fred niet veel bijzonders vertellen. Nee, er waren geen problemen op school. Niet met collega's, niet met leerlingen en ook niet met ouders. David Hoogland was een leuke, populaire vent, een gewaardeerde collega en een prima onderwijzer. Voorzichtig stuurt Lois aan op eventueel misbruik van leerlingen, maar dat wijst Karin verontwaardigd van de hand.

'Als zoiets was gebeurd, zou ik het gemerkt hebben. Ik ken alle leerlingen heel goed, vooral degenen die problemen hebben. Als iemand zich opeens anders zou gaan gedragen, of de prestaties van dat kind zouden sterk achteruitgaan, dan zou dat me zijn opgevallen. Er is niet één kind op wie die verschijnselen van toepassing zijn, en helemaal niet in groep 4. Dat is gewoon een heel fijne klas met kinderen die allemaal prima in hun vel zitten.'

Lois en Fred knikken. Ze vragen nog door, maar alles ketst

af op een muur van ontkenning en verontwaardiging.

'Het had bijna iets van zelfverdediging,' zegt Lois als ze weer buiten staan. 'Alsof die vrouw zich persoonlijk verantwoordelijk voelt voor het gedrag van iedere leerling en onderwijzer in haar school.'

Er vallen regendruppels en ze kijken allebei naar de donkere lucht. Een gure wind waait door de straat.

'De goede naam van de school is in het geding,' zegt Fred terwijl hij zijn jas dichtritst. 'Als de media hier lucht van krijgen en het woord "misbruik" valt, haalt iedereen zijn kinderen van school.'

'Denk je dat ze zou liegen om de school te beschermen?'

'Mensen liegen om minder. Dus ja, ik denk dat ze dat wel zou doen.'

Lois zucht. 'Geweldig. Als we erachter willen komen of er iets tussen Hoogland en een leerling is voorgevallen, moeten we de hele klas ondervragen. Een kind dat misbruikt is gaat dat echt niet zomaar vertellen.'

'Voorlopig doen we dat niet. Meer dan een veronderstelling is het per slot van rekening niet. Ik heb meer interesse in de brochure die Hoogland in zijn kontzak had zitten.'

'Van die expositie?'

'Ja, hij moet een reden hebben gehad om dat foldertje in zijn broekzak te stoppen. Laten we eens naar die expositie gaan.'

Net als de bui losbarst stappen ze in de auto. De regen klettert tegen de ramen terwijl ze terugrijden naar het centrum van Alkmaar, maar als ze aankomen is het weer droog. De Kunstuitleen zit in de oude ambachtsschool aan de Bergerweg. Veel parkeerplaatsen zijn er niet, zodat ze de wagen lukraak bij de ingang neerzetten. Bij het uitstappen zet Lois haar voet in een diepe plas en ontsnapt haar een vloek.

'Wat een k-weer. Hoe lang nog voor het lente is?'

'Weken en weken,' zegt Fred. 'En dan nog. Zullen we naar binnen gaan, of blijf je daar met je voet staan zwaaien?'

Met een zucht volgt Lois haar collega het gebouw in. Bij binnenkomst roept de monumentale hal met de granitovloer bij Lois meteen de sfeer van lang vervlogen tijden op. Ze kijkt om zich heen en ziet dat links de ingang naar het Regionaal Archief zit en rechts de Kunstuitleen. Fred stapt er al naar binnen.

'Goedemiddag,' zegt hij en hij laat zijn politielegitimatie zien. 'Ik ben rechercheur Klinkenberg en dit is mijn collega, Lois Elzinga. Wij willen graag wat informatie over Maaike Scholten.'

De vrouw achter de balie bij de ingang is opgestaan en kijkt hen beurtelings onzeker aan. 'Over haar werk, of bedoelt u...'

'Over haarzelf,' zegt Lois.

'Wat wilt u weten?'

'Klopt het dat Maaike Scholten hier momenteel exposeert?' vraagt Fred.

'Ja, dat klopt. In de expositieruimte aan de andere kant van de hal. Die is nu gesloten, maar u kunt er natuurlijk een kijkje nemen.'

'Houdt u een gastenlijst bij tijdens zo'n expositie?'

'Nee, dat is niet de gewoonte. Wie belangstelling heeft kan gewoon naar binnen lopen. Was u op zoek naar iemand?'

'Wij zouden Maaike Scholten graag spreken,' zegt Lois. 'Hebt u haar adresgegevens?'

'Nee, het spijt me. De privacy van onze kunstenaars wordt goed beschermd.' De vrouw staart hen hulpeloos aan, alsof ze voor een onoplosbaar probleem staat.

'Er is vast wel iemand die weet waar ze te bereiken is. Als u diegene nou eens opbelt?' helpt Fred haar op weg.

Na een kort gesprek deelt de vrouw mee dat de directeur eraan komt.

Binnen een paar minuten komt er een zeer lange, magere man de hal binnenlopen. 'Clemens Leistra.' Hij steekt zijn hand uit. 'Waarmee kan ik u van dienst zijn?'

'Wij zijn op zoek naar Maaike Scholten,' zegt Lois vriendelijk. 'We vroegen ons af of u haar kunt bereiken.'

Clemens Leistra werpt haar een vluchtige blik toe en verplaatst zijn aandacht naar Fred. 'Mag ik vragen waarvoor?'

'Omdat we haar iets willen vragen.'

'Waar gaat het over?'

'Dat is een zaak tussen mevrouw Scholten en ons. Hebt u haar adres?'

Met een trek van irritatie op zijn gezicht capituleert Leistra. 'Maaike is nogal een bohemienachtig type, als u begrijpt wat ik bedoel. Niet in de zin van een wilde levensstijl; ze is juist zeer gedisciplineerd. Ze heeft echter geen vaste verblijfplaats.

'Maar u hebt haar huidige adres,' zegt Fred.

'Ze trekt graag rond om inspiratie op te doen. Als ze langer dan een halfjaar op één plek woont, neemt die af en gaat ze verder. Meestal naar kraakpanden of gebouwen die op korte termijn worden gesloopt en waar ze voor een grijpstuiver een tijdje kan wonen.'

'Waar woont ze op dit moment?' vraagt Lois.

Leistra kijkt langs haar heen. 'Ik blijf het vervelend vinden om informatie te geven als u mij niet meer kunt vertellen.'

'Haar adres graag, meneer Leistra.' Freds stem klinkt geduldig, al valt er een licht dreigende ondertoon in te bespeuren.

'Op een zolder van een voormalig pakhuis aan het Verdronkenoord. Een heerlijk rustige, inspirerende omgeving voor een kunstenares. Ik zal u het adres geven.' Clemens Leistra haalt een visitekaartje uit zijn binnenzak en overhandigt het aan Fred, al staat Lois er met uitgestoken hand naast.

'Hartelijk dank,' zegt Lois. 'Nog een prettige dag.'

'Insgelijks.' Clemens Leistra knikt haar toe, geeft Fred een hand en loopt weg.

Verbouwereerd kijkt Lois hem na. 'Wat een lul. Hij keek dwars door me heen.'

'Dat zegt meer over hem dan over jou. Kom op, Lois, kijk niet zo zuur. Er zijn nu eenmaal mensen die een leuk blond meisje niet helemaal serieus nemen. Daar ben je intussen toch wel aan gewend?'

'Sommige dingen wennen nooit.' Lois steekt haar hand uit. 'Laat mij maar rijden. Dat is goed voor mijn ego.'

Fred haalt goedmoedig zijn schouders op en geeft haar de autosleutel. 'Scheuren maar, blondje,' zegt hij.

10

'Dit is geweldig,' zegt Lois vol bewondering.

'Ja, hè?' Maaike Scholten kijkt tevreden om zich heen. 'Ik hoorde via via dat ik deze zolder een tijdje kon huren. De eigenaren zijn een halfjaar op reis en zochten iemand die op hun huis wilde passen. Op de onderste etages, waar ze zelf wonen, kom ik niet. De zolder stond leeg en ik mocht hem inrichten naar mijn eigen wensen. Ik moet natuurlijk wel kunnen schilderen, dus het moet niet te netjes zijn. Hier kan ik mijn gang gaan.'

Lois knikt. Ze had een heel ander beeld gekregen door de beschrijving die de stijve Clemens Leistra van de schilderes had gegeven. Een bohemienachtig type – daarbij zag ze een wietrokende, doorleefde vrouw, gekleed in drukke, fleurige kleding voor zich. Met haar zachte meisjesachtige stem, het lichtbruine haar dat op kaaklengte is geknipt en haar frêle bouw is Maaike Scholten echter precies het tegenovergestelde van wat ze had gedacht. Ze is ook een stuk jonger, nog geen dertig.

'Mooi uitzicht ook,' zegt Fred met een blik door het raam. 'Hoe lang woon je hier al?'

'Niet lang. Een maand of zo. Daarvoor woonde ik in Amsterdam, in een kraakpand. Daar heb ik een halfjaar gezeten, dus ik kon me nu wel iets veroorloven waar ik wat huur voor moest betalen.'

Lois, die nog steeds om zich heen staat te kijken, draait zich naar haar toe. 'Is dat belangrijk voor je, dat het gratis is? Is het zo moeilijk om rond te komen van je schilderijen?'

'Nogal. De ene keer verkoop ik een paar doeken achter elkaar en heb ik voor een tijdje geen financiële problemen, maar het komt ook voor dat ik wekenlang helemaal niets verkoop. Dan is het prettig om geen vaste lasten te hebben.'

'En hoe verkoop je je schilderijen? Via de Kunstuitleen?'

'Op allerlei manieren. Ik verkoop mijn werk online, maar ook via de galerie van een vriendin. Zij organiseert exposities voor me.'

'Je verhuist wel vaak, hè? Is dat niet een onrustig bestaan voor een kunstenaar?' vraagt Lois.

'Kunstenaars zíjn onrustig,' zegt Maaike. 'Tenminste, de meesten. Sommigen hebben behoefte aan een vaste woon- en werkplaats, aan rust en stabiliteit. Anderen hebben juist afwisseling nodig om geïnspireerd te blijven.'

'Waar kom je oorspronkelijk vandaan?' informeert Fred.

'Ik ben geboren en getogen in Alkmaar, dus ik ben nu terug in de stad van mijn jeugd. Dat is ook wel weer even leuk.'

'Op welke middelbare school heb je vroeger gezeten?'

'Op een school in Bergen. De Berger Scholengemeenschap.'

Fred maakt er een notitie van. 'Onlangs nog oude bekenden tegengekomen?'

Maaike haalt haar schouders op. 'Een paar. Ik heb niet veel tijd om te socializen.'

'Maar je exposeert toch in het gebouw van de Kunstuitleen? Zijn daar geen bekenden op afgekomen?' merkt Lois op.

'Ik ben er niet altijd zelf. Op de openingsavond was ik er natuurlijk wel, maar toen heb ik geen bekenden gezien. Waarom vraagt u dat?'

'We zijn hier natuurlijk niet voor niets,' zegt Lois. 'Gisteravond is het lichaam van David Hoogland aangetroffen. Hij is vermoord. In de zak van zijn spijkerbroek zat een folder van jouw expositie. We ondervragen nu iedereen die kortgeleden met hem in contact is geweest.'

'David Hoogland?' Maaike zet haar tanden in haar onderlip en denkt na. 'Die naam zegt me niets.'

Fred laat haar een foto zien, een vergroting van het fototje uit Davids paspoort. Maaike kijkt er enkele seconden naar en schudt dan haar hoofd.

'Mag ik vragen hoe oud je bent?' zegt Fred.

'Zesentwintig.'

'Dan zijn jullie bijna even oud. Jullie zouden elkaar gekend kunnen hebben.'

'Misschien, maar ik ben al jaren weg uit Alkmaar. Mensen veranderen in tien jaar. Ik denk dat ik op straat heel wat oude bekenden voorbijloop.'

'En je hebt hem ook niet op de openingsavond gezien?' vraagt Lois.

Maaike haalt haar schouders op. 'Volgens mij niet. Het was best druk, dus het kan me zijn ontgaan. Ik zou het Daniela kunnen vragen; zij weet altijd precies wie aanwezig was.'

'Dan zouden we heel graag een keer met Daniela willen spreken. Wat is haar achternaam?' vraagt Lois.

'Amieri. Ze is op dit moment in Groningen om een paar schilderijen op te halen voor haar galerie, maar ik zal vragen of ze contact met u wil opnemen.'

'Heel graag. Bedankt voor je medewerking.' Lois geeft Maaike haar kaartje. 'Mocht je je toch nog iets herinneren over David Hoogland, of iets over hem horen van bekenden, dan kun je me op dit nummer bellen.'

'Goed,' zegt Maaike. 'Ik denk niet dat ik het nodig zal hebben.'

'Ik vind het maar vreemd,' zegt Lois als ze weer in de auto zitten. 'David Hoogland was totaal niet in kunst geïnteresseerd, maar hij bewaarde wel een foldertje van Maaikes expositie. Niet thuis in een la, maar in zijn broekzak. Zelfs als David op een andere school zat, kunnen ze elkaar gekend hebben. Ik had zelf ook vriendinnen die op andere scholen zaten.'

'Dat gaan we uitzoeken,' zegt Fred. 'Als er een connectie tussen die twee is, vinden we die.'

'Ze loog.'

'Verdomd zeker dat ze loog. Ze stond de hele tijd met haar ogen te knipperen.'

'Zou een frêle meisje als Maaike fysiek in staat zijn om een lange vent als Hoogland de hersens in te slaan?'

'Welja, waarom niet? Als ze hem van achteren besluipt en een flinke klap met een hamer of zoiets geeft, dan gaat hij wel neer,' zegt Fred.

'Dat is waar,' geeft Lois toe. Ze zet de autoradio aan op de hitzender Wild FM. Enrique Iglesias zingt met zwoele stem 'Tonight I'm Fucking you'.

'Wat een romantisch liedje,' zegt Fred.

Lois grinnikt.

'Dan had zijn vader betere teksten.' Fred draait de parkeerplaats uit en kijkt op zijn horloge. 'We gaan terug naar het bureau voor de briefing. Hopelijk hebben de anderen interessantere informatie dan wij.'

11

Maandagochtend hangt het beeldscherm van Lois' computer vol post-its met verzoekjes en opdrachten. Voorlopig zal het moeten wachten, want ze moet naar de briefing. Het hele weekend hebben ze geen uur niets gedaan, maar voorlopig zijn ze nog niet erg opgeschoten.

Lois neemt nog snel een paar slokken koffie en loopt dan achter haar collega's aan naar de vergaderruimte.

Al gauw wordt duidelijk dat er geen spectaculair nieuws is. Ramon formeert een groepje rechercheurs van Jeugd en Zeden die de opdracht krijgt om met de klas van David Hoogland te praten, voor het geval er iets tussen hem en een van zijn leerlingen is voorgevallen. Daarna maakt hij een einde aan het overleg. 'Vooruit mensen, overeind komen. We hebben werk te doen.'

'Weet jij op welke middelbare school David heeft gezeten?' vraagt Lois terwijl ze met Claudien naar de recherchekamer loopt.

'Op het Jan Arentsz,' zegt Claudien. 'Nick en ik hebben een lijst gemaakt van Davids afspraken van de afgelopen weken. Dat waren er niet veel, op een paar vergaderingen en eetafspraken met vrienden na. De openingsavond van de expositie van Maaike Scholten was op 18 november, maar daarvan heb ik geen aantekeningen in zijn agenda's gevonden. Niet in zijn papieren agenda en ook niet in zijn telefoon. Hij was niet van plan om ernaartoe te gaan, wat de vraag oproept waarom hij dan die folder bewaarde – of hij wilde niet dat zijn vriendin ervan wist. Was Maaike een oude liefde van hem en wilde hij voor Cynthia verborgen houden dat hij van plan was om contact met haar op te nemen? Deed Maaike alsof ze hem niet kende omdat ze een geheime relatie met hem had? Een waar Cynthia achter gekomen is?'

'We kunnen Cynthia nog wel wat steviger aan de tand voelen. Wat stond er nog meer op die lijst?'

'Een afspraak met een fotografe bij hen thuis op 11 november. In Davids agenda stond: "Foto, 14.30. Tamara." Die foto is inderdaad gemaakt. Nick en ik zijn naar Cynthia's huis gegaan en ze heeft hem laten zien. Hij hing aan de muur; het is zo'n zoet plaatje waarop zij tegen hem aan leunt en hij zijn wang op haar hoofd laat rusten. Het geeft wel de indruk dat de relatie tussen die twee goed was. Als je stiekem verliefd bent op een ander laat je niet zo'n romantische foto maken, lijkt mij.'

'Je hebt van die mannen,' zegt Lois. 'Het zou verklaren waarom David met zijn penis in zijn mond is aangetroffen.'

'Oké, maar het klopt niet. Als Cynthia haar vriend heeft vermoord omdat ze achter een geheime relatie is gekomen, waarom gaat ze hem dan zoeken als hij 's avonds wat later dan gewoonlijk terugkomt?'

'Dat vertelde ze. Omdat de hond in zijn eentje voor de deur stond. Het zou vreemd overkomen als je dan niet gaat zoeken. Ze moest wel.'

'En de hond? Waarom is hij niet met haar mee naar huis gelopen nadat ze David had vermoord? Ze is immers zijn vrouwtje.'

'Misschien was dat beest geschrokken van wat het vrouwtje allemaal met het baasje uitspookte.'

'Hmm, en Maaike? Wat kan zij voor motief hebben gehad?'

'Misschien had David haar de bons gegeven, koos hij toch voor Cynthia en pikte ze dat niet. Toch lijkt Maaike me niet het type dat in een vlaag van woede iemand vermoordt. Eerder iemand die snotterend op de bank chocola gaat eten.'

Claudien lacht. 'Jij weet net zo goed als ik dat er heel wat lieve, zachtaardige vrouwen zijn die de verschrikkelijkste misdaden hebben gepleegd.'

Lois neemt een slok koffie. 'Ik zou weleens met die fotografe willen praten. Zij heeft David en Cynthia voor de lens gehad; zij kan ons vertellen hoe dat is gegaan. Wiens initiatief het was om die foto te nemen en hoe ze met elkaar omgingen.'

'Dat zou inderdaad interessant zijn, maar we weten haar achternaam niet. Ik heb Cynthia gevraagd of ze achter op de foto wil kijken of daar de gegevens van de fotografe staan, maar dat was niet het geval. In hun agenda staat alleen Tamara, meer niet.'

'Daar hebben we niet veel aan. Zonder achternaam kunnen we haar moeilijk opsporen.'

'We kunnen fotozaken bellen en vragen of ze iemand met die naam in dienst hebben. Of iemand kennen die zo heet.'

'Ze moeten haar betaald hebben, geld op haar rekening hebben overgemaakt.'

Claudien knikt waarderend. 'We vinden haar wel,' zegt ze.

Ze vinden haar niet. Na de briefing, waarin Ramon opdracht geeft achter Tamara aan te gaan, probeert Lois samen met Claudien via internet een fotografe met de naam Tamara op te sporen. Helaas levert hun zoektocht geen enkel resultaat op.

'Waarschijnlijk werkt ze voor zichzelf, want bij geen enkele fotozaak is ze bekend. Er staat ook geen Tamara als zelfstandige ingeschreven bij de Kamer van Koophandel. Dat is wel vreemd,' zegt Lois, terwijl ze achteroverleunt.

'Misschien is ze helemaal geen fotografe van beroep,' oppert Claudien. 'Ze kan ook een kennis van Cynthia en David zijn. Of iemand aan wie ze via via zijn gekomen. Een amateurfotografe die de helft goedkoper is en toch goed werk levert.'

'Jullie moesten maar weer eens bij Cynthia langs,' vindt Fred, die het gesprek van de vrouwen heeft gevolgd. 'Ik zou graag meegaan, maar mijn bureau ligt vol rapporten die ik nog moet doornemen. Doen jullie straks verslag?'

Lois knikt, trekt haar jas aan en loopt achter Claudien aan de gang in.

Ze verlaten het gebouw, stappen in de auto en rijden naar de Daalmeer. Het is een wijk vol eengezinswoningen in hofjes, met schuurtjes aan de voorkant van de huizen. De Kompasweg lijkt uit één straat te bestaan, maar is in werkelijkheid een doolhof. Het is dat Lois er al eens geweest is, anders had ze een hele poos rondjes gereden.

Aan de rand van het park vinden ze een parkeerplaats en begeleid door een waterig zonnetje lopen ze naar Cynthia's huis. Ze heeft net bezoek van Davids ouders en de begrafenisondernemer.

'Willen jullie hier even wachten?' vraagt ze en ze wijst naar de zitkamer. Terwijl Lois en Claudien zich op de bank laten zakken, loopt Cynthia terug naar de eettafel, schuift de tussendeuren dicht en zet de bespreking over de kist en de uitvaart voort. Door het glas in lood van de deuren kan Lois hun gedempte stemmen horen.

Ze komt overeind, loopt wat heen en weer door de kamer en blijft staan voor de foto aan de muur. Claudien had gelijk: het ís een mierzoete foto. De fotografe heeft een softfocuslens gebruikt, waardoor het geheel een bijna surrealistisch romantische uitstraling krijgt. Zelf heeft ze lange tijd een foto van Brian en haar, feestend tijdens een concert, aan de muur gehad. Tegenwoordig ligt die in een doos op de vliering.

Ze haalt de foto van Cynthia en David van de muur en kijkt achterop. Geen naamstempel. Het ziet er inderdaad naar uit dat een amateur de foto heeft gemaakt. Ze hangt de foto terug.

De begrafenisondernemer is inmiddels opgestaan en drukt iedereen de hand. Even later gaan de deuren open en komt het gezelschap de kamer in.

Terwijl Cynthia de begrafenisondernemer uitlaat, stelt Lois zich aan Davids ouders voor. Lucia Hoogland is een klein, donker vrouwtje, Rien Hoogland is lang, met grijs haar en een korte baard.

Ze schudden de twee vrouwen de hand, knikken als Lois vraagt of ze een paar vragen mogen stellen en laten zich uitgeblust op de bank zakken.

'Ik weet niet hoe David aan die fotografe is gekomen,' zegt Cynthia als Claudien erover begint. 'Ik wilde al een hele tijd een mooie foto van ons laten maken en opeens had hij een afspraak gemaakt. Ik dacht dat we naar een fotostudio moesten, maar die fotografe kwam gewoon bij ons thuis. Ze had een groot wit doek bij zich dat ze in de woonkamer ophing, en lampen en schermpjes die ze neerzette. Het zag er allemaal heel professioneel uit.'

'Maar er staat nergens een Tamara ingeschreven. Niet bij de Kamer van Koophandel, niet als werknemer bij een fotograaf, nergens. Dus het zal inderdaad wel een kennis van David zijn geweest.' Lois' blik gaat van Cynthia naar Davids ouders.

'Ik heb geen idee.' Rien Hoogland strijkt vermoeid door zijn korte grijze haar. 'Is het erg belangrijk?'

'Dat kán het zijn, meneer Hoogland. Tot nu toe hebben we geen enkel idee wie verantwoordelijk is voor de dood van uw zoon, dus we onderzoeken elk spoor.'

'Het moet een gek zijn geweest.' Lucia's lip trilt en ze moet zichtbaar moeite doen om haar emoties in bedwang te houden. 'Dat kan toch niet anders? Wie zou David nou willen vermoorden? Ik kan echt niemand bedenken.'

Lois buigt zich naar de vrouw toe en kijkt haar vriendelijk aan. 'Ik begrijp uw verbijstering, mevrouw. En het kan best het werk van een gek zijn geweest, hoewel die kans niet zo groot is. Een roofmoord zou nog het meest voor de hand liggen, maar uw zoons portefeuille ontbrak niet. Dus moeten we onderzoeken of hij een conflict met iemand had.'

Afwerend schudt Lucia haar hoofd. 'Dat zou ik geweten hebben. David kwam regelmatig langs en dan vertelde hij me alles.'

'Alles? Ook een ruzie in de kroeg, problemen met ouders van leerlingen, echt alles?' vraagt Claudien.

'Alles wat hij belangrijk vond. Hij had eens per ongeluk een bromfietser aangereden die ontzettend tegen hem tekeerging toen hij uit zijn auto stapte. Dat liep uit op ruzie. David trok zich dat erg aan en kwam meteen een bak koffie bij me halen om zijn verhaal te doen. Zo was hij.'

'Aan die foto te zien was jullie relatie goed,' zegt Claudien tegen Cynthia. 'Klopt dat? Jullie hadden geen problemen? Of gehad?'

Cynthia schudt haar hoofd. 'Het ging prima tussen David en mij. We... We hadden het de laatste weken zelfs over kinderen.' Opeens vullen haar ogen zich met tranen. Ze zoekt steun bij Davids moeder, die haar hand stevig vastpakt.

'Dus... David was je trouw? Je had niet het idee dat hij iemand anders had?' vraagt Lois zo voorzichtig mogelijk.

Verontwaardigd kijkt Cynthia op. 'Nee, natuurlijk niet!

Zou ik anders een kind van hem willen? Waarom vraag je dat?'

'Het is een standaardvraag, meer niet,' zegt Lois. 'Ik begrijp dat het vervelend is, maar we moeten dat soort dingen vragen. Nog even iets anders: hoe hebben jullie die foto betaald?' Ze knikt naar de foto van Cynthia en David aan de muur.

Lusteloos haalt Cynthia haar schouders op. 'Weet ik veel. David regelde de financiën.'

'Zou je jullie rekeningnummer willen geven? Dan trekken we dat na.'

Cynthia knikt en somt uit haar hoofd een serie cijfers op, die Lois snel noteert.

'Voorlopig weten we genoeg. We zullen je niet langer lastigvallen. Veel sterkte.' Ze staat op en geeft iedereen een hand. Claudien volgt haar voorbeeld en even later staan ze op straat.

'We lopen vast,' zegt Lois.

'Dat rekeningnummer zou iets kunnen opleveren. Al hoeft die fotografe niets met Hooglands dood te maken te hebben,' zegt Claudien.

'Ik weet het niet. Ik vind dat er wel erg weinig informatie over haar te vinden is. Ogenschijnlijk hadden Cynthia en David een goede relatie, maar hij had wel een paar geheimpjes voor haar. Geheimpjes die met vrouwen te maken kunnen hebben.'

'Met Maaike misschien, maar met Tamara? Zou jij een foto van jezelf en je vriend laten maken door iemand met wie je vreemdgaat?'

'Ik niet, maar je hebt van die idioten die daar lol in hebben.'

Claudien slaakt een diepe zucht. 'Tja, ik neem aan dat zijn penis er niet voor niets af is gesneden. Iemand vond dat hij of zij daar een heel goede reden voor had. Meestal vind je de reden toch in de relatiesfeer. Ik denk dat we eens een goed gesprek moeten gaan voeren met Davids vrienden en vriendinnen.'

12

Cynthia heeft een lijstje gemaakt van Davids vrienden en Silvan, een lange blonde jongen van de digitale recherche, is ermee aan de gang gegaan. Hij is nog jong – midden twintig – maar een absolute expert als het om computers gaat. Hij heeft nog een paar namen op Facebook gevonden en daar is het rechercheteam de hele volgende dag zoet mee.

Ze worden eerst nagetrokken en in de dagen erna bezoeken Lois en Claudien Davids vrienden thuis en op hun werk. Allemaal komen ze met hetzelfde verhaal: Cynthia en David hadden een prima relatie en voor zover ze wisten maakte David geen slippertjes.

'Zo was hij niet,' zegt Julian van Schaik, een van Davids beste vrienden. 'Vroeger wel, voor hij Cynthia ontmoette. Toen kon hij flink de beest uithangen, maar de laatste jaren was hij rustiger geworden. Hij ging ook niet meer zo vaak uit. We plaagden hem dat hij onder de plak zat, en dan lachte hij alleen maar. Dat lag niet aan Cynthia. David hoefde zelf niet meer zo nodig.'

Ze staan in de autohandel waar Julian de eigenaar van is, tussen glanzende, splinternieuwe auto's.

'Ken je iemand die Maaike Scholten heet?' vraagt Lois.

Julian schudt zijn hoofd. 'Wie is dat?'

'Ze is kunstenares,' zegt Lois. 'Ze schildert. David had een foldertje van haar expositie in zijn broekzak.'

'Echt waar? Van een schilderijenexpositie?' Over Julians gezicht glijdt een trek van verbazing. 'David had helemaal niets met kunst. Hij vond het onzin om geld uit te geven aan dat soort dingen. Hij had altijd van die goedkope reproducties in huis hangen. Je weet wel, die je met lijst en al bij Ikea kunt kopen. Die vond hij mooi genoeg.'

'Hoe lang kende je David al? Jij was zijn oudste vriend, toch?' zegt Claudien.

'We kenden elkaar vanaf de basisschool. We zijn ook samen naar de middelbare school gegaan en hebben van alles meegemaakt. Altijd samen. Ik kan gewoon niet geloven dat hij dood is, man.' Julian ziet er zwaar aangeslagen uit.

Lois kijkt hem meelevend aan, maar zet de ondervraging wel voort.

'Dus David hield niet van kunst,' zegt ze. 'Waarom zou hij dan een foldertje over een schilderijenexpositie bij zich hebben?'

Julian haalt zijn schouders op. 'Misschien wilde David een schilderij kopen voor Cynthia? Ik kan het me niet voorstellen, maar hij presteerde het ook om die halfgare foto van hen tweeën te laten maken, dus het zou me niet verbazen als hij een schilderij voor haar ging bestellen.'

'Dat klinkt alsof David erg van zijn vriendin hield,' zegt Lois.

'Hij was stapel op haar; daarom veranderde hij ook opeens zo. Hij stopte met blowen en uitgaan, verkocht zijn motor. Ik kende hem bijna niet terug. Ik bedoel, ik ben ook gek op mijn vriendinnen, maar ze krijgen me echt niet zover dat ik alles afzweer waar ik lol aan beleef. Maar goed, we bleven elkaar wel zien. Donderdagavond was altijd onze vaste kroegavond, vriendinnen of niet.'

'En de fotografe? Ken je haar?'

'Tamara? Ja, die kennen we uit de kroeg. We raakten met

haar aan de praat, het gesprek kwam op fotografie en toen vroeg David of ze een foto van Cynthia en hem wilde maken. Zo gezegd, zo gedaan.'

'Dus je kent haar?' zegt Lois verrast. 'Welke kroeg was dat?'

'Het Ossenhooft, aan de Platte Stenenbrug.'

'Komt ze daar wel vaker?'

'Geen idee. Om eerlijk te zijn had ik haar daar nog nooit gezien. Ik herinner me wel dat ze opvallend dicht bij ons in de buurt rondhing. Toen ze een opening voor een gesprek vond, maakte ze daar meteen gebruik van.'

'Kun je haar beschrijven?'

'Donker haar, niet zo heel lang. Ongeveer jouw lengte,' zegt Julian met een schattende blik op Lois. 'Om eerlijk te zijn kwam ze me bekend voor, maar de naam Tamara zei me niets. En ik ken iedereen in Alkmaar. Maar goed, ik heb verder niet zo op haar gelet. Ik had al aardig wat op. David raakte met haar aan de praat en toen ben ik weggegaan.'

'Als je haar nog eens tegenkomt, wil je ons dan een seintje geven? We zouden graag even met haar willen praten.' Claudien geeft Julian haar kaartje.

Julian staart er een paar seconden zwijgend op neer. Als hij opkijkt staat zijn gezicht verbeten. 'Denkt u dat zij er iets mee te maken heeft?'

'Dat zijn we aan het uitzoeken. Het is in elk geval belangrijk om iedereen te spreken die kort voor Davids dood nog contact met hem heeft gehad.'

Julian knikt. 'Dat begrijp ik. Al snap ik niet waarom iemand David dood zou willen hebben. Het was een goeie gast. Altijd vrolijk, heel vrijgevig en gezellig. Ik begrijp er geen barst van.'

Hij stopt het visitekaartje in de kontzak van zijn spijkerbroek en loopt met hangende schouders weg.

Lois kijkt hem meelevend na, maar dwingt zichzelf tot

een professionele houding en concentreert zich weer op haar werk. De geheimzinnige Tamara. Wie is ze en wat moest ze van David? Heeft het iets te betekenen, of laten ze zich afleiden?

Claudien laat haar blik door de showroom dwalen. 'Mooi wagentje, die cabrio. Niets voor jou?'

'Als ik hoofdinspecteur ben misschien.'

'Denk je dat je zoiets dan kunt betalen? Met dit politieke beleid? Dacht het niet.'

'Dan doe ik het nog maar even met mijn Seat Ibiza.'

'Lijkt me verstandig.' Claudien lacht. 'We gaan terug naar het bureau. Kijken of er nog nieuws is.'

Dat is niet het geval. De briefing die dezelfde middag wordt gehouden maakt duidelijk dat het onderzoek dreigt vast te lopen.

Buurtonderzoek heeft niets opgeleverd. Davids computer en telefoon zijn onderzocht, zijn leven is uitgeplozen, maar het heeft hen geen stap verder gebracht. De vrienden en familie van David Hoogland zijn uitgebreid gehoord, en ook zijn stapmaatjes in de kroeg, maar hun verklaringen hebben geen nieuw licht op de zaak geworpen. Van zijn bankrekening is geen bedrag naar ene Tamara overgemaakt.

Het enige wat het team weet is wat door sectie op Davids lichaam naar voren is gekomen. De wond op Davids achterhoofd zit vrij laag, wat erop kan wijzen dat de moordenaar niet hoger kon komen. Mogelijk hebben ze dus te maken met een persoon die kleiner is dan 1,80 meter.

Verder is de wond waarschijnlijk toegebracht met een hamer, wat de kans op doodslag niet aannemelijk maakt. De moordenaar wist waar David woonde en hoe laat hij 's avonds met zijn hond ging wandelen. Hij of zij heeft handig gebruikgemaakt van de mistige avond en David met hamer en mes opgewacht. Maar over het waarom tasten ze nog volledig in het duister. Op het lichaam van David zijn DNA-sporen gevonden, maar het gaat nog zeker vijf weken duren voor het Nederlands Forensisch Instituut met de resultaten komt.

Het zit Lois dwars dat ze zo weinig resultaat boeken. Hoe meer tijd er verstrijkt, hoe kleiner de kans wordt dat ze de dader te pakken krijgen.

Tussen de bedrijven door eet ze even snel bij Fred thuis. Zijn vrouw, Nanda, eist dat hij naar huis komt voor een gezonde maaltijd.

'Ik heb niet speciaal mager vlees gehaald om het weg te gooien,' hoort Lois haar verontwaardigd door de telefoon tegen haar echtgenoot zeggen.

'Dan vries je het toch in?' is Freds nuchtere commentaar.

'Je kunt best even thuiskomen om te eten, zeker als het vanavond laat wordt. En neem Lois mee.'

'Oké, ik kom wel thuis eten. En ik neem Lois mee. Of ze wil of niet.' Hij grijnst naar Lois, die teruglacht. Ze vindt het prima om bij hem thuis te eten. Nanda kan uitstekend koken en met dit soort werkdagen houd je het niet lang vol op elke avond pizza of chinees.

Fred en Nanda wonen aan de Frieseweg, in een vooroorlogse woning met een grote achtertuin vol oude bomen. Nanda is een slanke vrouw van net zestig met een modern, kort kapsel dat ze zorgvuldig kastanjebruin houdt. In tegenstelling tot veel vrouwen van haar leeftijd die Lois tegenkomt, en die zich of te jong of te oud kleden, volgt Nanda de laatste mode, maar ze houdt wel rekening met haar leeftijd. Ze is hartelijk, belangstellend en gastvrij, en Lois mag haar graag.

'Zo, schiet het een beetje op met de zaak?' vraagt Nanda.

Ze is te lang getrouwd met een rechercheur om te weten dat ze haar geen details kunnen geven, maar ze toont altijd belangstelling voor hun werk.

'Niet echt,' bromt Fred.

Nanda kijkt hem verbaasd aan. 'Helemaal niet?'

'Het is allemaal nog erg onduidelijk,' zegt Lois. 'Hopelijk levert het DNA-materiaal wat op, maar het duurt nog wel een tijdje voor we daar de resultaten van krijgen.'

'Het is toch wat, dat je 's avonds de hond gaat uitlaten en dat je dan zomaar de hersens worden ingeslagen,' zegt Nanda hoofdschuddend terwijl ze een heerlijk geurende kip uit de oven haalt. Ze heeft die feiten uit de krant. Ook zij weet niet dat er nog heel wat meer met David Hoogland is gebeurd.

'Dat zal vast niet zomaar zijn gebeurd, maar je hebt gelijk, het is heel erg,' beaamt Lois. 'Hij was pas achtentwintig.'

'Ik hoop dat jullie de moordenaar te pakken krijgen. Je zou na zessen bijna de straat niet meer op durven.' Nanda zet de kip op tafel en trekt haar ovenhandschoenen uit. Ze loopt naar de keuken en komt terug met schalen groente en rijst met saus. 'Eet smakelijk, mensen, er is genoeg.'

Lois schuift haar bord naar voren en laat zich opscheppen. 'Het ziet er heerlijk uit, Nanda. Beter dan vette pizza.'

'Dat zei ik ook al tegen Fred,' zegt Nanda met een tevreden knikje. 'Ik weet hoe dat gaat als jullie aan een zaak werken. Je houdt het veel beter vol als je goed eet.'

'Absoluut,' zegt Lois.

'Dat kan nou eenmaal niet altijd,' zegt Fred met volle mond. 'Zodra we ons bord leeg hebben, gaan we meteen terug.'

'Eet rustig. Straks heb je weer Rennies nodig,' adviseert Nanda. Ze wendt zich tot Lois en vraagt: 'Wat ga jij doen met de feestdagen?'

'Ik ga naar mijn zus,' antwoordt Lois weinig enthousiast.

'Volgens mij werk jij liever door dan dat je op familiebezoek gaat,' merkt Fred tussen twee happen door op.

'Ik wil best vrij zijn met kerst, maar ik kan me inderdaad

wel iets leukers voorstellen dan de hele avond bij mijn zus en zwager aan de tafel te zitten,' zegt Lois.

'Waarom doe je geen poging om je vader op te sporen?' vraagt Fred. 'Dat kan toch niet moeilijk zijn?'

'Nee,' zegt Lois meteen. 'Hij is bij ons weggegaan en we hebben nooit meer iets van hem gehoord. Blijkbaar heeft hij geen behoefte aan contact, dus waarom zou ik hém dan nog willen zien?'

'Het is toch je vader? Ik zou willen weten wat hij doet in het leven, of hij opnieuw getrouwd is, kinderen heeft. Je zou halfbroers of -zusters kunnen hebben. Ik zou wel nieuwsgierig zijn,' zegt Nanda.

'Ik niet.' Uit haar ooghoek ziet Lois dat Fred naar zijn vrouw gebaart dat ze erover op moet houden. Moeiteloos schakelt Nanda over naar het volgende pijnlijke onderwerp.

'Je hebt toch geen ruzie met Tessa, dat je met kerst niet naar haar toe wilt? Ik dacht dat jullie goed met elkaar konden opschieten,' vraagt ze bezorgd.

Lois neemt een slokje water en schudt geruststellend haar hoofd. 'Nee, we hebben geen ruzie. Daar zorgen we wel voor. We hebben alleen elkaar nog. Maar ze is wel erg veranderd sinds ze met Guido getrouwd is.'

'Ze woont erg mooi. Fred en ik fietsten er afgelopen zomer langs. Wat een huizen staan daar. Groots.'

'Ze leeft ook groots. Ze heeft nieuwe vrienden en die leven net zo. Guido is van adel, en een groot aantal van hun vrienden ook. Ze praten alsof ze van een andere planeet komen, met een eigen taal. Je mag bijvoorbeeld geen "eet smakelijk" zeggen als je aan tafel zit.'

'Waarom niet?' vraagt Fred verbaasd.

'Dat schijnt een belediging te zijn voor de kok, of voor de gastvrouw. Het spreekt vanzelf dat het smaakt; dat hoef je elkaar niet toe te wensen.'

'Op die manier,' zegt Nanda. 'En de familie van je zwager komt natuurlijk ook met kerst.'

'Absoluut. Dus het zal allemaal wel weer groots aangepakt worden. Met een tafelschikking en een protocol en woorden die je niet mag zeggen. Ik verheug me er enorm op,' zegt Lois.

Fred grijnst breed. 'Je kunt altijd doen alsof je ziek bent en dan stiekem naar ons komen,' zegt hij, en hij schept nog een stuk kip op haar bord. 'Eet smakelijk.'

13

Laat op de avond komt Lois thuis. Zoals altijd heeft ze zich gekoesterd in de warmte en aandacht die Fred en Nanda haar geven. Ze kan er weer even tegen. Tegelijk beseft ze wat ze allemaal mist aan familieleven.

Ze gaat meteen de trap op naar boven en trekt haar sportkleding aan. Terwijl ze de dopjes van haar mp3-speler in haar oren stopt en de loopband aanzet, denkt ze terug aan het gesprek dat ze met Fred en Nanda aan tafel heeft gevoerd.

Praten over haar familie blijft moeilijk. Daar hebben zelfs de eindeloze sessies bij de psycholoog die ze als jongvolwassene bezocht geen verandering in gebracht. Ze heeft nog een zusje gehad, Maren, het nakomertje in het gezin, dat overleed aan hersenvliesontsteking toen ze vijf was. Haar dood schudde Lois' wereld zo hard door elkaar dat ze de trillingen nog voelt. Haar moeder kon het verlies van Maren niet aan. Ze zakte weg in depressies en maakte haar man verwijten, die gepaard gingen met scheldpartijen en felle ruzies. Toen Lois veertien was en Tessa twaalf, verliet Mart Elzinga het gezin. Zijn dochters liet hij bij hun moeder achter.

Tessa en zij probeerden er zoveel mogelijk voor hun moeder te zijn, maar voor Paulette had het leven zijn glans verloren. Haar mentale filter begon te haperen en liet het uiteindelijk helemaal afweten. Drank bleek te helpen vergeten, al had ze steeds meer glazen wijn nodig om de dag door te komen.

Uiteindelijk lag ze hele dagen onder een deken op de bank en durfde ze de straat niet meer op. Degene die het eerst van school kwam moest boodschappen doen en de ander moest eten koken. Het betekende dat hun moeder met een kater naar de tienminutengesprekken op school kwam, of dat ze helemaal niet kwam. Wedstrijden van Lois' atletiekvereniging en Tessa's dansschool sloeg ze over. Het betekende dat er in huis geen muziek werd gedraaid en er altijd met gedempte stem gesproken werd. Het betekende dat er geen vriendinnen bij hen kwamen spelen, en dat ze zelf ook nergens naartoe konden. De krant moest worden opgezegd, het journaal op televisie was taboe. De minste tegenslag en elke prikkel werden in haar moeders brein uitvergroot tot een ramp die haar verzwolg.

Natuurlijk hadden Lois en Tessa geprobeerd hun moeder van de drank af te helpen. Ze goten de wijnflessen leeg, verstopten haar portemonnee. Ze waarschuwden de huisarts, die met hun moeder ging praten. Paulette beloofde beterschap, nam het foldertje over de AA in ontvangst en zei dat ze contact met de stichting zou opnemen. Maar de enige functie die het foldertje kreeg, was als onderzetter voor haar glas.

Paulette heeft Lois ooit geprobeerd uit te leggen hoe het voelde om zo depressief te zijn. Om te worstelen met elke nieuwe dag, zonder duidelijke reden. Lois probeerde haar moeder te begrijpen, maar ze slaagde daar niet helemaal in. Ze kende meer mensen die gescheiden waren of een verlies geleden hadden. Voor die gezinnen was dat ook een zware tijd, vol gevoelens van machteloze woede en groot verdriet. Maar die pijn werd minder, sleet naar een aanvaardbaar niveau, tot hij zo goed als verdwenen was en er ruimte kwam voor acceptatie.

Haar moeder had dat proces niet meegemaakt; zij bleef

steken in de eerste fase van ontkenning en verdriet. Lois begreep niet waarom haar moeder niet gewoon kon genieten van het leven, van de liefde van haar dochters. Wat ze wel wist, was dat het op een dag mis moest gaan.

En dat gebeurde ook. Ze was net achttien geworden en zat in het eerste jaar van de politieacademie toen het bericht kwam dat haar moeder met drank op achter het stuur was gaan zitten en tegen de wand van een viaduct was geklapt. Paulette werd met zwaar hoofdletsel naar het ziekenhuis gebracht en overleed in de ambulance.

Lois zet de snelheid van de loopband wat hoger. Het zweet druipt langs haar gezicht, maar ze geniet ervan. Hoe harder ze loopt, hoe minder ruimte er is om na te denken.

Je kunt eindeloos over je jeugd praten, maar er verandert niets als je je niet bij de feiten neerlegt. Uiteindelijk leerde ze bij de psycholoog accepteren dat haar jeugd niet ideaal was verlopen, dat die haar had getekend en dat ze het moest doen met de Lois die uiteindelijk overbleef.

Wat niet wil zeggen dat ze de pijn niet meer voelt. Of dat ze niet nieuwsgierig is naar haar vader. Als rechercheur zou het heel eenvoudig zijn om haar vader op te sporen, maar ze doet het niet. Ze heeft haar leven net weer een beetje op orde. Ze is niet van plan het lot de kans te geven om nog een keer zo'n klap uit te delen.

14

Het schilderij vordert langzaam maar gestaag. De onderlaag is opgedroogd en ze is nu bezig een tweede laag aan te brengen. Meer dan vage vormen zijn het nog niet; dat komt later wel. Of niet. Misschien blijft het wel deze impressionistische weergave van drie gestalten die oplossen in de mist. Een kleurrijke mist, met diverse schakeringen blauw en slechts een lichte ondertoon van grijs.

Maaike doet een stap naar achteren en bekijkt haar werk. Het roept voldoening noch afkeuring bij haar op. Alsof ze maar een beetje op de automatische piloot bezig is geweest en daarmee een werkje heeft afgeleverd dat niet slecht, maar ook niet heel goed is. Eigenlijk is ze de laatste tijd aan de gang gegaan als een vorm van bezigheidstherapie. Ze schildert vooral grote vormen in een ongedefinieerd landschap, met doffe kleuren, zoals de wereld zich op dit moment aan haar toont.

Soms maakt ze wat mensen mooi vinden, omdat het dan beter verkoopt. Maar ze verkoopt niet alles. Sommige schilderijen ontstaan als vanzelf onder haar handen, als het ware buiten haar wil om. Ze kan een hele avond bezig zijn en uitgeput in slaap vallen, de verf nog aan haar kleren, terwijl ze de volgende dag nauwelijks een herinnering heeft aan wat ze heeft gemaakt. Dan wordt ze wakker en gaat voor de ezel staan, verbaasd over wat ze ziet. Maar ze begrijpt heel goed dat de donkere, sombere werken die ze af en toe maakt haar in staat stellen op andere momenten een lichte, zachte toets aan te slaan. Ze bewaart haar donkere schilderijen niet eens. Die gaan de deur uit, zo snel als ze kan. Elke seconde dat ze ernaar kijkt voelt ze hoe ze haar ergens naartoe zuigen waar ze niet wil zijn. Ze is daar geweest, ooit, maar ze heeft ermee afgerekend en zal er nooit meer naar terugkeren.

Na een lange douche, waarbij ze elke vierkante centimeter van haar lichaam heeft gewassen en afgespoeld, voelt ze zich beter. Desondanks blijft haar hart onrustig bonzen.

Misschien moet ze even naar buiten, frisse lucht happen. Ergens in een eetcafeetje op het Waagplein wat eten. Ze heeft er altijd een hekel aan gehad om voor zichzelf te koken en op dit moment voelt ze zich er helemaal niet toe in staat.

Maaike pakt haar jas, stopt haar mobieltje en haar portemonnee in haar zak en loopt de lange steile trap af naar de voordeur. Even later staat ze op het Verdronkenoord, een van de mooiste en oudste grachten in de Alkmaarse binnenstad.

Ze had gehoopt dat de koude buitenlucht ruimte in haar hoofd zou geven, maar ze kan niet ophouden met piekeren. Vanaf het moment dat ze hoorde dat David Hoogland vermoord is, moet ze vechten tegen het onheilspellende gevoel dat bezit van haar neemt. Het is een illusie dat ze na al die jaren veilig terug kon gaan naar de stad uit haar jeugd. Ze is niet de enige die is teruggekeerd.

Ze wil net de gracht af lopen als er een kleine auto langs het water inparkeert. In het licht van de straatlantaarn herkent Maaike de witte Opel Corsa van Daniela. Verbaasd blijft ze staan en wacht tot haar vriendin is uitgestapt.

'Wat kom jij nou doen?' vraagt ze nadat ze elkaar met een zoen hebben begroet.

'Ik zou een paar schilderijen bij je komen ophalen, weet je nog?' zegt Daniela.

Nu ze het zegt herinnert Maaike zich vagelijk de afspraak. 'Ik was het vergeten. Als je een minuut later was gekomen, had je voor een dichte deur gestaan.'

'Dan had ik je gebeld en dan was je meteen teruggekomen. Toch?' lacht Daniela. 'Waar ging je naartoe?'

'Zomaar even de stad in om een hapje te eten. Ga je mee?'

'Welja. Een mens moet immers eten,' zegt Daniela opgeruimd. Ze vergrendelt haar auto, stopt de sleutel in haar tas en steekt haar arm door die van Maaike. 'Zo, en hoe bevalt het om terug te zijn in de Kaasstad? Ben je al een beetje gewend?'

'Ja, dat ging best snel. Niet zo vreemd natuurlijk. Ik kom hiervandaan.'

'Daarom kan het nog wel wennen zijn. Als ik zie hoe snel alles in Amsterdam verandert...'

'Dat is waar, maar daar loop je niet zo snel oude bekenden tegen het lijf. Hier heb ik er wel een paar gezien.'

'Echt? Gezellig.'

'Nou, ze herkennen mij dus niet. Ze lopen me zo voorbij. Blijkbaar ben ik erg veranderd in tien jaar.'

'Dat kan ik me nauwelijks voorstellen. Ik denk dat ze gewoon niet verwachten jou tegen te komen. Met mensen die je al die tijd bent blijven zien is dat anders.'

'Dat is waar. Ik vind het ook niet erg, hoor. De meesten van hen heb ik niets te zeggen.'

Ze hebben het einde van het Verdronkenoord bereikt, steken de Mient over en lopen van daaruit naar het Waagplein. Eén kant van het plein waar 's zomers de beroemde kaasmarkt wordt gehouden, vormt een lint van kroegen en eetcafés. In een grand café vinden ze een plaatsje op een comfortabele hoekbank. De menukaart is gevarieerd genoeg, maar ze nemen allebei saté.

Nadat de bestelling is opgenomen vraagt Daniela: 'Hoe

gaat het met schilderen? Nog wat nieuws gemaakt?'

'Twee doeken,' zegt Maaike. 'Ik ben er alleen nog niet helemaal tevreden over. Er ontbreekt iets aan *Meisje in de nevel*, maar ik weet niet wat.'

'Doe maar rustig aan. Je hebt de inkomsten niet direct nodig. Even wat anders, ken jij die David Hoogland die laatst vermoord is? Ik las erover in *De Telegraaf*.'

Een paar seconden hangt er een ongemakkelijke stilte tussen hen. Dan maakt Maaike een toegeeflijk gebaar met haar handen.

'Oké,' zegt ze met een zucht. 'Ja, die ken ik van vroeger. Maar hou je mond, want tegen de politie heb ik gezegd dat ik nog nooit van hem gehoord heb.'

'Waarom?'

Even is Maaike stil, dan zegt ze: 'Dat leek me beter.'

'Dat komt uit, Maaike.'

Maaike laat haar ogen door het restaurant dwalen. Het duurt even voor ze terug zijn bij Daniela, en dan kijkt ze haar niet langer dan twee seconden aan.

'Hij heeft het verdiend,' zegt ze op gespannen toon. 'Ik ga niet doen alsof ik het erg vind dat hij dood is.'

'Dat hoeft ook niet. Ik begrijp het best.' Geruststellend legt Daniela haar hand op de arm van haar vriendin. Ze leunt terug als de serveerster met hun bestelling komt en de borden op tafel zet.

Zodra ze zeker weten dat de serveerster buiten gehoorsafstand is, hervatten ze hun gesprek.

'Je zegt toch niets tegen de politie, hè?' zegt Maaike zacht.

'Dat je David hebt gekend? Nee, natuurlijk niet. Waarom zou ik?'

'En je zegt toch ook niets over... je weet wel?'

Nu blijft het wat langer stil.

'Daniela?' dringt Maaike aan.

'Nee,' zegt Daniela na nog een paar tellen. 'Al maak ik me wel zorgen. Denk jij dat zij het heeft gedaan?'

Vertwijfeld wrijft Maaike over haar voorhoofd. 'Ik weet het niet. Het zou best eens kunnen.'

In een drukkende stilte beginnen ze te eten. Na een paar happen saté neemt Daniela een slok van haar water en kijkt nadenkend voor zich uit. 'Toch kan je niet helemaal je mond houden Maaike. Geef de politie in elk geval een tip, desnoods anoniem. Door te zwijgen stem je in wezen in met moord. Ik kan me niet voorstellen dat je daaraan medeplichtig wilt zijn.'

'Dat wil ik ook niet.'

'Vertel de politie wat je vermoedt,' zegt Daniela dringend.

Over haar wijnglas kijkt Maaike haar besluiteloos aan. 'We weten het niet eens zeker.'

'Dat weten we wel.'

Maaike staart naar haar bord, waar de saté al koud begint te worden.

'Ik moet erover nadenken.'

15

De volgende dag zit Lois om zeven uur achter een stapel dossiers. Vanochtend heeft ze maar een halfuurtje gesport; ze heeft er eenvoudigweg de energie niet voor.

Mensen worden niet zomaar vermoord. Daders laten sporen achter. Dat zij ze niet gevonden hebben, wil niet zeggen dat ze er niet zijn. Ze hebben niet goed gezocht en iets over het hoofd gezien, of een verspreking of veelzeggende opmerking in de kennissen- en familiekring van het slachtoffer is niet op waarde geschat. Het heeft al eerder, in andere zaken, de moeite geloond om alle opgenomen verklaringen nog eens door te nemen, dus dat gaat ze vandaag doen.

'Hé, Lois, jij bent weer vroeg.' Nick komt binnen en gooit zijn jas over de leuning van zijn stoel.

Hij gaat zitten en rekt zich eens goed uit. 'Ik ben aan vakantie toe, met palmen en zon.'

'Ik dacht dat je net geweest was. Je tanden zien zo bruin.'

Nick is sportief genoeg om te grinniken. 'Lachen met jou, zeg. Wat ben je aan het doen?'

'Het zit me niet lekker dat we zo weinig opschieten, dus ik ga al het papierwerk nog maar eens doornemen,' zegt Lois. 'Vooral van de mensen die ik niet zelf gehoord heb.'

'Rotklus,' zegt Nick. 'Maar wel nuttig. Wil je koffie?'

'Lekker.'

Nick staat weer op en verlaat de recherchekamer. Even later komt hij terug met twee plastic bekertjes zwarte koffie.

'Ter ondersteuning,' zegt hij. 'Wat zouden we moeten zonder koffie?'

'Daar zouden we na een week aan gewend zijn,' zegt Lois. 'Er was laatst een onderzoek op tv waarbij de ene helft van een groep mensen koffie tijdens het werk kreeg en de andere helft een placebo. Voor hun resultaten maakte het geen verschil. De mensen die de nepkoffie kregen, voelden zich even energiek als anders. Dus het effect van cafeïne is niet zo groot als wij denken. Het is allemaal psychisch.'

Met een voldaan gezicht neemt Nick een slok koffie. 'Je zou mij geen nepbakkie hoeven voorzetten. Ik proef het verschil meteen.'

Lois glimlacht en buigt zich weer over het dossier.

Nick legt zijn benen op het bureau en staart naar het plafond. 'Wat hebben we nou tot nu toe?' zegt hij. 'Een jonge vent van achtentwintig, een onderwijzer, wordt vermoord aangetroffen, met ingeslagen hersens en zijn penis in zijn mond. Uit niets blijkt dat hij is vreemdgegaan of dat hij zijn leerlingen iets heeft aangedaan. Er lijkt geen motief voor de moord te zijn, maar die moet er wel zijn. Als hij recentelijk niets heeft uitgevreten, dan moeten we verder terug kijken. Wraak kan jarenlang sudderen, om opeens tot explosie te komen. Ik denk aan een medestudent of -studente, iemand uit een oude vriendenclub. Door die afgesneden penis ben ik geneigd te denken aan een vrouw, en doorredenerend kom je al snel op een verbroken relatie of verkrachting. Wat denk je: zou een vrouw jaren nadat ze verkracht is alsnog wraak kunnen nemen?'

Lois kijkt op. 'Dat lijkt me wel. Zeker als er iets heeft plaatsgevonden waarbij de gevoelens aangewakkerd werden.'

'Deze vrouw, ervan uitgaande dat het om een vrouw gaat,

had een hamer en een mes bij zich. Dan was het voorbedachten rade.'

'Ze is haar verkrachter tegengekomen, maar wist niet zeker of hij het wel was. Dus ze heeft hem een tijdje in de gaten gehouden. Op de een of andere manier heeft ze contact met hem gezocht, om te ontdekken dat hij haar niet eens herkende.'

'Ze sprak hem aan in de kroeg en bood aan een foto van hem en zijn vriendin te maken.'

'Nog steeds had hij geen idee met wie hij te maken had. Dat moet haar tot razernij gebracht hebben.'

Ze kijken elkaar aan.

'Tamara,' zegt Lois en ze schuift het dossier van zich af. 'De geheimzinnige, onvindbare Tamara.'

'Vergeet die kunstenares, Maaike Scholten, niet. Uit het buurtonderzoek is namelijk gebleken dat alleen de straat waar Hoogland woonde een folder in de bus heeft gekregen. Nou begrijp ik wel dat je niet de hele stad kunt bedienen als je zelf flyert, maar het is wel opvallend dat het net die ene straat is.'

'Is dat zo? Waarom weet ik dat niet?' Met gefronste wenkbrauwen begint Lois in het dossier te bladeren. 'Daarom is het dus goed om je in de verslagen te verdiepen. Nick, dit had je met ons moeten delen!'

'Kom op, Lois, je weet toch hoe dat gaat?' Geprikkeld staat Nick op. 'In de eerste fase van een onderzoek komt er zoveel informatie op je af dat je door de bomen het bos niet meer ziet. Is jou dat nooit overkomen?'

Dat is het niet, maar Lois zwijgt er verder over. Zodra Fred binnenkomt licht ze hem in.

'Ik ben benieuwd waar Maaike nog meer geflyerd heeft,' zegt ze. 'Als ze alleen in de Kompasweg is geweest, is dat wel opvallend.'

'Trek haar na,' zegt Fred. 'Zoek alles uit wat we over haar te weten kunnen komen. Haar jeugd, haar vriendinnen, de scholen waar ze op heeft gezeten – sportclubjes, alles. Als er een verband is tussen David en haar moet dat er op een gegeven moment uit komen.'

Claudien is intussen ook binnengekomen, druk in gesprek met Jessica, een jonge rechercheur in opleiding. Steeds meer collega's druppelen binnen en algauw zijn alle werkplekken bezet en is iedereen druk bezig met het onderzoek. Nog twee uur later is het dossier-Maaike Scholten aardig dik. Lois schuift naast Fred aan zijn bureau om een korte samenvatting te geven.

'Geboren in Alkmaar, enig kind en al jong wees geworden,' somt ze op. 'Vanaf haar elfde is ze opgevoed door haar grootouders van moederskant. Ik heb een oud-leraar van haar gesproken en die vertelde me dat ze op de middelbare school een probleemleerlinge was. Hard werken en goed opletten wisselde zich af met agressief gedrag en langdurig spijbelen. Maaike had met gemak vwo kunnen doen, maar ze heeft uiteindelijk met moeite haar vmbo-diploma gehaald. Daarna is ze naar de kunstacademie gegaan. Schilderen deed ze wel altijd graag, op school al. De leraar wist ook te vertellen dat ze in haar vrije tijd op een schilderclubje zat. Ze had talent, dat wist hij nog wel.'

'Vriendjes, vriendinnetjes?' wil Fred weten.

'Niet veel. Ze was een einzelgänger.'

'Gepest?'

'Nee, daarvoor was ze te goed gebekt. Ze kon heel stil en onopvallend haar gang gaan, maar ze was geen watje. Die leraar heeft me een paar namen gegeven van leerlingen met wie ze omging. Die moeten Claudien en ik nog natrekken.'

'Het kost allemaal wel veel tijd. Ik hoop niet dat we hiermee op een dood spoor zitten,' zegt Fred met een fronsrimpel.

'We hebben geen ander spoor. Ja, dat van Tamara, maar zolang we geen achternaam hebben kunnen we daar niets mee,' zegt Lois praktisch. 'Misschien duikt ze nog op tijdens het onderzoek.'

'Dat zou mooi zijn,' zegt Fred. 'Gaan jullie er samen mee aan de slag. Ik ben even van de zaak af vanwege die roofovervallen van de laatste dagen en daar heb ik Nick ook bij nodig.'

Lois en Claudien kijken elkaar aan, pakken hun jas en vertrekken meteen. Hun eerste bestemming is Maaikes huis.

'Ik ben heel benieuwd waarom Maaike alleen op de Kompasweg heeft geflyerd,' zegt Lois. 'En ik wil graag haar gezicht zien als we haar dat vragen.'

De mist van de afgelopen dagen is opgetrokken. Het regent zachtjes. Als ze het Verdronkenoord op rijden glimmen de natte kasseien en vormen zich kringen in het grachtwater.

Helemaal aan het einde van de straat is nog één parkeerplaats vrij, zodat ze een heel eind moeten teruglopen naar Maaikes huis. Lois belt aan en ze wachten. Lange tijd blijft het stil.

'Ik denk niet dat ze thuis is,' zegt Claudien.

Net als Lois nog een keer op de bel drukt, klinken er voetstappen op de trap. De deur gaat open en Maaikes gezicht verschijnt om de hoek.

'Ja?' vraagt ze geïrriteerd.

'Ik hoop niet dat we je storen?' zegt Lois.

'Ja, ik ben aan het schilderen.'

'We zouden je graag nog iets willen vragen. Het duurt niet lang.'

'Liever niet. Kom morgen maar terug.' Maaike wil de deur weer dichtdoen, maar Claudien zet haar voet ertussen.

'Eén vraag, dan zijn we weer weg. Zullen we even naar boven gaan? Het is nogal nat buiten.'

'Stel je vraag hier maar. Het duurt toch niet lang, zei je?'
Lois en Claudien wisselen een blik.

'Goed dan,' zegt Lois. 'David Hoogland had een folder van jouw expositie in zijn broekzak. Volgens zijn vriendin lag die op de deurmat. We willen graag weten of je zelf geflyerd hebt en waar precies.'

Maaike staart hen aan alsof ze niet kan geloven dat ze haar voor zo'n vraag komen storen.

'Weet ik veel waar ik allemaal geweest ben.'

'In elk geval in de straat waar David Hoogland woonde,' merkt Claudien op.

'Nou en? Trouwens, ik weet niet eens wáár hij woonde.'

'Dat vinden wij wel heel toevallig,' zegt Lois, die genoeg krijgt van het agressieve toontje in Maaikes stem. 'Als je nou in heel Alkmaar bent geweest is het wat anders, maar in die wijk was de Kompasweg de enige.'

'Wat je zegt: heel toevallig. Ik heb geen idee waar ik die folders in de bus heb gestopt. Ik heb het niet bijgehouden. Als jullie het niet erg vinden, ga ik nu weer aan het werk.' Zonder verdere plichtplegingen gooit Maaike de deur voor hun neus dicht.

16

Met opgetrokken wenkbrauwen kijkt Lois naar de dichte deur en dan naar Claudien. 'Nou ja zeg! Wat een humeur,' zegt ze.

'Daar schijnen kunstenaars wel vaker last van te hebben.'

'Van een slecht humeur?'

'Nee, van wisselende stemmingen. Uitgelaten als alles gaat zoals ze wensen, chagrijnig als ze gestoord worden of inspiratie uitblijft.'

Het is harder gaan regenen en ze lopen snel terug naar de auto.

'Ze loog,' zegt Lois als ze op hun plaatsen zitten. 'Onze vraag overviel haar en ze wilde ons duidelijk niet boven hebben. Ik vraag me af waarom niet.'

'Tja, we hebben te weinig voor een doorzoekingsbevel, dus dat zal niet gaan. We rijden nog even terug naar het bureau, kijken of er nieuwe ontwikkelingen zijn, en daarna gaan we de kroegen af op zoek naar iemand die Tamara kent.'

'Dat heeft toch geen enkele zin? We hebben niet eens een foto van haar. We weten alleen dat ze halflang, donker haar heeft en ongeveer net zo groot is als ik.'

'Even groot als de moordenaar moet zijn geweest. Als iemand haar kent en ons haar achternaam kan geven, is dat me een gebroken nacht wel waard.'

'Mij ook,' zegt Lois. 'Ik geloof er alleen niet zo in. Volgens mij kwam ze alleen in 't Ossenhooft omdat ze wist dat David daar kwam.'

'Mogelijk,' geeft Claudien toe. 'Maar we hebben niets anders, dus we gaan vanavond maar eens op kroegentocht.'

Aan het einde van de werkdag eten ze samen in Het Gulden Vlies, een sfeervol grand café in de buurt van de Grote Kerk. Vroeger ging Lois daar al uit eten, met haar ouders en Tessa. Terwijl zij boven de menukaart hingen, vertelde haar vader elke keer weer dat dit het oudste restaurant van Alkmaar was. Dat het uit 1563 stamde en eeuwenlang als herberg, logement en later als restaurant dienst had gedaan. Dat soort dingen fascineerde hem; hij probeerde te bedenken hoe het er in de zestiende eeuw uit moest hebben gezien en fantaseerde daarover met Tessa en haar. Haar moeder zat er altijd maar een beetje bij. Geschiedenis interesseerde haar niet erg. Ze leefde in haar eigen verleden.

Later lunchte Lois er weleens met vriendinnen, maar dat is lang geleden. Ze heeft ook niet veel vriendinnen. Door alle zorgen rond haar moeder trok ze vroeger vooral met Tessa op. De paar vriendschappen die ze heeft opgedaan, dateren van haar studietijd in Amsterdam. Zodra het diploma behaald was, zwierf iedereen uit en kwam er niet veel van de belofte om contact te houden. Kortom, de tijd was doorgegaan. Toen ze Brian ontmoette had ze verder niemand nodig. Vijf jaar later pakte hij zijn spullen en kwam ze erachter dat ze alleen was. Fred en Nanda waren degenen die haar door die moeilijke periode sleepten en haar stimuleerden om weer eens uit te gaan en nieuwe mensen te ontmoeten.

Tot nu toe is dat zonder veel resultaat gebleven. Kroegvriendschappen zijn niet bepaald banden voor het leven. Ze bieden verstrooiing op een avond die ze anders alleen had doorgebracht, maar meer is het ook niet. Bovendien heeft ze een veeleisende baan. Toch had Lois nooit gedacht dat ze op haar eenendertigste eenzaam zou zijn.

Het voorstel van Claudien om samen een hapje te gaan eten neemt ze dan ook een beetje verbaasd maar welwillend aan. Eigenlijk vreemd dat ze haar collega zo slecht kent. Het enige wat ze van Claudien weet is dat ze net gescheiden is en een zoontje van tweeënhalf heeft.

'Hoe gaat het eigenlijk met je?' vraagt Lois belangstellend als ze besteld hebben. 'Het was een pijnlijke scheiding, als ik het goed begrepen heb.'

'Nogal.' Claudien leunt wat naar achteren en strijkt haar kastanjebruine krullen uit haar gezicht. 'We waren zes jaar getrouwd, waarvan hij drie jaar een dubbelleven heeft geleid. Dat doet zeer. Ik bedoel, we hebben een kind samen. Het meest intieme wat je met iemand kunt delen. Maar achteraf bleek dat hij dat intieme moment al eerder met iemand anders had meegemaakt. Bij die andere vrouw heeft hij een dochtertje. Toen het uitkwam, bleek zij ook niet van mijn bestaan op de hoogte te zijn.'

'Ongelooflijk,' zegt Lois.

'Ja. Ik kan er nog steeds niet helemaal bij. Soms, als ik 's morgens wakker word, ben ik het even vergeten. Ken je dat gevoel – dat je een tijdje in je oude leven terug bent en dat langzaam maar zeker die wolk boven je hoofd schuift?'

'Ik weet precies wat je bedoelt.'

Claudien kijkt Lois voorzichtig vragend aan. 'Jij bent single, toch?'

Lois knikt en speelt met een busje tandenstokers. 'Ja. En daarvoor was ik met Brian, een Amerikaan. Hij was in Amsterdam gedetacheerd door het bedrijf waar hij voor werkte. Daar hebben we elkaar ook ontmoet, toen ik aan de politieacademie studeerde. Het was liefde op het eerste gezicht. Binnen de kortste keren woonden we samen. Later is hij meeverhuisd naar Alkmaar, toen ik terug wilde.'

'En toen?' vraagt Claudien belangstellend.

'Zijn werkgever riep hem terug naar Amerika en hij wilde dat ik met hem meeging.'

Er valt een stilte, waarin Claudien begrijpend knikt. 'En daar had jij geen zin in.'

'Ik heb het wel overwogen. Ik wilde bij hem zijn, liever dan wat ook. Maar niet als dat betekende dat ik Tessa moest achterlaten. Bovendien had ik net een geweldige baan gekregen bij de regionale recherche, het was een droom die uitkwam. Ik had geen idee wat ik ervoor terug zou krijgen als ik naar Amerika emigreerde, maar ik had ook geen zin om het uit te proberen. Ik ben niet geschikt om te emigreren, ik zou Nederland te erg missen.'

'En Brian?' vraagt Claudien voorzichtig. 'Mis je hem?'

Lois knikt. 'Nog elke dag. Tot aan zijn vertrek hoopte ik dat hij voor mij hier zou blijven, maar hij had dezelfde bezwaren als ik. Hij miste zijn familie, zijn land. En dus besloten we er een punt achter te zetten. Alleen hebben we dat nooit echt gedaan. We hebben nog steeds contact.'

'Echt? Op welke manier?'

'Eerst via Skype, maar na een paar maanden werd dat minder. Nu mailen we af en toe nog en posten berichtjes op Facebook. Het is niet veel, maar elke keer als ik een berichtje van hem zie, maakt mijn hart een duikeling.'

'Op die manier is het wel moeilijk om door te gaan,' vindt Claudien. 'Je kunt beter helemaal kappen. Streep eronder.'

'Ik weet het. Misschien gaat dat makkelijker als ik iemand anders ontmoet, maar tot nu toe is dat nog niet gebeurd.'

'Dan gaan we daar vanavond werk van maken.' Met een lach leunt Claudien naar achteren, zodat de serveerster hun borden op tafel kan zetten. 'We hoeven niet meteen te zeggen dat we van de recherche zijn.'

Lois lacht. 'Een dubbele missie dus. Daar drink ik op.' Ze heft haar glas spa, en Claudien tikt dat van haar ertegenaan.

17

Café 't Ossenhooft heet eigenlijk café De Amstel, maar omdat het gevestigd is in een zeventiende-eeuws pand met een gevelsteen waarop 'T WITTE OSSENHOOFT te lezen is, staat de kroeg onder die naam bekend. Terwijl ze de Platte Stenenbrug oversteekt werpt Lois een blik op de camera's die her en der hangen. Als Tamara hier geweest is, is daar misschien een opname van gemaakt.

Het is donderdagavond. In het café is het vol en lawaaiig, maar niet te druk om de aanwezigen aan een inspectie te onderwerpen en vervolgens naar Tamara te vragen. Lois begint bij de barkeeper, Claudien gaat alvast de kroeggasten af. Binnen een halfuur staan ze weer buiten zonder dat ze ook maar iets verder gekomen zijn. Besluiteloos kijken ze elkaar aan.

'Volgende kroeg proberen?' stelt Lois voor. 'David kwam vast niet alleen in 't Ossenhooft.'

'Gaat dit over David Hoogland?' klinkt een stem achter hen.

Lois en Claudien draaien zich tegelijk om. Bij de deur staat een meisje dat eerder, toen Lois haar naar Tamara vroeg, haar schouders had opgehaald. Ze heeft opgestoken donker haar en draagt lange goudkleurige oorbellen. Ze is gekleed in een Adidas-jasje en een kort zwart rokje.

'Ja,' zegt Lois. 'Heb je hem gekend?'

Het meisje knikt. 'Van vroeger. Op de middelbare school

zat ik bij hem in de klas. Ik had een andere vriendengroep, maar die wisselde nog weleens van samenstelling, dus we gingen ook samen uit. Met een groep, bedoel ik, niet met z'n tweeën.'

'Jij hebt David vroeger gekend? Dat is interessant. Hoe heet je?' vraagt Lois.

'Sonja de Nooij.'

'Zat er in die vriendengroep iemand die Tamara heette?'

'Dat zou best kunnen. Ik weet niet meer precies hoe iedereen heette. Ik ben niet zo goed in namen. Een gezicht vergeet ik niet snel, maar de naam die erbij hoort...'

'Maar de naam Tamara komt je wel bekend voor,' dringt Lois aan.

'Ja, al dacht ik dat ze Mara heette. Misschien heb ik het verkeerd onthouden. Of haal ik ze door elkaar. Zeg, zullen we naar binnen gaan? Het begint te regenen.'

Ze gaan het café weer in, maar blijven bij de deur staan. Sonja staat wat te draaien en zwaait naar een paar bekenden. Ze lacht, trekt een gezicht en geniet zichtbaar van de aandacht die ze krijgt.

Claudien maakt een einde aan de show door zich tussen Sonja en de andere kroegbezoekers op te stellen.

'Wat kun je ons vertellen over Tamara of Mara?' vraagt ze.

Na een vergeefse poging om over Claudiens schouder naar haar vrienden te kijken concentreert Sonja zich op het gesprek.

'Niet veel,' zegt ze. 'Ik kwam niet bij haar over de vloer of zo. Ik kende haar via via. Soms fietsten we een stukje met elkaar mee, dat is alles. We moesten dezelfde kant op. Ik...'

'Waar woonde ze?' valt Claudien haar in de rede.

Geïrriteerd kijkt Sonja haar aan. 'Weet ik veel. Ik kwam niet bij haar thuis, dat zeg ik net.'

'Zat ze op dezelfde school als jij?' vraagt Lois.

'Nee, geen idee op welke school ze zat. Ze zal het wel verteld hebben, maar dat weet ik niet meer.'

'Wat kun je wel over haar vertellen?'

'Tja... het was een mooi meisje. Slank en klein, schouderlang lichtbruin haar, een fotomodellengezicht. David had een oogje op haar, maar zij niet op hem. Ze had het niet zo op populaire types met hun stoere gedrag. Ze heeft hem een keer ontzettend voor gek laten staan door met hem af te spreken voor een schoolbal en niet te komen opdagen. Volgens haar had hij het verdiend omdat hij een arrogante bal was die met meisjes omging alsof ze producten waren. Het gerucht ging ook dat hij een meisje had aangerand.'

'O ja?' Lois is nu echt geïnteresseerd. 'Wat was daarvan waar?'

'Hoe moet ik dat nou weten? Ik stond er toch niet naast toen hij dat deed, als hij het al gedaan heeft? David Hoogland was niet bepaald het type dat een meisje hoefde aan te randen. Daar was hij veel te populair voor.'

'Maar het meisje op wie hij viel wees hem dus af. Met wie ging ze nog meer om? Wie waren haar vriendinnen?' vraagt Lois.

Sonja haalt haar schouders op. 'Volgens mij had ze niet veel vrienden of vriendinnen. Ze zat altijd te tekenen. Daar was ze erg goed in. Ze had het thuis niet gemakkelijk, geloof ik. Haar ouders waren overleden en ze werd opgevoed door haar opa en oma. Die waren al oud, dus ze mocht niks.'

Lois en Claudien kijken allebei met een ruk op.

'Heette dat meisje soms Maaike?' vraagt Lois scherp.

Met een stralend gezicht kijkt Sonja haar aan. 'Ja, dat was het! Ze heette Maaike. Maaike Scholten.'

18

'Maaike is op de expositie,' zegt de vrouw die op het Verdronkenoord opendoet. Ze heeft kort, donker haar en een zachte, vriendelijke uitstraling. De blik waarmee ze Lois en Claudien opneemt is evenwel scherp en taxerend. 'Ik ben Daniela Amieri, haar vriendin en zakenpartner.' De vrouw steekt haar hand uit en Lois en Claudien schudden die.

'Waar wilt u Maaike over spreken?' vraagt Daniela na nog een onderzoekende blik.

'Dat bespreken we liever met Maaike zelf,' zegt Claudien. 'Al hebben we ook een paar vragen voor u. Mogen we binnenkomen?'

Daniela aarzelt zichtbaar. 'Ik weet niet of Maaike het prettig vindt als ik haar huis daarvoor gebruik. Maar vooruit...'

Het is een grauwe, bewolkte dag met regen in de lucht, maar dat is niet de reden dat Lois blij is dat ze naar boven gaan. De eerste keer heeft ze minder goed rondgekeken dan ze had moeten doen. Dat kan ze nu goedmaken.

Ze heeft maar weinig geslapen vannacht. Hoeveel werk ze ook verzet op een dag, vierentwintig uur is altijd te weinig om alles te doen wat ze van plan is. Het liefst was ze na het gesprekje met Sonja de Nooij meteen naar Maaike gegaan, maar het was al laat dus het moest wachten tot de volgende dag. Na een korte nacht en een vroege briefing op het bureau zijn Claudien en zij meteen naar het Verdronkenoord gelopen.

Terwijl Lois de trap naar boven beklimt, branden de vragen in haar hoofd. Eenmaal op de zolder wordt ze weer getroffen door het prachtige uitzicht, maar deze keer werpt ze alleen een korte blik naar buiten. Daniela gaat aan de eettafel zitten en gebaart naar de plaatsen tegenover haar, maar alleen Claudien geeft aan die uitnodiging gehoor. Zij opent het gesprek, terwijl Lois blijft staan en in het rond kijkt. Aan Daniela's ongeruste blik ziet ze dat dat niet de bedoeling is, maar ze zegt niets.

Terwijl Claudien Daniela allerlei vragen stelt over haar contact met Maaike, loopt Lois wat heen en weer. Het is een rommeltje op de zolderetage. Overal staat wel wat, van kastjes tot bijzettafeltjes, en nog is het niet genoeg om al Maaikes spullen een plekje te geven. In de hoeken zijn tijdschriften en boeken op de grond gestapeld, omgeven door stofvlokken. Helemaal achteraan, waar ze schildert, is de situatie niet veel beter. Op een grote vierkante tafel liggen tubes verf en staan glazen potten met kwasten erin. Daartussen zwerven bordjes met halfopgegeten boterhammen, de resten van een zak patat en een lege wijnfles.

Lois loopt om het kamerscherm heen waarachter Maaikes bed staat. Het is niet opgemaakt. Ernaast staat een krukje met een stapeltje boeken erop waar blauwe post-its uitsteken. *De taal van het troosten. Emotioneel vaardig worden. Denk je sterk.*

Op een bijzettafeltje ligt een tekening. Lois pakt haar op en bekijkt haar. In felle, contrasterende kleuren is een huis getekend, waar een man, een vrouw en een kind hand in hand naast staan. Bovenaan zijn een blauwe lucht met wolken en een grote zon te zien. Het is duidelijk het werk van een kind, maar wel een kind met talent. Zo heeft ze geen blauwe wolken in een witte lucht getekend maar wolken en zonlicht uitgespaard in een zachtblauwe tint. Die is niet krasserig neergezet, maar met de zijkant van het kleurpotlood, zodat hij zich mooi egaal over het papier verspreidt. Onder in het hoekje staat met blokletters STEFANIE geschreven.

Met de tekening in de hand loopt Lois naar de eettafel, waar net een stilte valt.

'Wie is Stefanie?' Ze houdt de tekening omhoog.

Er verschijnt een gespannen blik op Daniela's gezicht. Dan glimlacht ze en zegt: 'O, dat is mijn nichtje. Ze kan goed tekenen en bewondert Maaike heel erg. Ze stuurt haar voortdurend tekeningen toe.'

'Jouw nichtje, verstond ik dat goed?'

'Ja, mijn nichtje. Maaike heeft geen familie – althans, niet veel. Ze was enig kind en heeft haar ouders al jong verloren.'

Lois knikt en legt de tekening terug waar ze haar gevonden heeft. Ze kan de vinger er niet achter krijgen, maar iets aan die vroegwijze tekening fascineert haar. Misschien is het het talent van het kind dat haar treft.

Ze kijkt er nog even naar en loopt dan terug naar Daniela en Claudien.

'Kende Maaike David Hoogland goed?' hoort ze haar collega vragen.

'Dat weet ik niet. Dat moeten jullie aan Maaike vragen.'

'Heeft ze het nooit over hem gehad?'

'Toen hij dood was wel, natuurlijk. Die moord stond in alle kranten. Maar ik geloof niet dat ze hem erg goed kende. Dat bleek in elk geval nergens uit. Ik heb er ook niet naar gevraagd. Ik bedoel, als Maaike die vermoorde man goed kende, zou ze me dat wel verteld hebben.'

Daniela praat maar door.

Lois wisselt een blik met Claudien. Daniela liegt. Ze oogt rustig en beheerst, maar mensen die iets te verbergen hebben, proberen dat vaak in een stortvloed van woorden te verhullen.

'Even iets anders; er zijn folders van Maaikes expositie

huis-aan-huis verspreid,' zegt Lois als er een stilte valt. 'Jij bent Maaikes zakenpartner, zei je net. Heb jij geflyerd of was dat Maaikes werk?'

Daniela richt haar hazelnootkleurige ogen op haar. Haar gezicht staat verbaasd. 'Dat hebben we samen gedaan. Ik weet niet meer precies wie waar geflyerd heeft.'

'Maar er zat toch wel enig systeem in dat flyeren? Jullie zijn toch niet lukraak Alkmaar in gereden om in willekeurige straten folders in de bus te stoppen?'

'Eigenlijk wel. We hadden er ook weer niet zoveel laten drukken dat we heel Alkmaar konden bedienen, dus we hebben in elke wijk een paar straten uitgekozen. Maar natuurlijk wel in de buurten met wat duurdere huizen.'

'Echt waar? Dus de straat waar David Hoogland woonde kwam niet in aanmerking?'

In verwarring kijkt Daniela naar haar op. 'Hoezo?'

'Omdat die wijk niet echt op een doorgaande route ligt. En het is ook niet het soort wijk waar het publiek woont dat je als eerste aanspreekt om kunst aan te verkopen.'

Daniela wendt haar blik af en haalt haar schouders op. 'Misschien niet. Maar als je folders overhebt, gooi je ze niet bij het oud papier. Die stop je dan ook nog in brievenbussen. Onverwacht staat ze op en zegt gedecideerd: 'Hebben jullie verder nog vragen? Ik heb werk te doen.'

19

'Wat een lulverhaal,' schampert Lois als ze weer in de auto zitten. 'In die wijk is geen duur huis te vinden, daar kunnen ze nooit bij in de buurt gezeten hebben. En als het wel zo is, dan is het wel heel toevallig dat het net de Kompasweg is. Die ligt allesbehalve in de loop.'

'Wat vond je van de rest van haar verklaring?' vraagt Claudien.

'Ze loog dat het gedrukt staat. Volgens mij wilde ze Maaike beschermen.'

'Maar waartegen?'

'Tegen de waarheid, en dat is dat Maaike en David elkaar kenden. Dat móét Daniela weten. Als een vriend van vroeger wordt vermoord, kan ik me niet voorstellen dat je dat niet aan een goede vriendin vertelt.'

'En als het nou geen goede vriend was?'

'Dan ook. Tenzij je iets met zijn dood te maken hebt. Of er meer van weet.'

'Ze schrok duidelijk toen ze hoorde dat er was geflyerd op de Kompasweg.'

Terwijl ze erover doorpraten rijden ze naar het gebouw van de Kunstuitleen. Eenmaal daar aangekomen lopen ze meteen door naar het expositiezaaltje. Het is een klinisch witte ruimte, waarin Maaikes doeken des te meer schitteren aan de muren en her en der geplaatste tussenwandjes.

Er wandelen een paar mensen rond die aandachtig de schilderijen bekijken. Maaike staat in het midden van de ruimte, in gesprek met een dame en een heer. Over hun schouder ziet ze Lois en Claudien aankomen en er trekt iets van schrik en daarna berusting over haar gezicht.

Met een handgebaar geeft ze aan dat ze zo bij hen komt. Lois knikt haar toe. Om het wachten te bekorten, wandelen Claudien en zij wat door de ruimte en bekijken de schilderijen.

'Mooi,' merkt Claudien waarderend op. 'Zoiets zou ik best aan de muur willen hebben.'

'Het is mij te zoet, maar inderdaad, het is op een bepaalde manier wel mooi,' beaamt Lois.

Maaikes stijl is impressionistisch, met een palet van pastelkleuren die een rustgevende uitwerking hebben. Haar schilderijen zijn voornamelijk tafereeltjes van kinderen die spelen in een park, bloemen die bloeien in het veld en andere zomerse voorstellingen.

'Vrij commercieel,' zegt Claudien. 'Ik kan me wel voorstellen dat het verkoopt.'

'Het is in elk geval beter dan de schilder die ik eens aan het werk heb gezien toen een dure meubelzaak zijn deuren opende.'

'Een meubelzaak?'

'Ja, zo'n designzaak waar ook kunst wordt verkocht. Voor de opening hadden ze een schilder uitgenodigd die een demonstratie van zijn werkwijze gaf. Hij smeerde de verf met de achterkant van een koekenpan op het doek. Ik dacht eerst dat het een grap was, maar dat was echt de manier waarop hij werkte.'

Claudien schiet in de lach. Op dat moment komt Maaike aanlopen.

'Hallo,' zegt ze, een tikje onzeker. 'Jullie komen zeker niet voor mijn schilderijen?'

Lois glimlacht haar vriendelijk toe. 'Nee, we zijn hier omdat we je iets willen vragen. Kan dat hier?'

Maaike kijkt vluchtig om zich heen. 'Het is nu rustig, dus als het niet te lang duurt en jullie discreet kunnen zijn? Er lopen hier potentiële klanten.'

'Dat begrijpen we. Misschien dat we beter ergens anders naartoe kunnen gaan?' vraagt Lois.

'Hebben jullie zin in koffie? Dan kunnen we naar het restaurant gaan,' stelt Maaike voor.

Het verschil met de manier waarop ze de laatste keer door haar werden ontvangen is zo groot dat het Lois verbaast.

'Het spijt me dat we je gisteren stoorden,' zegt ze terwijl ze de hal doorsteken naar het restaurant. 'Ik kan me voorstellen dat dat vervelend is als je druk aan het werk bent.'

Maaike kijkt haar niet-begrijpend aan. 'Wanneer?'

'Gistermiddag.'

'O... toen. Ja, ik was helemaal in trance. Was ik erg onvriendelijk?' Maaikes stem klinkt verschrikt.

'Dat viel wel mee. Maar we willen nog wel even terugkomen op het onderwerp waar we het toen over hadden.'

'Je moet me even helpen. Als ik schilder bestaat de wereld uit mijn doek en niets anders. Mensen kunnen me bellen, binnenkomen en een gesprek met me voeren, maar na afloop kan ik me daar amper iets van herinneren.'

'Kunstzinnige verstrooidheid,' zegt Claudien.

'Zoiets. Gebruiken jullie iets in de koffie?' Maaike stapt het restaurant binnen en gaat bij de toonbank staan.

'Allebei zwart,' zegt Lois.

De koffie staat klaar in de pot – al een aardig tijdje, zo te ruiken – en wordt meteen ingeschonken. Ze nemen hun kopjes mee naar een tafel helemaal achterin, in een hoek van het vertrek.

'Waar kwamen jullie de laatste keer ook alweer voor?' vraagt Maaike.

'Het ging over het flyeren. We vroegen je waar in Alkmaar je folders had verspreid,' zegt Claudien.

'O ja.' Maaike scheurt het suikerzakje open en strooit de inhoud ervan in haar koffiekop. 'Waarom is dat zo belangrijk?'

'Omdat er geflyerd is op de Kompasweg, de straat waar David Hoogland woonde. Een rustige straat in een achterafwijkje. Niet echt voor de hand liggend om daar iets in de bus te stoppen.'

'Dat moet Daniela hebben gedaan. Ik ben daar niet eens in de buurt geweest.' Maaikes stem klinkt rustig en beheerst, maar het lichte zenuwtrekje bij haar mond ontgaat Lois niet.

'Daniela kan zich niet herinneren dat ze daar is geweest. We hebben haar net gesproken,' zegt Claudien.

'Is dat zo? Wat vreemd. Nou ja, een van ons moet daar geweest zijn. Ik kan het me niet goed herinneren. Ik weet niet eens waar de Kompasweg is.'

'Vlak bij de Oudie, die plas in de Daalmeer,' helpt Lois haar. 'De plek waar Davids lichaam is gevonden.'

'O...' Maaike kijkt van haar weg, neemt een slokje koffie en brandt haar lip. Ze prevelt een verwensing en zet het kopje op tafel.

'Dat is niet het enige waarvoor we gekomen zijn,' gaat Lois door. 'Gisteravond hebben we Sonja de Nooij gesproken. Ken je haar nog?'

'Sonja de Nooij? Die naam klinkt bekend.'

'Ze herinnerde zich jou nog heel goed. Volgens haar was David Hoogland verliefd op jou toen jullie jonger waren.'

Deze keer reageert Maaike helemaal niet. Ze speelt wat met het lege suikerzakje en kijkt neer op de lichtgroene loper die over de tafel gedrapeerd ligt.

'Maaike?' zegt Lois. 'Klopt dat? Heb jij David vroeger wél gekend en was hij verliefd op je?'

Met tegenzin kijkt Maaike op. 'Ja,' geeft ze na een korte stilte toe. 'Ik kende David inderdaad, maar niet heel goed. Hij zat achter me aan toen ik veertien en hij zestien was. Ik weet niet waarom; er liepen wel knappere meisjes om hem heen. Ik was nogal teruggetrokken, interesseerde me niet voor make-up, kleding en al die dingen waar meisjes van die leeftijd belangstelling voor hebben. Maar misschien vond hij dat juist leuk. In elk geval liep hij behoorlijk achter me aan.'

'Jij moedigde hem niet aan, begrijp ik.'

'Bepaald niet. Ik had wel iets anders aan mijn hoofd. Mijn jeugd was niet zoals die hoort te zijn. Mijn ouders zijn overleden toen ik elf was en toen ben ik bij mijn grootouders gaan wonen. Maar zij waren al aardig op leeftijd en er was een gigantische generatiekloof. Ze waren heel behoudend. Ik mocht bijna niets. Niet uitgaan, niet met jongens afspreken, niet 's avonds naar vriendinnen toe.'

'Kwam je daar weleens tegen in verzet?'

'Niet echt. Ik was geen rebels kind. Bovendien hield ik van mijn opa en oma. Ik was bang dat ik uit huis geplaatst zou worden als ik lastig was.'

Lois knikt begrijpend. 'Hoe liep het af met David? Gaf hij het op een gegeven moment op?'

'Hij vroeg me mee uit. Ik liet in het midden of ik zou gaan, want intussen was ik hem toch wel leuk gaan vinden. Leuk is niet het goede woord, ik voelde me eerder gevleid. Ik was erg jong en onzeker, en het was voor het eerst dat een jongen zoveel aandacht aan me besteedde.'

'En, ben je met hem uitgegaan?'

Weer zwijgt Maaike even. 'Nee,' zegt ze ten slotte. 'Ik ben niet gegaan. Volgens mij heeft hij me dat erg kwalijk genomen. De liefde was meteen over.'

'Waarom heb je niet meteen tegen hem gezegd dat je niet mee wilde?' vraagt Claudien.

'Omdat ik twijfelde.'

'Was dat omdat je had gehoord dat hij een meisje had aangerand?' vraagt Lois.

Maaike kijkt haar secondelang aan zonder iets te zeggen. 'Hoe kom je daar nou bij?' zegt ze ten slotte.

'Dat vertelde Sonja de Nooij.'

'O,' zegt Maaike. 'Ja, dat had er inderdaad mee te maken.

'Geloofde jij dat David dat had gedaan?'

Maaike kijkt Lois en Claudien beurtelings recht aan. 'Ja,' zegt ze. 'Dat geloofde ik. Ik geloofde het niet alleen, ik wist het zeker.'

'En hoe wist je dat zo zeker?' vraagt Lois geïnteresseerd.

'Omdat ik dat meisje kende. Ze heeft me zelf verteld wat hij gedaan had. Ik stelde voor om samen naar de politie te gaan, maar dat wilde ze niet. Zover ik weet heeft ze nooit aangifte gedaan.'

Met stijgende opwinding kijkt Lois naar Claudien.

'Hoe heette het meisje dat door David was verkracht?' vraagt ze.

'Tamara.'

'Tamara hóé? Wat was haar achternaam?'

'Dat weet ik niet. Zo goed kende ik haar ook weer niet.'

Iets van Lois' opwinding luwt en maakt plaats voor teleurstelling. 'Jullie kenden elkaar amper, maar ze nam je wel in vertrouwen over het meest pijnlijke en vernederende moment van haar leven? Dat vind ik moeilijk te geloven.' Haar stem klinkt wat scherper dan de bedoeling is.

Maaike kleurt licht. 'Het was toeval. Dat we elkaar ontmoetten, bedoel ik. Bovendien was het net gebeurd.'

'Die verkrachting, bedoel je?' zegt Claudien gespannen. 'Ontmoette je haar vlak na die verkrachting?'

Maaike bijt op haar lip en knikt. 'Het gebeurde op een feest, aan het einde van de avond, toen bijna iedereen naar huis was. Ik was daar ook.'

'Heb je het zien gebeuren?'

'Ja, maar ik wist niet precies wat er aan de hand was.'

'Je zag dat iemand werd verkracht, maar je wist niet wat er aan de hand was?'

'Er was de hele avond geschreeuw, gedoe, geruzie, gelach en seks. Er werd strippoker gespeeld. Ik zag Tamara met David, maar ik wist niet dat ze verkracht werd.'

'Heb je gezíén dat David Hoogland Tamara verkrachtte?' vraagt Claudien met nadruk.

'Ja. Maar, zoals ik al zei: ik wist niet dat het niet op vrijwillige basis gebeurde.'

'Dat zie je toch?' merkt Lois op. 'Dat hoor je ook.'

Maaike zwijgt en kijkt ongemakkelijk van hen weg.

'Je wist het wél,' constateert Lois. 'Je koos er alleen voor om niet in te grijpen. Waarom heb je niets gedaan, Maaike?'

Het duurt een tijd voor Maaike haar weer aankijkt, en dan zijn haar ogen vochtig. 'Ik was bang,' fluistert ze. 'David Hoogland was niet de enige die Tamara verkrachtte. Er waren nog twee anderen die meededen. En een meisje dat toekeek.'

'Wie?'

'Dat weet ik niet meer. Een vriendinnetje van een van die jongens. Ze lachte en moedigde hen aan.'

'Ik bedoel, wie waren die andere jongens die meededen?'

'Vrienden van David. Ik kende ze niet. Ik heb ook maar heel even gekeken. Toen ben ik snel weggegaan.'

'Kwam het niet in je op om hulp te halen voor dat arme meisje?'

Lois' strakke blik zorgt ervoor dat Maaike zich duidelijk niet op haar gemak voelt. Ze knippert wat met haar ogen en een warme blos verspreidt zich over haar gezicht.

Maaike kijkt opzij en bijt op haar lip. 'Nee,' geeft ze toe. 'Ik deed helemaal niets, en daar heb ik altijd spijt van gehad.'

'Was een van die jongens misschien Julian van Schaik?'

informeert Claudien na een korte stilte.

'Misschien. Ik zag die jongens alleen op hun rug, terwijl dat meisje erbij stond. Ik kon niet goed zien wie het was.'

'Maar David herkende je wel?'

'Ja, hem kende ik het best. En dat meisje moedigde hem ook aan. Ze lachte en riep dingen als: "Pak haar, David!"'

Deze keer valt er een lange, diepe stilte. Lois en Claudien wisselen een blik en schuiven dan tegelijk hun stoel naar achteren.

'Waarom heb je ons dit niet meteen verteld?'

Bij wijze van antwoord haalt Maaike haar schouders op.

'We moeten je vragen mee naar het bureau te komen om een officiële verklaring af te leggen,' zegt Lois.

Angstig kijkt Maaike naar hen op. 'Word ik gearresteerd? Ik heb niets gedaan.'

'Je wordt niet gearresteerd, we willen alleen je verklaring opnemen. Daarna kun je weer gaan,' stelt Claudien haar gerust. 'Ga je mee?'

20

'Dus Tamara woonde vroeger in Alkmaar en heeft David Hoogland gekend. Zoveel is zeker,' zegt Lois als ze verslag uitbrengen op het bureau. Claudien en zij hebben Maaike meegenomen naar het bureau, waar haar verhaal is opgetekend. Daarna hebben ze haar laten gaan en zijn ze nagegaan of er ooit aangifte van verkrachting is gedaan door ene Tamara. Dat was niet het geval. Maaikes verhaal was dus niet te controleren, maar klonk wel aannemelijk.

Nu zitten ze, in gezelschap van Fred, Nick en Silvan in Ramons kamer en bespreken wat ze zojuist hebben gehoord.

'Het is vervelend dat niemand de achternaam van dat meisje kent,' zegt Nick. 'Niet alleen vervelend, maar ook vreemd.'

Claudien draait haar stoel naar hem toe. 'Ken jij iedereen die je vroeger hebt gekend nog bij achternaam? Ik ben al blij als ik op hun voornaam kan komen.'

'Toch blijf ik het vreemd vinden,' houdt Nick vol.

'Ik ook,' valt Ramon hem bij. 'Heeft iemand eraan gedacht contact op te nemen met de middelbare scholen in Alkmaar en naar hun administratie te vragen? Ik wil een lijst met alle Tamara's die twaalf jaar geleden geregistreerd stonden.'

'Nick en ik hebben vanmiddag alle scholen gebeld,' zegt Claudien. 'Helaas bewaren ze hun leerlingenadministratie maar vijf jaar. Daarna wordt de boel opgeschoond.'

Ramon slaakt een diepe, gefrustreerde zucht. 'Dus daar loopt het spoor dood. Ik zou er iets voor geven als we beelden van haar hadden. Een foto of camerabeelden. Is er echt helemaal niets op internet te vinden? In deze tijd van social media? Ik kan me dat moeilijk voorstellen.'

'Over het algemeen gaan mensen nonchalant om met hun persoonlijke gegevens op het net,' zegt Silvan. 'Ze vullen klakkeloos hun adres en bankrekeningnummer in als daarom wordt gevraagd, ze zetten foto's op Facebook, houden iedereen op de hoogte van wat ze allemaal gaan doen en wanneer ze wel of niet thuis zijn. Bijna niemand houdt er rekening mee dat er een slag mensen bestaat dat zijn voordeel doet met die informatie. Dat je huis leeghaalt als jij op vakantie bent, of een dagje weggaat. Maar er zijn ook mensen die uiterst voorzichtig met persoonlijke informatie omspringen. Vaak mensen die iets te verbergen hebben, bijvoorbeeld. Ik denkt dat onze Tamara een heel slimme vrouw is, die precies weet hoe ze haar sporen moet wissen.'

'Er moet toch wel íéts over haar te vinden zijn? Er is toch ook een tijd in haar leven geweest waarin ze als een onschuldige burger over straat ging? Haar schooltijd, bijvoorbeeld. Waarom weten we daar niets van? Waarom staat ze op geen enkele schoolfoto? Hebben jullie dat wel goed gecontroleerd?'

'Zolang we niet weten op welke school ze zat, is het lastig om de juiste schoolfoto te vinden. Vooral omdat we niet weten hoe ze eruitzag. Ze moet een grijze muis zijn geweest, iemand die stilletjes in de klas zat, zich niet profileerde en die dus ook snel vergeten wordt.'

'Ik heb op schoolbank.nl gekeken. Dat is een site waarop je oud-klasgenoten kunt vinden en waar schoolfoto's op gezet worden,' zegt Silvan. 'Maar we hebben gewoon te weinig informatie. Trouwens, wie zegt dat we Tamara moeten hebben? We focussen ons nu wel op haar, maar er is geen enkel bewijs dat zij iets met die moord te maken heeft.'

'De moordenaar was hoogstwaarschijnlijk een vrouw,' helpt Fred hem herinneren. 'En zij is de enige die in beeld gekomen is. Ik ben het met je eens dat we ons niet op haar moeten blindstaren, maar zij heeft wel contact gehad met David vlak voor zijn dood. Als zij hem niet heeft vermoord, kan ze ons misschien op het spoor brengen van de dader.'

'Goed mensen, genoeg gepraat.' Ramon geeft een klap op tafel, iets wat hij altijd doet als hij ongeduldig wordt. 'Fred, Lois, ik wil dat jullie met Julian van Schaik gaan praten. Als hij echt al zo lang bevriend is met David, is de kans groot dat hij bij de verkrachting aanwezig was. Haal hem naar het bureau en voel hem stevig aan de tand.'

Julian van Schaik heeft geen idee waar ze het over hebben.

'Een meisje verkracht? Ik?' zegt hij in opperste verbazing. 'Waarom zou ik in vredesnaam zoiets doen?'

'Vertel jij het maar,' antwoordt Fred droog.

'Ik zou het niet weten. Ik kon meiden genoeg krijgen vroeger, en David ook. Geloof me, die hoefden we echt niet te verkrachten.' Hij schiet in de lach bij het idee, maar Lois en Fred lachen niet mee.

'Zegt de naam Maaike Scholten je iets?' vraagt Lois.

Julian leunt naar achteren en denkt even na. 'Het zegt me wel iets, ja. Maar ik heb geen beeld van haar. Is dat het meisje dat verkracht zou zijn?'

'Nee, ze is er getuige van geweest.'

Van die opmerking moet Julian even herstellen. Hij doet zijn best om te voorkomen dat zijn gezicht iets anders uitdrukt dan onverschilligheid, maar Lois ziet de schrik in zijn ogen.

Hij was erbij, beseft ze. Nu doorpakken. Niet zeggen dat Maaike hem helemaal niet herkend heeft.

'Met wie trok je vroeger nog meer op?' vraagt ze. 'Jullie hadden toch een vriendengroepje?'

'Zeg maar gerust een groep. Wil je al die namen weten?'

'Graag. Maar vooral van degenen met wie je het meest optrok.'

'Met David en Remco. Met David was ik sinds de basisschool bevriend. Remco kwam er in de brugklas bij.'

'Remco hoe?'

'Remco Leegwater.'

Lois schrijft het op en kijkt op, recht in Julians ogen. Die staan bezorgd, maar hij schakelt snel over op onverschilligheid.

'Wat heeft die getuige dan precies gezien?' vraagt hij.

'Dat jij en je vrienden een meisje verkrachtten. Zegt de naam Tamara je iets?' informeert Fred.

Deze keer zijn de verbazing en verwarring op Julians gezicht niet gespeeld. 'Tamara? Ik heb vroeger geen Tamara gekend. Wat is dit eigenlijk voor onzin? Ik weet niet wat die getuige jullie heeft wijsgemaakt, maar blijkbaar is er iets mis met haar geheugen. Ik heb helemaal niemand verkracht, zoiets zou ik nooit doen. Nu niet en toen ook niet. Kan ik nu gaan?'

Zonder bekentenis kunnen ze weinig beginnen. Ze houden Julian nog een uur vast, maar hij blijft volhouden dat hij van niets weet. Zelfs als Lois erop zinspeelt dat de verkrachting de reden kan zijn geweest dat David is vermoord, en dat Julian mogelijk gevaar loopt als hij er wel bij betrokken was, geeft hij niet toe. Uiteindelijk moeten ze hem tot Lois' spijt laten gaan.

21

Het ziet ernaar uit dat ze dit jaar weer geen witte kerst krijgen, al gaan alle liedjes op de radio erover. De etalages van winkels hangen vol kerstballen en dennentakken, en elke dag verspert een pak reclamefolders Lois' voordeur. Aan haar gaat de kerstvoorpret grotendeels voorbij. Zodra ze thuiskomt, gaat ze liggen en valt in een bijna comateuze slaap.

Ze heeft de donkere dagen van december, en ook heel wat avonden, doorgebracht met het doornemen van de dossiers. Telkens opnieuw. Ze proberen Remco Leegwater te spreken te krijgen, maar hij is nooit thuis als ze langskomen en neemt zijn telefoon ook niet op. Intussen loopt het onderzoek weer vast. Soms gaat dat zo. Je werkt je met het hele team over de kop, maakt werkweken van honderd uur, eet op het bureau en slaapt weinig, en toch kom je geen stap verder. Ongelooflijk frustrerend.

Het enige voordeel is dat ze, omdat ze op het moment toch niet in actie kunnen komen, eerste kerstdag vrij is. Het liefst had Lois die dag als een gewone vrije dag beschouwd. Als het nou nog een intiem samenzijn was, waarbij ze een hapje eten – iets lekkers, maar niets buitenissigs – en gezellig wat bijkletsen, had ze het nog wel leuk gevonden. Maar de roomkleurige uitnodiging van geschept papier maakt meteen duidelijk dat het niet zo'n avond gaat worden. Kerst in huize Sevenhuysen betekent lange rijen tafels, gedekt met damast, kristallen glazen en wedgwoodborden waar een kaartje op ligt met je naam, zodat je maar moet afwachten wie er naast je komt te zitten. Geen intiem samenzijn met een kerst-cd'tje vol gouwe ouwe nummers van Chris Rea en Mariah Carey, maar een gezelschap van minimaal dertig man en een strijkorkestje dat in een hoek voor stemmige muziek zorgt.

Als Lois op eerste kerstdag 's avonds haar auto tussen de oldtimers van de andere gasten parkeert, blijft ze even achter het stuur zitten. Ze kan nog weg en zeggen dat ze opgeroepen werd omdat er een onverwachte doorbraak in de zaak was. Maar ze is het enige familielid van Tessa; ze kan het gewoon niet maken om haar zus teleur te stellen.

Met een zucht steekt Lois haar in panty gestoken been uit de auto en stapt uit. Ze heeft hetzelfde jurkje aan als laatst; ze zou niet weten waarom ze het maar één keer zou kunnen dragen. Bovendien heeft ze amper tijd gehad om boodschappen te doen, laat staan om te winkelen.

Voor de villa, waar de oprijlaan eindigt en zich verbreedt, bevindt zich een rond plantsoen waar normaal gesproken een zonnewijzer staat, maar waar nu een enorme kerstboom de gasten verwelkomt. De honderden lampjes in de boom verspreiden een feeëriek lichtschijnsel dat tot aan de voordeur reikt. Lois komt er tegelijk aan met een oude bekende: Onno.

'Wat leuk je weer te zien!' Enthousiast zoent hij haar op beide wangen. 'Ik hoop dat je vanavond niet weggeroepen wordt, want ik heb ervoor gezorgd dat je mijn tafeldame bent. Je laat me niet alleen zitten, hoor.'

'Die kans lijkt me niet groot, maar ik kan niets beloven.' Lois laat zich uit haar jas helpen en de living in begeleiden. Het bevalt haar wel dat Onno haar tafelheer is. Al heeft ze geen idee waar ze het over moeten hebben, hij lijkt in elk geval niet zo'n blaaskaak als de rest van Guido's familie.

Ze begroet haar zwager en haar zus, bewondert de kerstbomen in de hal, de living en de eetkamer, de nieuwe kroonluchters die speciaal voor de gelegenheid boven de tafel fonkelen, en neemt een jus d'orange aan van een ober die met een blad vol glazen klaarstaat.

'Je ziet er moe uit,' zegt Tessa met gefronste wenkbrauwen. 'Je hebt kringen onder je ogen, weet je dat?'

'Dat zal best,' zegt Lois. 'Momenteel werk ik bijna honderd uur per week.'

'En? Zit er schot in de zaak waar je mee bezig bent?' vraagt Guido belangstellend.

'Niet echt, helaas.'

'Is dat die zaak waar je toen voor weggeroepen werd?' informeert Onno.

Lois knikt.

'Ik neem aan dat het om die moord in de Daalmeer gaat,' zegt Onno. 'Hebben jullie al een verdachte op het oog?'

'Sorry, daar mag ik niet over praten. Alles wat ik naar buiten breng kan het onderzoek in gevaar brengen.'

'Er valt op de korte termijn dus geen arrestatie te verwachten?' Guido's stem klinkt kritisch, alsof hij sowieso niet veel had verwacht.

'Ik ben bang van niet.'

'Hoe kan dat nou? Ik weet wel dat het in televisieseries allemaal een beetje té gemakkelijk gaat, maar een dader laat toch sporen na? Hij maakt toch fouten?'

'Niet altijd. Diezelfde televisieseries hebben de mensen een stuk wijzer gemaakt. Zelfs de grootste sukkel weet dat hij geen vingerafdrukken moet achterlaten en dat er overal camera's staan die elke beweging vastleggen. En als je de dader dan te pakken hebt, moet je kunnen bewijzen dat hij schuldig is. Veel bewijs is dan allang achterovergedrukt. Het zou helpen als je bij iedereen naar binnen zou kunnen stormen om het huis te doorzoeken, maar dat gaat niet. Je moet binnen de wet blijven opereren en dat kan vertraging opleveren.' Lois neemt een toastje met kaviaar van een blad dat haar wordt voorgehouden en stopt het in haar mond.

'Dan is er iets mis met de wet. Het kan toch niet zo zijn dat de misdadiger wordt beschermd ten koste van het slachtoffer?' zegt Guido veel te luid. Om hen heen kijken mensen in hun richting.

'Dat is ook niet zo. Het slachtoffer gaat voor, maar als je nog niet weet wie de misdadiger is, kun je niet zomaar...'

'Het doet me denken aan dat meisje dat een paar jaar geleden werd vermoord,' gaat Guido door. 'Een buurman hield haar vast in zijn huis. De politie stond voor de deur, maar kon niet naar binnen. Als ze dat wel hadden gedaan, was het meisje niet gestorven. Er zou een speciale wet moeten komen die het mogelijk maakt om in dat soort gevallen huiszoeking te doen.'

'Die is er ook,' zegt Lois. 'Als we aanwijzingen hebben dat iemands leven in gevaar is, mogen we naar binnen. Maar tijdens een verkennend buurtonderzoek zijn die aanwijzingen er vaak nog niet. En je kunt nou eenmaal niet zomaar naar binnen rennen en de boel overhoophalen, hoe graag je ook wil.'

'Ik zou niet weten waarom niet,' zegt Guido. 'Er zou eens flink de bezem door al die wetten gehaald moeten worden. En vooral als het gaat om de rechten van klootzakken die je midden in je gezicht staan uit te lachen omdat ze weten dat je niets kunt doen.'

Tessa legt haar hand kalmerend op de arm van haar man. 'Het is tijd voor je toespraakje. Iedereen is er.'

'Wat? O ja, goed.' Verstrooid zoekt Guido in zijn zakken naar zijn bril en zet hem op. 'Waar is mijn papiertje?'

'Kom, schat, dat kun je toch wel uit je hoofd? Gewoon iedereen welkom heten en proosten op een fijne avond.' Tessa tikt met haar ring tegen haar glas, wat een helder getinkel veroorzaakt. Vrijwel meteen valt het pratende gezelschap stil en kijkt iedereen in haar richting. Met een glimlach stapt Tessa naar achteren en knikt haar man toe.

'Lieve familie en vrienden,' begint hij, en dan volgt er een speech waarin hij iedere aanwezige apart verwelkomt en een anekdote over diegene vertelt. Als hij bij Lois aanbelandt, zegt hij met een brede glimlach: 'En waar zouden we zijn zonder mijn charmante schoonzus? Alleen al voor ons aller veiligheid nodigen we haar met plezier uit. Hoewel dit huis goed is uitgerust met camera's en alarminstallaties, voelen we ons pas echt gerust als Lois in de buurt is.'

Er wordt gelachen. Lois lacht mee, al weet ze met dit soort opmerkingen nooit zeker of Guido ze meent of de draak met haar steekt.

Als zijn speech eindelijk afgelopen is, klatert er applaus op en gaan ze aan tafel. Onno schuift hoffelijk Lois' stoel naar achteren, zodat ze plaats kan nemen, en gaat naast haar zitten.

'Volgens mij vond je dat geen prettig gesprekje,' zegt hij op gedempte toon.

'Niet echt, nee,' zegt Lois met een zucht. 'Alhoewel ik er intussen aan gewend zou moeten zijn dat Guido altijd commentaar levert op de politie. Of hij nou een bon voor te hard rijden heeft gekregen, of er wordt ergens ingebroken, van het politieoptreden deugt nooit iets. Een vrouw bij de politie vindt hij trouwens ook maar niets.'

'Echt niet? Waarom niet?'

'Weet ik veel. Voor administratieve taken kan hij zich nog wel voorstellen dat je een vrouw in dienst neemt, maar als rechercheur... Vrouwen dragen modieuze tasjes, geen revolvers.'

'Dan heeft hij duidelijk geen idee wat vrouwen tegenwoordig allemaal in hun tas meedragen,' merkt Onno droog op. 'Pepperspray schijnt de trend te gaan worden. Of een bus haarlak. Ook een heel effectief wapen.'

Lois lacht. 'Wat weet jij van damestassen?'

'Meer dan je denkt. Ik heb drie zussen en daar moet je geen ruzie mee krijgen.'

'Wat ben jij ook alweer van Guido?' vraagt Lois belangstellend.

'Ik ben zijn lievelingsneef. Althans, dat neem ik aan. Ik ben bang dat onze band wat schade heeft opgelopen toen ik zijn Jaguar mocht lenen en er een paaltje mee raakte. Maar dat is lang geleden. Zelf denk ik er bijna nooit meer aan.'

Weer schiet Lois in de lach. 'Hoeveel schelen jullie?'

'Tien jaar. Ik heb twee oudere zussen en één jongere, dus als Guido bij ons thuis kwam was ik niet te houden. Ik adoreerde hem. Hij was de broer die ik altijd had gewenst. Helaas voor mij zat hij niet op een jonger broertje te wachten. Hij heeft me tijdens een jaarlijks familie-uitje zelfs een keer opgesloten in een schuur. Later is dat wel weer goed gekomen.'

'Tessa vertelde dat jullie elk jaar naar Domburg gingen.'

'Ja, maar dat is iets anders. Dat is de jaarlijkse reünie van adellijke families.'

'Bestaat zoiets?' Verbaasd kijkt Lois hem aan.

'Jazeker. Dan verzamelt iedereen uit het rode en blauwe boekje zich voor een dagje aan het strand.'

'En wat doen jullie daar dan?'

'Zwemmen, forten bouwen, wijn drinken op het loungeterras,' zegt Onno, en met een snelle grijns voegt hij eraan toe: 'Wat het gewone volk ook doet.'

'Dus eigenlijk ben je heel gewoon gebleven, ondanks je adellijke titel.'

‘Heel gewoon,’ bevestigt Onno.

‘Dan daag ik je uit om straks “eet smakelijk” te zeggen.’

Met een kreun grijpt Onno naar zijn hoofd. ‘Nee! Dat kun je niet van me verlangen!’

‘Kom, kom, zo moeilijk is het niet. Even flink zijn.’

‘En wat is jouw tegenprestatie?’

‘Zeg het maar.’

Onno denkt even na en knikt dan. ‘Als tegenprestatie blijf je de hele avond hier. En als je toch weg moet voor je werk, dan halen we de gemiste tijd samen een keer in.’

‘Prima. Maar dan wil ik wel naar een heel chic restaurant. Zo een waar je een woordenboek nodig hebt om de menukaart te begrijpen.’

‘Afgesproken.’ Onno buigt zich licht naar haar toe. ‘Ik hoop zó dat je vanavond weggeroepen wordt.’

22

Dankzij Onno wordt het toch een gezellige avond. Hij is veel minder stijf dan Lois in eerste instantie dacht. Als het voorgerecht van warme vijgen met mascarponesaus wordt opgediend, wenst hij iedereen met een stalen gezicht smakelijk eten. Het levert een paar gefronste wenkbrauwen en verbaasde blikken op. Alleen Tessa lacht openlijk.

Algauw maakt de ongemakkelijke stilte plaats voor geanimeerd gebabbel over kasteeltjes in Frankrijk, zeiljachten die als verjaardagscadeautje worden gegeven en leden van de koninklijke familie die achteloos intieme vrienden worden genoemd.

Lois wendt zich tot Onno en vraagt: 'En, heb jij ook een kasteel in Frankrijk?'

'Gelukkig niet,' zegt hij. 'Ik woon in een leuk huis in Overveen en daar ben ik heel tevreden mee.'

'Ik dacht dat je een landgoed had. Zoiets vertelde Tessa.'

'Dat is van mijn vader. Mijn moeder leeft niet meer. En inderdaad, we hebben een buitenplaats met een mooi oud huis dat uit 1644 stamt. Maar ook dat klinkt romantischer dan het is. Zo'n huis en al die grond vergen enorm veel onderhoud. Dat is niet te betalen. Daarom exploiteren we het terrein als vakantiepark, met huisjes en een tennisbaan. Mijn vader had graag gezien dat dat genoeg zou opleveren, maar helaas heeft hij het huis moeten openstellen voor betalende gasten. Een klein deel van het huis is privé gebleven, en daar woont hij.'

'Dat lijkt me moeilijk: vreemden in je huis en op de grond die altijd particulier eigendom is geweest.'

'Ja, maar het is niet anders. Het is dát of de boel verkopen. En we willen het huis graag in de familie houden, dus we hebben geen keus.'

'Werk jij daar ook?'

'Ik niet, maar mijn zussen wel. Ik ben psychiater.'

'O ja? Heb je een eigen praktijk?'

'Nee, ik werk in een kliniek in de buurt van Bloemendaal, op een gesloten afdeling.'

'Dat lijkt me zwaar,' zegt Lois, 'de hele dag de problemen aanhoren van mensen in psychische nood.'

'Niet zwaarder dan jouw beroep, zou ik zeggen. En net als bij jou zijn er ook mooie dagen, waarop je iets kunt betekenen voor een ander.'

'Dat is waar,' geeft Lois toe.

Het is alsof ze in een luchtbel zitten waarop het gepraat om hen heen afketst. Het verstomt tot geruis, als het aanrollen van de golven op het strand. Wat dat betreft hadden ze daar net zo goed kunnen zitten, want de rest van het gezelschap verdwijnt eenvoudigweg.

Terwijl het tweede voorgerecht van Hollandse garnalen met tabouleh, vadouvan-mayonaise en wakame wordt opgediend, hebben zij het over de eerste keer dat Lois een plaats delict betrad en geconfronteerd werd met een lijk. Het had haar erg aangegrepen. Ze vertelt dat ze zich nog altijd een indringer voelt als ze in het huis van een slachtoffer rondloopt, kasten en laden opentrekt en aan persoonlijke bezittingen komt.

Tijdens het hoofdgerecht van hazenrugfilet in rodewijnsaus vertelt Onno over zijn werk.

'Als ik het aan werk ben, moet ik weleens vechten tegen een

gevoel van onmacht en ontzetting,' zegt hij. 'Af en toe krijg je echt verschrikkelijke dingen te horen, zo erg dat ik me afvraag of ik de patiënt niet moet doorverwijzen naar iemand die competenter is dan ik. Maar dan zie ik dat hij naar mij zit te kijken, op *mijn* vragen en antwoorden wacht, en realiseer ik me dat het mijn specialisme is, dat ik het verschil moet maken in het leven van mijn patiënten. Die verantwoordelijkheid weegt heel zwaar.'

'En dus schep je afstand,' zegt Lois met een begrijpend knikje. 'Althans, zoveel mogelijk. Je sluit je af voor al dat leed.'

'Het klinkt erg onaardig, maar dat is inderdaad wat ik doe. Zolang ik bezig ben probeer ik me af te sluiten, anders kan ik mijn werk niet goed doen. Ik neem aan dat het voor jou ook zo werkt.'

'Je moet wel,' zegt Lois. 'Het is zelfbescherming, als een schild dat je voor je houdt. Als ik geconfronteerd word met een lijk, probeer ik er zo min mogelijk een mens in te zien. Dat komt later, als je dieper in de zaak duikt, met nabestaanden praat en je de persoon in kwestie steeds beter leert kennen. Dan wordt het eigenlijk steeds moeilijker. Je hebt diegene alleen dood gekend, maar zo voelt het niet, en dus wil je het slachtoffer recht doen. Dat is het enige wat je op dat moment nog kunt betekenen.' Ze zwijgt even, neemt een slokje Evian en zegt zacht: 'Al die overuren, al dat slaapgebrek, al die emoties die bij je losgemaakt worden – je hebt het ervoor over als het ergens toe leidt. Niets is erger dan een zaak die niet opgelost wordt.'

23

De kerstdagen gaan volledig aan Maaike voorbij. Ze heeft er niets mee, nooit gehad ook. Vroeger, als kind, vond ze het maar schijnheilig van haar ouders om alleen die twee dagen in de kerk te zitten, terwijl ze de rest van het jaar alle geboden overtraden. Niet dat ze zo streng katholiek waren, maar ze wisten heel goed wat 'Gij zult geen ontucht plegen' betekende. En haar vader pleegde voortdurend ontucht, met haar.

De periode na het ongeluk waarbij haar ouders om het leven kwamen, was er een van verdriet en opluchting. Met haar moeder had ze geen goede band, maar zij was de enige om wie ze nog een beetje gaf. Over de dood van haar vader kon ze alleen maar blij zijn.

Haar grootouders waren goed voor haar, hoewel ze zich geen raad wisten met hun kleindochter van elf. Ze probeerden er wat van te maken, al kan Maaike zich niet herinneren dat ze zich echt thuis voelde bij hen. De generatiekloof was te groot, en zij was te veel beschadigd.

Er waren daarentegen wel weer structuur en rust in haar leven. De eerste kerst met haar grootouders, van wie ze niet naar de kerk hoefde en die haar op tweede kerstdag meenamen naar de Efteling, is een van haar mooiste herinneringen.

Dit jaar brengt ze de kerst alleen door. Daniela heeft haar uitgenodigd om mee te gaan naar haar familie, maar Maaike had geen zin. Het maakt haar niets uit dat ze alleen thuiszit.

Eerste kerstdag heeft ze een opwarmmaaltijd van kip met pesto en aardappeltjes in de oven geschoven; tweede kerstdag maakt ze het zich nog gemakkelijker.

Ze steekt kaarsjes aan, trekt een goede fles rode wijn open en zet er een bord toastjes met Franse kazen bij. Een beter kerstmaal kan ze zich niet bedenken. Als toetje heeft ze chipolatapudding, die haar oma altijd zelf maakte, maar die zij in de supermarkt heeft gekocht. Die pudding zou mooie herinneringen moeten opwekken, maar hoe meer wijn ze drinkt, hoe somberder ze zich voelt.

Ze had nooit moeten teruggaan naar Alkmaar. Dat is echt een grote vergissing geweest. De vertrouwde straten roepen een stroom van onwelkome emoties op waarmee ze afgerekend dacht te hebben. Angstige gedachten cirkelen onophoudelijk door haar hoofd en trekken haar mee in een spiraal van zinloos gepieker waar ze niet meer uit kan komen.

Maaike neemt een slok wijn en sluit haar ogen. Het is jaren geleden, maar het zal wel nooit meer uit haar systeem verdwijnen. Dat heeft ze geaccepteerd. Het is de kracht waarmee de golf van herinneringen en bijbehorende emoties haar nog kan treffen die haar van streek maakt. Het enige wat ze wil is een normaal leven leiden, afstand nemen. Maar er is iemand die daar anders over denkt, die uit is op wraak. Voor hen allebei. Was ze maar niet zo openhartig geweest tegen de politie. Daar heeft ze nu spijt van. Ze had Tamara moeten beschermen. Ze heeft zoveel aan haar te danken. Onder normale omstandigheden zouden ze elkaar nooit hebben leren kennen, maar het gedeelde trauma heeft hen dicht tot elkaar gebracht. Hoe heeft ze haar kunnen verraden na alles wat ze voor haar heeft gedaan? Maar als Tamara zich nu rustig houdt, komt alles misschien nog goed.

’s Avonds wordt ze wakker op de bank. Het is nog licht, maar de duisternis hangt als een dreigend waas om haar heen.

Versuft gaat ze zitten. Ze heeft het koud, dat heeft haar waarschijnlijk gewekt. Op tafel staat een bord met aangebroken stukjes Franse kaas. Haar avondmaal, waar ze om halfvier aan begonnen is.

Maaike komt van de bank en doet hier en daar een paar lampen aan. Ze loopt naar de hoek van de zolder, waar met behulp van een tweede kamerscherm een soort badkamer is gemaakt, en neemt een slok water. In de spiegel staart een gezicht met opgezette lippen en verwilderde ogen haar aan. Het is het gezicht van een vreemde.

24

'Dit is de nieuwe Ford Fiësta,' zegt hij. 'Een snelle, compacte auto met een krachtige motor. Een ideale wagen voor in de stad. Halogeen projectiekoplampen, elektrische inklapbare spiegels mét geïntegreerde richtingaanwijzers.' Julian van Schaik staat trots naast de wagen, alsof hij hem zelf ontworpen heeft. Dat is niet zo, maar dit is wel zijn eigen bedrijf. Het gaat niet goed in de autobranche en daarom heeft hij besloten op tweede kerstdag open te gaan en klanten te lokken met een speciale kortingsactie.

De loop zat er aardig in, maar concrete deals heeft hij niet gesloten. Wellicht morgen, als de klanten bedenktijd hebben gehad en terugkomen voor een proefritje.

Tegen sluitingstijd komt er opeens nog een klant binnen. Met een professionele glimlach loopt Julian haar tegemoet en hij begint zijn verkooppraatje over de auto waar de aandacht van de vrouw naartoe gaat. Veel interesse toont ze echter niet. Ze lijkt een beetje afwezig, alsof ze in een opwelling naar binnen is gelopen en zich nu afvraagt wat ze bij een autodealer doet.

'Dit is een zuinige, milieuvriendelijke auto,' gaat hij niettemin door. 'Stoot minder CO_2 uit en bespaart brandstof. Heel gunstig voor de bijtelling.'

De vrouw loopt om de cerisekleurige auto heen en laat haar vingers over de glanzende lak glijden. Ze zegt niets.

'En wat ook zo handig is, is het Keyless Entry System. Kent u dat? Daarmee hebt u geen autosleutel meer nodig. Gewoon de *power start*-button indrukken en u kunt wegrijden.'

'Het is een mooie wagen.'

'Wilt u een proefritje maken? We gaan wel bijna sluiten, maar als u de auto even wilt uitproberen, is dat geen probleem.'

'Ik heb mijn rijbewijs niet bij me.'

'Dan komt u toch morgen terug? Zorg ik dat hij rijklaar buiten staat.'

'Eigenlijk kom ik helemaal niet voor een auto.' Ze schenkt hem haar zonnigste glimlach.

Uit het veld geslagen kijkt hij haar aan. 'Niet voor een auto? Maar...'

'Wat ik hier dan doe? Ik wilde je even spreken, Julian.'

Onderzoekend laat hij zijn ogen over haar lichaam glijden, maar de jonge vrouw die voor hem staat roept geen enkele herinnering bij hem op. Het is wel een mooie vrouw, al had hij dat niet direct in de gaten door de onflatteuze regenjas. Nu hij haar beter bekijkt, komt ze hem toch bekend voor.

'Kennen wij elkaar?' vraagt hij met een onderzoekende blik.

'We hebben elkaar laatst ontmoet in de kroeg. Je was er met je vriend.'

Nu gaat er een belletje rinkelen. Inderdaad, dit is het meisje met wie hij samen met David een tijdje heeft staan praten. Maar hij praat met zoveel meisjes. Hij onthoudt hun gezichten niet allemaal, zelfs niet als ze knap zijn.

'De fotografe,' zegt hij. 'Tamara heet je toch? Jij hebt dat portret van David en Cynthia gemaakt.'

Ze knikt bevestigend.

'Zijn laatste portret.' Een schaduw trekt over Julians gezicht. 'Bizar, nietwaar? De politie is nog bij me langs geweest om te vragen of ik wist wat je achternaam was. Ze wilden iedereen spreken met wie David de laatste dagen en weken contact had gehad.' Opeens alert kijkt hij haar aan en voegt eraan toe: 'Je weet toch dat hij dood is? Vermoord?'

Tamara knikt. 'Ik heb het in de krant gelezen.'

'Ik was er kapot van toen ik het hoorde. David was een van mijn beste vrienden. Ik ken hem al vanaf de basisschool.'

'Dat weet ik,' zegt Tamara.

'Heeft hij je dat verteld? Ik mis hem ontzettend. Het is zo'n raar idee dat hij er niet meer is.'

'Ik herinner me hem heel anders,' zegt Tamara. 'Ik ken hem ook van vroeger, weet je. Jou trouwens ook.'

Julian maakt een verraste beweging. 'Echt waar? Waarvan dan?'

'We zijn een keer heel intiem geweest, Julian.' Haar stem klinkt vreemd, koel en afstandelijk.

Weer onderwerpt hij haar aan een uitgebreide inspectie. Is hij met dit meisje naar bed geweest? Nee, dat zou hij nog weten. Zoveel meisjes heeft hij ook weer niet gehad. Ze roept echter helemaal niets bij hem op.

'Natuurlijk was je toen behoorlijk onder invloed. Te veel drank, te veel wiet. Maar dat is geen excuus.' Ze loopt langzaam op hem af en blijft vlak voor hem staan. 'Vind je ook niet, Julian, dat drank en wiet geen excuus zijn om een meisje van veertien te verkrachten?'

Stomverbaasd staart hij haar aan. 'Verkrachten? Waar heb je het over? Ik heb nooit...'

'Nee? Op dat feest? Toen er een potje strippoker gespeeld moest worden?' Haar ogen zijn koud en beschuldigend.

'Bedoel je dát! Was jij dat meisje? God, ik had je nooit herkend. Maar dat was toch geen verkrachting? Ik weet het nog goed, je wilde het zelf!'

'Nee!' De woede spat uit Tamara's ogen. 'Ik wilde het helemaal niet. Niet met jou, niet met David en ook niet met Remco. Maar jullie deden het allemaal, om beurten.'

In het nauw gedreven doet Julian een stap naar achteren. 'Je bent gek,' zegt hij scherp. 'Wat verwacht je nou, als je in je slipje en bh zit? Dan vraag je er toch om?'

'Het was een spelletje. Een onschuldig spelletje, zoals jullie me bezwoeren. Er was nog een meisje bij, dat stelde me gerust. Al deed ze niets toen jullie me te lijf gingen. Niets!'

'Het is meer dan tien jaar geleden. Waarom heb je destijds geen aangifte gedaan als je je verkracht voelde? Waarom kom je nu opeens met zo'n hysterisch verhaal aan? Ga toch weg, mens!' Geïrriteerd wijst Julian naar de deur.

'Ik ben gekomen,' zegt Tamara, en nu klinkt haar stem een stuk zachter, 'omdat ik het nooit heb kunnen vergeten. Omdat het me spijt dat ik geen aangifte heb gedaan. Omdat ik een excuus wil.'

'Je wilt een excuus? Voor iets wat ik niet heb gedaan? Je bent gek. En nou wegwezen!' Gedecideerd pakt Julian haar bij de arm en trekt haar mee naar de uitgang. De pijn in zijn zij voelt hij pas als er iets warms naar beneden vloeit en zijn broek doorweekt. Eerst verward en dan verbaasd kijkt hij ernaar. Dan pulseert de pijn in golven door zijn lichaam.

'Vuile bitch, je hebt me gestoken!' Kreunend drukt hij zijn hand tegen de wond in zijn zij.

'Het wordt nog erger, Julian.' Tamara zet de capuchon van haar regenjas op en diept iets op uit de tas die ze over haar schouder draagt. 'Tenzij je me iets te zeggen hebt.'

'Je bent gek!' schreeuwt Julian haar toe en hij strompelt in de richting van het kantoortje. Op het moment dat hij Tamara de rug toedraait, weet hij dat hij een fout heeft gemaakt. Hij beseft het als er iets hards op zijn achterhoofd neerkomt; hij hoort het als zijn schedel het krakend begeeft, en hij voelt het als de pijn hem in zijn greep neemt en het bloed over zijn hoofd, zijn nek en zijn gezicht stroomt.

Al half buiten bewustzijn hoort hij haar iets in zijn oor fluisteren. De betekenis dringt vertraagd tot hem door. 'Dat was niet wat ik wilde horen, Julian.'

25

Het lichaam ligt in de loopruimte tussen de showmodellen van de auto's en het kantoor in. Op de rug, de benen gespreid, de broek naar beneden getrokken. Op het gezicht van de jongeman ligt een trek van afgrijzen, alsof hij in de dood beseft hoe hij erbij ligt, met zijn afgesneden penis in zijn mond.

'Julian van Schaik, achtentwintig jaar, vrijgezel, eigenaar van deze zaak,' zegt Ramon. 'Werd vanochtend gevonden door twee werknemers die om kwart voor negen arriveerden. Ze zagen een bloedspoor naar de deur lopen, ontdekten het lijk en hebben de politie gebeld.'

'Zijn ze bij het lichaam in de buurt geweest?' informeert Fred.

'Ze zeggen van niet. Ze worden nu gehoord.' Ramon knikt naar het kantoortje, dat vol met zilveren en rode kerstslingers hangt. Binnen zit Nick met een man en een vrouw te praten.

Het forensisch team is klaar met het werk; ze kunnen vrij bewegen over de plaats delict. Die is deze keer in goede staat omdat hij overdekt is.

Met een verslagen blik kijkt Lois op het lichaam van Julian neer. 'We hadden meer druk op hem moeten uitoefenen, hem bang moeten maken. Dan had hij er nu niet zo bij gelegen.'

'En Remco Leegwater? Hebben jullie hem al gesproken?' vraagt Ramon.

'Nog niet. We kunnen hem niet bereiken.'

'Nou, doe dan wat harder je best. Ik heb geen zin om straks weer bij een lijk zonder penis te staan.' Ramons stem klinkt scherp.

'We hebben een boodschap achtergelaten op zijn antwoordapparaat met het verzoek onmiddellijk contact met ons op te nemen,' zegt Lois. 'Maar dat heeft hij nog niet gedaan. We waren van plan vandaag uit te zoeken waar hij uithangt.' Haar stem klinkt krachtig en zelfverzekerd, maar in haar hart voelt ze zich schuldig. Ze had kunnen weten dat Julian en Remco gevaar liepen, ze had hen moeten waarschuwen.

'Ik hoef zeker niet te zeggen hoe ik denk over zoveel nalatigheid?' Ramons stem klinkt koud. 'Hier is het laatste woord nog niet over gesproken. Zijn er verder nog betrokkenen die bescherming nodig hebben?'

'Maaike Scholten was er heel duidelijk over dat dat meisje, Tamara, door drie jongens werd verkracht. Ik heb vanochtend meteen opdracht gegeven Remco Leegwater op te sporen en naar het bureau te laten komen,' zegt Fred. 'Er schijnt nog een meisje bij die verkrachting aanwezig te zijn geweest die Tamara niet te hulp gekomen is. Ze schijnt de jongens zelfs aangemoedigd te hebben, dus zij zou ook gevaar kunnen lopen. Alleen weten we niet wie het is.'

'Zorg dat dat zo snel mogelijk in orde komt. Intussen maken jullie haast met het bestuderen van de beelden van de bewakingscamera's. Ik wil vanmiddag een uitgebreid verslag op mijn bureau zien liggen.'

Na die woorden draait Ramon zich om en beent de autozaak uit. Lois en Fred wisselen een blik.

'Aan de slag dan maar,' zegt Fred met een zucht. 'We hebben iets goed te maken.'

'Het irriteert me enorm dat we die Tamara niet kunnen

vinden,' zegt Lois. 'Dat is toch vreemd? Waarom weet niemand wat haar achternaam is? Waarom duikt ze in geen enkel officieel stuk op?'

Fred strijkt bedachtzaam over zijn korte baard. 'Het lijkt wel alsof ze niet echt bestaat.'

'Misschien is dat ook zo en gebruikt ze een valse naam.'

'Vroeger, als kind al? Dat lijkt me sterk.' Fred schudt beslist zijn hoofd.

'Hopelijk zijn er vingerafdrukken gevonden waar we wat wijzer van worden,' zegt Lois hoopvol.

'Kleine kans. Dan zal ze ooit een misdrijf moeten hebben begaan waarbij haar vingerafdrukken zijn genomen. Daar gok ik niet op. Bovendien duurt het nog weken voor we de uitslag binnenkrijgen, dus daar hebben we nu niets aan.' Fred werpt nog een blik op het lichaam van Julian van Schaik en draait zich om. 'Laten we maar teruggaan naar het bureau. Ik ben heel benieuwd wat er op de banden staat.'

De bewakingscamera's hebben niet alles vastgelegd. Ze hangen bij de ingang, bij het kantoor en achter in de showroom, voor het geval iemand op het idee komt een ruit in te slaan en zich zo toegang te verschaffen tot de zaak. Hoewel de camera's een groot bereik hebben, blijft het middengedeelte van de showroom buiten beeld. Zo ook de plek waar de moord zich heeft afgespeeld. Toch zijn er interessante opnames gemaakt.

De digitale recherche heeft de banden bekeken en later op de middag wordt het hele team bijeengeroepen om de opnames te bekijken. Ramon staat al klaar met de afstandsbediening in zijn hand en zodra iedereen zit zet hij de breedbeeldtelevisie aan. Zonder commentaar te geven laat hij iedereen kijken. In korrelige zwart-witbeelden is te zien hoe iemand met een tas over de schouder en de capuchon van een regenjas op de zaak binnenkomt. Bij het kantoor is nog net te zien dat de persoon de capuchon afzet en naar het midden van de showroom loopt. Het is een vrouw. Dan verdwijnt ze uit beeld. Een tijdlang is er niets te zien op het televisiescherm. Ramon spoelt een stukje door en dan krijgen ze de moord te zien. Althans, een glimp ervan. De beelden vallen net buiten het bereik van de camera, waardoor wel te zien is hoe Julian wordt belaagd en valt, maar het geheel is wat chaotisch.

Als het lichaam op de grond niet meer beweegt, komt even de gebogen rug van de moordenaar in beeld als ze haar slachtoffer versleept naar een plek die ook buiten bereik van de camera valt. Een paar minuten later ziet het rechercheteam hoe ze met gebogen hoofd, de tas over haar schouder, de deur uit loopt.

'Volgens de band is dit de laatste klant van die dag geweest.' Ramon zet het beeld stil. 'Het lijkt erop dat de dader een vrouw is. De manier van lopen wijst daarop, maar ook het feit dat ze een rok en laarzen met hakken draagt. Maar laten we dat niet direct als een feit aannemen. Ik heb meer moordenaars gezien die zich voor een vrouw uitgaven. We hebben echter genoeg aanwijzingen dat de moord op David Hoogland, en ook deze moord, door een vrouw is gepleegd, dus vooralsnog gaan we daarvan uit. Zoals jullie zagen droeg ze regenkleding, wat niet alleen een uitstekende vermomming is, maar waardoor ze ook weinig DNA zal hebben achtergelaten. Haren, vezels van haar eigen kleding, alles blijft verborgen onder die regenjas en capuchon.'

'Ze droeg geen handschoenen,' merkt een jonge rechercheur op.

'Precies. Hopelijk hebben we daar iets aan. Op de band zien we dat ze het slachtoffer bij de schoenen heeft gepakt om hem weg te slepen, en ze heeft de moeite genomen zijn broek naar beneden te trekken en zijn penis af te snijden. Alle kans dat het DNA van de dader is achtergebleven. Maar tot de onderzoeksresultaten bekend zijn hebben we daar niets aan. De uitslag van het eerste DNA-onderzoek, na de moord op David Hoogland, is nog niet eens binnen. Dus daar gaan we niet op wachten. Wat nu onze eerste prioriteit is, is niet alleen deze vrouw vinden, maar vooral verhinderen dat ze nog een slachtoffer maakt. Remco Leegwater heeft zich gemeld en wordt verhoord, maar tot nu toe zijn daar geen nieuwe feiten uit naar voren gekomen.'

Lois steekt haar hand op en Ramon knikt haar toe.

'Wat heeft hij gezegd op de beschuldiging van verkrachting?' vraagt ze.

'Niets.' Ramon trekt een vermoeid gezicht. 'We zijn nog bezig hem te laten inzien dat hij een groter probleem heeft dan de aanklacht van verkrachting. Voorlopig heeft hij daar helaas weinig boodschap aan.'

Hij zwijgt even en in de zaal begint iedereen te roezemoezen.

'Misschien weet hij het weer als hij zijn snikkel in zijn mond geduwd krijgt,' bromt Nick, die naast Lois zit. 'Van mij mag het.'

Lois antwoordt niet, maar ze kan een glimlachje niet onderdrukken.

's Avonds als ze thuiskomt kijkt ze op haar iPad. Er zijn geen berichten van Brian. Wel van Onno, die een mail gestuurd heeft om een afspraak voor een etentje te maken.

Hij heeft zijn telefoonnummer erbij gezet, maar Lois heeft geen zin om hem te bellen. Het is laat en ze is moe. Ze heeft zelfs de energie niet meer om te sporten.

Ze mailt Onno een paar regeltjes terug, die, realiseert ze zich als ze onder de douche staat, misschien wat kortaf overkomen. Ze zucht, verdeelt de shampoo over haar haren en begint ze te wassen. Hij begrijpt vast wel dat het aan vermoeidheid te wijten is dat ze niet wat hartelijker deed. Als iemand dat moet inzien is hij het wel, als psychiater.

26

Laat op de avond en de wereld is donker. Ook in haar huis aan het Zeglis, waar alleen haar bureaulamp brandt. Tamara zit met de camera in haar hand en bekijkt wat er tot nu toe op staat. De voldoening over de moord heeft haar van alle slaap beroofd. Haar hart klopt nog steeds onrustig; ze heeft zin om keihard muziek op te zetten en te gaan dansen en schreeuwen. Maar dan zouden de buren komen klagen, en aandacht trekken is het laatste wat ze wil. Dikwijls vraagt ze zich af hoe het mogelijk is dat mensen niets aan haar merken. Zelf heeft ze het gevoel dat ze getekend is door haar daden, door die diepe, brandende woede in haar. De buitenwereld ziet wat ze wil zien: een aantrekkelijke jonge vrouw, vriendelijk en behulpzaam. Maar als ze in haar hoofd konden kijken zouden ze schrikken van wat daar opgeslagen ligt aan pijn, vernedering en haat. Ze zouden met een boog om haar heen lopen, bang iets verkeerds te zeggen of te doen, omdat ze zouden begrijpen dat ze niets meer pikt. Van niemand.

De enige over wie ze zich zorgen maakt is Maaike. Ze weet dat zij diep in haar hart haar daden afkeurt. Onbegrijpelijk, na alles wat ze beiden hebben doorstaan. Ze had jaren geleden al moeten doen wat ze nu heeft gedaan. Maar toen was ze veel jonger en had ze nog de hoop dat de afschuwelijke herinneringen wel zouden slijten. Dat gebeurde ook, min of meer, in die zin dat ze er op een gegeven moment niet meer elke dag door werd gekweld. Maar vergeten heeft ze het nooit.

Ze had gezegd dat ze moesten stoppen. Dat ze het niet wilde, dat dit nooit de bedoeling was geweest. Het was immers maar een spelletje, strippoker. Als ze geweten had dat het hierop uit zou draaien, zou ze nooit meegedaan hebben.

Ze luisterden niet. Eerst kwam David op haar af en begon haar te zoenen. In eerste instantie liet ze hem begaan, maar toen hij steeds opdringeriger werd, probeerde ze hem van zich af te duwen. Dat lukte niet; hij was veel groter en sterker dan zij. Het leek alsof haar verzet hem irriteerde, of misschien ook wel extra opwond. Zijn handen waren overal op haar lijf, trokken haar slipje naar beneden en ontblootten haar borsten. Opeens waren die twee anderen er ook. Ze kwamen achter haar staan, betastten haar waar ze maar konden, staken hun vingers in haar. Ze vocht om los te komen, maar het was zinloos. De overmacht was te groot. Opeens lag ze op de grond en wierpen ze zich alle drie op haar. Een andere omschrijving kan ze er niet aan geven. Als hyena's op hun prooi, ongevoelig voor haar gehuil en gesmeek.

En dan was er dat meisje nog, dat erbij stond te lachen en de jongens aanmoedigde. Dat heeft ze nooit begrepen. Het was haar eigen vriendje dat zich aan haar vergreep, maar daar leek ze niet mee te zitten. Achteraf, toen ze klaar met haar waren, ving ze iets op als 'verdiende loon' en 'arrogante trut'. Jarenlang heeft ze zich het hoofd gebroken over wat ze daarmee bedoelde. Misschien dat ze iets in haar houding en zelfverkozen eenzaamheid in arrogantie vertaalde en wilde ze haar een lesje leren. Ze heeft het haar nooit gevraagd, ging haar uit de weg als hun wegen elkaar kruisten. Aangifte deed ze niet. De schande en vernedering waren zo groot dat ze het niet kon opbrengen om die met iemand te delen.

Op goede dagen kan ze tevreden zijn met haar leven. Eigenlijk is dat geen goede omschrijving, maar iets beters kan ze niet bedenken. Tevreden houdt in dat alles loopt zoals je wilt, en zo is het ook weer niet. Daarvoor heeft ze te vaak last van nachtmerries. Als ze altijd tevreden was, zou ze in harmonie zijn met het leven en zichzelf, zou ze niet als een kluizenaar leven. Maar binnen de grenzen van de mogelijkheden die haar gegeven zijn, is ze tevreden. Ze is jong en gezond, ze houdt van haar werk en verdient net genoeg om van te leven. Als ze 's morgens het gordijn opentrekt en de zon op het brede water van het Zeglis ziet schijnen, kan haar zelfs een gevoel overvallen dat dicht bij geluk komt.

Als die nachtmerries haar maar niet zo kwelden. Wat overdag draaglijk is, komt 's nachts des te heviger op haar af. Davids dood heeft gezorgd voor een witte vlek in haar dromen. Een van haar demonen is naar de achtergrond verdwenen en heeft daarmee zijn macht over haar verloren. De opluchting was enorm, en opeens zag ze de toekomst voor zich zoals die zou kunnen zijn.

Lange tijd was ze erin geslaagd de vroegere gebeurtenissen te verdringen en verder te gaan met haar leven. Tot ze een half jaar geleden David Hoogland onverwacht tegen het lijf liep, zomaar op het Rembrandtplein in Amsterdam. Het was alsof haar hart stilstond. Hij kwam met een groepje vrienden de Drie Gezusters uit en liep recht op haar af.

Ze was voor hem blijven staan. Een beetje geïrriteerd had hij haar aangekeken en geprobeerd haar te passeren. Ze had een paar stappen opzij gedaan, vastbesloten hem te confronteren.

'Hallo, David,' zei ze.

Hij had haar verbaasd aangekeken, zijn ogen over haar heen laten dwalen en zijn schouders opgehaald. 'Kennen wij elkaar?'

Zijn vrienden begonnen te lachen, maakten grappen en het groepje slenterde verder met David tussen hen in. Ze had hem nagekeken. Vanaf dat moment was hij voortdurend in haar gedachten, tezamen met alle pijn en vernederingen. Maar ook toen ze hem later opzocht in de kroeg en zich liet uitnodigen als fotografe in zijn huis in Alkmaar, gaf hij geen blijk van herkenning.

Daar zat de ergste pijn: het feit dat de jongen die jarenlang deel heeft uitgemaakt van haar nachtmerries, haar niet eens had herkend.

27

Remco Leegwater heeft de kerstdagen bij familie doorgebracht. Hij belde zelf op toen hij het bericht op zijn antwoordapparaat hoorde en is meteen naar het bureau gekomen. Zodra hij begreep wat de reden van het verhoor was, weigerde hij echter elke medewerking.

Via het doorkijkraam volgt Lois met Fred de ondervraging, die door twee vrij jonge rechercheurs wordt uitgevoerd. Remco Leegwater is achtentwintig, groot en iets te zwaar. Hij heeft zo vaak zijn hand door zijn dikke blonde haar gehaald dat het rechtovereind staat en zijn voorhoofd is bezweet.

'Hij is bang,' zegt Lois. 'Hij heeft geen idee wat hij moet zeggen en daarom zegt hij niets.'

'Als hij die verkrachting niet bekent, moeten we hem laten gaan. Maar als hij bescherming accepteert, bekent hij indirect. Dus hij zit in een lastig parket. Ik denk dat we hem een beetje moeten overtuigen. Kom mee, Lois.' Fred verlaat het vertrek, loopt de gang in en opent de deur naar de verhoorkamer. 'Goed,' zegt hij met luide stem. 'We nemen het even over.'

De twee rechercheurs kijken verstoord, maar staan meteen op als ze zien dat er een meerdere achter hen staat.

'Bedankt, jongens,' zegt Fred.

Ze wachten tot de rechercheurs vertrokken zijn en gaan

zitten. Fred legt zijn armen op tafel en kijkt de jongeman tegenover hem strak aan.

'We kunnen hier een lang verhaal van maken, maar daar heb ik geen tijd voor,' begint hij. 'Dit zijn de feiten: we hebben een getuige die heeft gezegd dat jij twaalf jaar geleden samen met twee vrienden een meisje hebt verkracht. Die vrienden waren David Hoogland en Julian van Schaik en ze zijn allebei dood. Dat zal je niet zijn ontgaan. Volgens de verklaring van de getuige was jij nummer drie. Dus je hebt twee mogelijkheden: je bekent dat je schuldig bent aan die verkrachting en wij bieden je in ruil daarvoor bescherming. Of je blijft volhouden dat je van niets weet en dan zijn we uitgepraat. Maar dan zoek je het ook zelf maar uit.'

Met zijn armen voor zijn borst gevouwen weerstaat Remco zowel Freds woorden als zijn blik.

'Ik ben wel benieuwd wie die getuige mag zijn geweest,' zegt hij.

'Dat gaan we jou niet vertellen. Het is de bedoeling dat jij óns iets vertelt.'

Remco wendt zijn blik af en kijkt naar de witte muur naast hem. Er valt een stilte, die een paar minuten aanhoudt. Uiteindelijk geeft Fred een klap op de tafel en zegt: 'Heel goed, als je het zo wilt, dan kun je het zo krijgen. Ik zou zeggen: ga lekker naar huis en doe je deur goed op slot. En kijk over je schouder als je 's avonds laat alleen naar buiten gaat. Je zou zomaar naast je vrienden in het mortuarium kunnen belanden.'

Het zweet op Remco's hoofd vermenigvuldigt zich maar hij veegt het niet weg. In plaats daarvan glijdt het in druppels langs zijn slapen.

Lois zou hem graag de foto's laten zien van de manier waarop zijn vroegere maatjes zijn aangetroffen. Helaas mag ze dat niet doen. Niet alleen het onderzoek, ook het verhoor dient volgens strenge regels te verlopen, en intimidatie van verdachten hoort daar niet bij.

Dus buigt ze zich iets naar hem toe en zegt vriendelijk: 'Remco, luister. Zolang er geen aangifte van verkrachting wordt gedaan, kunnen wij niet veel met die getuigenverklaring. We kunnen wel proberen er een zaak van te maken, maar zonder aangifte en bewijs komen we niet ver. Het slachtoffer moet zelf naar de politie stappen. Maar het ziet ernaar uit dat ze het op een andere manier wil oplossen. Wij zijn er niet op uit om jou te grazen te nemen, we proberen je te helpen.'

Remco richt zijn ogen op haar. 'Kunnen jullie dat niet evengoed doen? Die getuige heeft zich vast vergist. Het is al zo lang geleden...'

'Waarom zou Julian jouw naam hebben genoemd?'

Daar moet Remco het antwoord op schuldig blijven en dus wendt hij zijn blik maar weer af.

'Jullie waren goede vrienden, altijd bij elkaar. Natuurlijk kan ook Julian zich vergist hebben. Als dat zo is, loop je geen gevaar en kun je gaan.'

'Dus ik mag nu weg?' Onzeker kijkt Remco van de een naar de ander.

'Wat mij betreft wel,' zegt Fred. 'Je geweten is blijkbaar brandschoon, dus je kunt gaan. Voor het geval dat toch niet zo is: pas goed op jezelf, Remco.' Hij veegt zijn papieren bij elkaar en komt overeind.

'Nee, wacht!' Remco's stem schiet uit. 'Wat houdt die bescherming precies in?'

'We maken een afspraak op locatie. Dat houdt in dat de meldkamer ervan op de hoogte is dat jij bedreigd wordt en onmiddellijk een wagen stuurt als je belt.'

'Is dat alles? Zetten jullie geen agent voor mijn deur? Krijg ik geen schuiladres?'

Lois buigt zich naar hem toe. 'Is dat nodig dan?'

Betrapt ontwijkt Remco haar blik. 'Misschien,' mompelt hij na een paar zwijgzame seconden. 'Ik denk dat die getuige van jullie een gebeurtenis van vroeger uit zijn verband rukt. Wat moet ik doen om die afspraak op, eh... locatie te krijgen?'

Fred gaat weer zitten en vouwt zijn armen voor zijn borst. 'Die verkrachting bekennen en meewerken aan het onderzoek. Dat houdt in dat je netjes antwoord geeft op de vragen die we je stellen.'

'En... wat betekent dat voor mij? Als ik die verkrachting beken, bedoel ik.'

'Zoals mijn collega net al uitlegde: niets. We kunnen weinig met jouw bekentenis als het slachtoffer geen aangifte doet.'

Remco ontspant en steunt met zijn ellebogen op tafel. 'Er valt niets te bekennen, want het was geen verkrachting. Die griet wilde het zelf. We hadden een avondje strippoker achter de rug. Iedereen had te veel gedronken en de meiden zaten in hun ondergoed. Op een gegeven moment moest dat ene meisje – ik ben haar naam vergeten – haar bh uitdoen. Ik kan me niet herinneren dat ze daar veel moeite mee had, en met wat volgde evenmin. Maar een verkrachting kan ik dat echt niet noemen.'

'Jij misschien niet,' zegt Lois.

Remco leunt weer terug. 'Ze heeft geen aangifte gedaan, toch? Nou dan.'

'Dat wil niet zeggen dat er geen strafbaar feit is gepleegd. Veel vrouwen durven uit schaamte geen aangifte te doen. Vooral jonge meisjes, voor wie het de eerste seksuele ervaring was, kunnen in de war raken en zich afvragen of ze het over zichzelf hebben afgeroepen,' zegt Lois.

'Precies, dat bedoel ik. Ze had het over zichzelf afgeroepen. Ik bedoel, ze trok haar bh uit!'

'En dat was voor jullie het sein om je als een stel wilde beesten op haar te storten?' zegt Fred. 'Was dat de gewoonte na een avondje kaarten?'

'Nou nee, niet altijd. Ik bedoel, het kwam weleens voor, zeker als we strippoker hadden gespeeld. Maar het meisje dat erbij was had daar niets op tegen.' Uitdagend kijkt Remco van de een naar de ander. Het is de blik van de jongen die hij ooit was en die niet veel heeft bijgeleerd.

Vol weerzin kijkt Lois hem aan. 'En je hebt geen idee hoe ze heet?'

'Nee. De meiden met wie we omgingen wisselden elkaar af. Dan was er ruzie en kwamen er weer andere meisjes. Zo ging dat,' zegt Remco. Hij zit intussen ontspannen onderuitgezakt, in de wetenschap dat ze hem niets kunnen maken.

'En met hen had je ook seks?'

'Na een potje strippoker wel, ja. Dat hoorde er een beetje bij. Iedereen die eraan meedeed wist dat.'

'Misschien toch niet iedereen,' merkt Lois op. 'Je hebt mazzel dat ze nooit aangifte heeft gedaan, anders had je een serieus probleem gehad. En om eerlijk te zijn bevalt het me niets dat je de dans ontsprongen bent.'

'Dat is jouw probleem. Ik ben me van geen kwaad bewust.'

'Nee, je bent een onschuldig lammetje. Maar wel een dat wordt geslacht zodra we je laten gaan.'

Remco gaat rechtop zitten. 'Luister, jullie beschermen me toch wel, hè, zolang dat gestoorde wijf vrij rondloopt? Ik heb meegewerkt!'

'We zouden graag nog de naam van dat meisje dat erbij was horen,' zegt Fred. 'Zolang we haar identiteit niet kennen, wordt het moeilijk om haar te beschermen. Dus zet die grijze massa eens in beweging, Leegwater.'

Wantrouwig kijkt Remco hem aan. 'Dus jullie gaan het haar niet lastig maken?'

'Nee, we willen haar beschermen, dat zeg ik net.'

Met een berustend handgebaar capituleert Remco. 'Goed dan, haar naam is Helen Groenenwoud. Zij was min of meer mijn vriendin.'

'Min of meer,' zegt Fred terwijl hij de naam opschrijft. 'En verder?'

'Geen idee. Er hingen altijd wel wat meiden rond, maar die wisselden elkaar af, zoals ik al zei. Ik heb geen flauw idee wie het waren.'

'Heb je nog contact met Helen?' vraagt Lois. Ze verwacht een ontkenning, maar tot haar verrassing knikt Remco voor de verandering.

'Niet dat ik haar nog zie, maar onlangs hebben we elkaar toegevoegd op Facebook. Ze vertelde me dat ze in Amstelveen woont. Ze is stewardess bij de KLM.'

'Heb je haar adres?' vraagt Fred.

'Nee, dat heeft ze me niet gegeven.'

'Maakt niet uit, dat achterhalen we wel.' Met een tevreden gezicht zet Fred een streep onder de naam Helen Groenenwoud. 'Ik raad je aan om een tijdje ergens te gaan logeren, Remco. Vertel niemand waar je zit, zelfs je beste vrienden niet.'

'Op welke middelbare school heb jij eigenlijk gezeten?' vraagt Fred als Remco door een collega naar de uitgang wordt begeleid en ze terug naar de recherchekamer lopen.

'Het Willem Blaeu. En nee, ik heb die mensen vroeger niet gekend. Vergeet niet dat ik een paar jaar ouder ben.'

'Niet veel. Je scheelt maar drie jaar met Hoogland.'

'Toen David zestien was, op een brommer rondreed en zijn gezicht behandelde met Clearasil, was ik negentien, woonde in Amsterdam en had ik net mijn moeder verloren,' zegt Lois. 'Om eerlijk te zijn kan ik me ook bijna geen namen van klasgenoten meer herinneren. Ik trok nauwelijks met ze op. Ik had wel iets anders aan mijn hoofd.'

Fred maakt een instemmend geluid. 'We zoeken nu wel heel hard naar ene Tamara,' zegt hij, 'maar wat als ze later besloten heeft haar naam te veranderen? Geen wonder dat die dan niemand bekend voorkomt.'

'Daar zat ik ook aan te denken. Als niemand zich je naam herinnert ben je heel onopvallend door het leven gegaan, of er is iets anders aan de hand. Ik ben erg benieuwd wat Helen Groenenwoud ons kan vertellen.'

'Als zij ook een slecht geheugen voor namen heeft, ga ik met onmiddellijke ingang met pensioen,' bromt Fred.

28

De Oudieplas in de Daalmeer ligt er woest en donker bij onder de laaghangende wolken. Maaike staat op het grasveld, haar handen diep in de zakken van haar rode gewatteerde jack. De harde wind blaast haar haren onophoudelijk in haar gezicht. Het irriteert haar zo dat ze in haar zak naar een elastiekje zoekt om een staart te maken. Als ze niets vindt houdt ze haar haren maar vast.

De kille wind heeft vrij spel op deze vlakte van water en grasland, de kou komt door haar jas heen. Ze kijkt voor zich uit en huivert.

Het is donderdag, de dag na kerst, en iets heeft haar naar deze plek getrokken. Hier is het gebeurd. Het bloed, dat er ongetwijfeld gelegen moet hebben, is allang weggeregend, geabsorbeerd door de vochtige bodem, maar hier ergens is het wel gebeurd.

Ze is ook naar de autozaak gegaan waar het lichaam van Julian van Schaik is aangetroffen. Terwijl ze daar stond probeerde ze, net als nu, zich voor te stellen hoe Tamara haar slachtoffer benaderde en onverwacht toesloeg. Was ze gespannen, zenuwachtig misschien? Iets zegt haar dat dat niet het geval was. Tamara kennende heeft ze met onwrikbare vastberadenheid haar taak uitgevoerd. Want zo zal ze haar daden gezien hebben: als een taak.

Hoe geschokt ze ook is door de moorden, Maaike kan niet

ontkennen dat ze veel aan Tamara te danken heeft. Dankzij haar kan ze verder met haar leven, wordt iets van die verschrikkelijke pijn weggenomen. Hoewel ze geen spat op elkaar lijken, en ze elkaar eigenlijk niet eens echt mogen, hebben ze een pact gesloten dat onverbrekelijk is. Die ene noodlottige avond heeft hen tot elkaar gebracht. Het voelt goed om te weten dat er iemand is die precies weet hoe je je voelt, die je verzekert dat je geen schuld hebt aan wat je overkomen is, die je door die eerste moeilijke dagen, weken en vervolgens jaren heen sleept. Ze heeft altijd geweten dat Tamara wraak zou nemen, dat ze datgene zou doen waar Maaike alleen van kon dromen. Terwijl Maaike in een depressie raakte, zich steeds meer isoleerde en de hulp van een psycholoog nodig had om weer onder de mensen te kunnen komen, was Tamara's woede veel meer naar buiten gericht. Ze ging op een zelfverdedigingscursus, daarna op karate en kickboksen, en geen man raakte haar ooit meer aan als ze dat niet wilde. En dat wilde ze nooit. Meestal was een trap of klap genoeg om opdringerige types af te schrikken. Het heeft Maaike geleerd wat een gevaarlijk wapen woede is.

Ze heeft er moeite mee om vertrouwen in andere mensen te stellen, vooral in mannen. In gezelschap voelt ze zich onzeker en slecht op haar gemak. Het liefst is ze thuis, bij haar geliefde schilderijen. Het contact met een paar vrienden van de kunstacademie onderhoudt ze voornamelijk via de mail. Ze heeft er geen behoefte aan om met hen af te spreken, feestjes te bezoeken of uit te gaan. De stress die het vooruitzicht in een groep mensen te verkeren veroorzaakt, is te groot.

De enige die erin geslaagd is door Maaikes pantser heen te breken, is Daniela. Met haar zorgzame, begripvolle houding heeft ze Maaike uiteindelijk aan het praten gekregen.

Daniela weet alles van haar. Vroeger beangstigde dat haar,

maar uiteindelijk zag ze in dat ze haar kon vertrouwen.

De vraag is alleen of ze dat nog steeds kan. Daniela zou naar de politie kunnen stappen en Tamara kunnen verraden, iets wat Maaike haar niet kwalijk zou kunnen nemen. Desondanks blijft ze zelf trouw aan Tamara. Ze kan niet anders.

De koude wind doet haar gezicht verkrampen. Maaike draait zich om en loopt terug naar het trottoir, waar haar fiets staat. Het is een oud barrel dat ze via Marktplaats op de kop heeft getikt, maar zo vaak heeft ze hem niet nodig. Ze zal er ook niet lang gebruik van maken; ze voelt dat het tijd wordt om verder te gaan.

Diep tegen de wind in gebogen fietst ze terug naar huis. Ze is zo in gedachten verzonken dat ze een verkeerde afslag neemt, maar het duurt even voor ze daarachter komt. In verwarring remt ze en stapt af. Waar is ze nou beland? Ze is te ver doorgefietst. In plaats van het Verdronkenoord op te rijden, is ze doorgefietst, langs het Accijnstorentje over de Voormeer naar het Zeglis.

Maaike stapt af en kijkt om zich heen. Rechts van haar staat een rij arbeiderswoninkjes, links ligt breed water dat de scheepvaart toegang geeft tot de oude stad. Langs de kant liggen partyboten die je kunt huren voor een feestje, maar verder is dit een doodlopende kade. Wat doet ze hier?

Haar ogen glijden langs de kleine woningen die uitkijken op het water. Met hun lage gevels lijken ze ineen te duiken voor de wind. En opeens weet ze het weer: ze is hier eerder geweest, ook bij toeval. Dat overkomt haar wel vaker. Ze heeft een posttraumatisch-stresssyndroom dat gaten in haar geheugen veroorzaakt. Met enige regelmaat raakt ze haar gevoel voor tijd kwijt, kan ze zich niet herinneren wat ze heeft gedaan, hoe ze ergens is beland en wat ze er doet. Dan staat ze een beetje wezenloos om zich heen te kijken, tot ze bij haar positieven komt en ze zich kan oriënteren.

Zo is ze al een paar keer tot zichzelf gekomen op deze plek, en ze weet nu ook waarom: in het huisje waar ze voor staat woont Tamara.

Maaike probeert naar binnen te kijken, maar ziet weinig. Ze zet haar fiets op de stoep en steekt haar handen in haar zakken om ze op te warmen. Er zit een onbekende sleutel in aan een onbekende sleutelhanger. Net als ze hem in een automatisch gebaar in het slot wil steken, gaat de deur van het huis ernaast open en komt er een vrouw van middelbare leeftijd naar buiten. Ze is tamelijk dik, draagt een zwarte legging, nep-Uggs en een dikke, gewatteerde winterjas. Haar donker geverfde haar met grijze pieken is slordig opgestoken met een klem.

'Hé,' zegt ze. 'Wat een wind, hè? Je ziet er verkleumd uit. Heb je zo'n eind gefietst?'

'Ja, nogal,' zegt Maaike aarzelend.

'Heb je zin in een kop thee?'

'Een ander keertje. Ik heb werk te doen.'

'Ja, ik kan wel merken dat je het druk hebt. Je bent zo weinig thuis. Zelfs 's avonds niet. Je moet je gordijnen dichtdoen als je er niet bent. Het is altijd zo donker binnen, dat gaat opvallen.'

Maaike glimlacht nietszeggend en gaat naar binnen. Opgelucht laat ze de deur achter zich in het slot vallen. Haar hart slaat snel en onregelmatig. Ze heeft een sleutel in haar zak en toch voelt het niet goed om Tamara's huis binnen te dringen. Maar ze heeft geen keus; ze moet weten of Tamara echt achter die moorden zit. Of ze ergens bewijsmateriaal heeft laten rondslingeren. Mocht dat zo zijn, dan doet ze er niets mee, maar toch. Ze wil het voor zichzelf weten. Zéker weten.

Voorzichtig duwt ze de deur naar de woonkamer open. Nu ze er toch is, is ze wel nieuwsgierig naar hoe Tamara woont.

Het eerste wat ze ziet zijn foto's. Allemaal in zwart-wit. De muren hangen er vol mee. Zonder lijst, zo op het vergeelde behang geplakt. Foto's van stadsgezichten, zowel van Alkmaar als van andere steden waar ze heeft gewoond, en portretten van mensen die Maaike niet kent. Het zijn allemaal mensen uit de onderlaag van de samenleving, die nors, onverschillig of betrapt in de camera kijken. Zwervers, dronkaards, junks. Al met al is het een boeiende, maar nogal deprimerende tentoonstelling.

Langzaam loopt Maaike de kamer in. Aan de inrichting heeft Tamara niet veel aandacht besteed. Het is een allegaartje van versleten, slecht bij elkaar passende meubels die ze zo te zien langs de kant van de weg heeft gevonden.

De enige grote uitgave die ze zich heeft gepermitteerd is de camera die op de eettafel staat. Maaike loopt ernaartoe en tilt hem op, maar legt hem dan weer voorzichtig terug. Veel is er verder niet te zien. Er staan geen snuisterijen of foto's op de kastjes, geen planten in de vensterbank.

Maaike loopt naar de kleine, smalle keuken. Ze kijkt in de voorraadkasten, in de koelkast. Die laatste is voornamelijk gevuld met drank. Flessen wijn en ook wat sterker spul. De groentebak is leeg, op de planken staan een paar bewaardozen met kliekjes.

Waarom kijkt ze daar eigenlijk naar? Alsof ze daarvoor is gekomen. Maaike trekt een la open en inspecteert het bestek. Vooral de grote messen hebben haar belangstelling. Een voor een pakt ze ze op en bekijkt ze. Brandschoon. Wat had ze dan gedacht? Dat er een bebloed mes in de la zou liggen?

Ze schuift de la dicht en laat haar ogen door de keuken dwalen. Het raam geeft zicht op een betegeld plaatsje dat vol sigarettenpeuken ligt.

Opeens voelt ze zich een beetje kortademig. Een duizeling overvalt haar en ze zoekt steun bij het aanrecht. Ze beseft dat ze beter kan gaan, maar ze negeert dat gevoel. Eerst wil ze nog even boven kijken.

Voor ze zich kan bedenken gaat ze de trap op, kijkt snel in de badkamer en dan in de twee slaapkamers. Er is een kleine, waar helemaal niets in staat, en een grote, waar alleen een matras met beddengoed op de grond ligt. Langs de muur staan twee koffers en een doos met kleding.

Maaike laat haar handen erdoorheen gaan, maar behalve buitenissige, overwegend zwarte kledingstukken, die ze ook Gothics wel ziet dragen, treft ze niets bijzonders aan. Geen bebloede rokjes of truitjes. Natuurlijk niet. Alsof Tamara zo dom zou zijn om die te bewaren. Als ze inderdaad die moorden heeft gepleegd, heeft ze vast alles gewassen of weggegooid.

Met enige moeite komt Maaike overeind. Ze voelt zich nog steeds duizelig. Met haar hand stevig om de trapleuning geklemd gaat ze naar beneden. Eenmaal in de gang valt haar blik op de kapstok, waar een gele regenjas hangt. Zowel het kledingstuk zelf als de kleur past zo slecht bij Tamara dat Maaike er verbaasd naar kijkt.

In een opwelling voelt ze in de zakken, maar die zijn leeg. Aarzelend blijft Maaike staan. Om de een of andere reden heeft ze het gevoel dat ze iets over het hoofd heeft gezien. Ze loopt terug naar de woonkamer en kijkt nog een keer goed rond. Haar ogen blijven rusten op het fototoestel op de eettafel. De duizeligheid wordt erger. Ze knippert met haar ogen, overweegt of ze Tamara's opnames zal bekijken. Ze kan zich niet voorstellen dat Tamara foto's heeft gemaakt van de lichamen. Aan de andere kant weet je dat nooit. Ze heeft weleens gelezen dat moordenaars vaak een aandenken meenemen, een plukje haar of een sieraad van hun slachtoffer. Iemand die zo gefascineerd is door fotografie zou in de verleiding kunnen komen zijn daad in beeld vast te leggen.

Maaike trekt een stoel naar achteren en gaat zitten. Ze trekt de zware camera over het tafelblad naar zich toe en zet hem aan.

29

Het telefoontje komt aan het einde van de werkdag. Het is donderdag en Lois heeft de hele middag de banden van de bewakingscamera's zitten bekijken met Silvan, Claudien en Jessica. Er zijn een paar opnames waarop ze iemand die op Tamara lijkt de Platte Stenenbrug naar café 't Ossenhooft ziet oversteken. De vrouw op de bewakingsbeelden heeft hetzelfde postuur als degene die door de camera's van de autodealer is vastgelegd en ze draagt dezelfde kleur laarzen.

'Echt veel zegt het niet,' merkt Silvan op, terwijl hij vermoeid van het turen naar het computerscherm met zijn ogen knippert. 'Er zijn honderden vrouwen in Alkmaar met die lengte en dat middelbruine haar, en die laarzen zijn ook niet uniek te noemen. De hele wereld loopt ermee.'

'Dat is waar. We mogen er niet van uitgaan dat ze het is, maar er bestaat toch een redelijke kans,' zegt Lois. 'En dat steunt de verklaring van Julian van Schaik dat ze in dat café is gezien. Als we geluk hebben komt ze er nog eens terug. Veel mensen hebben geen idee dat de binnenstad vol hangt met camera's.'

'We kunnen moeilijk bij toerbeurt in de kroeg gaan zitten om Tamara op te wachten,' zegt Claudien, 'maar we kunnen wel de barman vragen ons een seintje te geven als ze zich vertoont.'

'Dat heb ik al gedaan,' zegt Lois. 'Nu maar hopen dat hij

het ook doet. Ik kon hem natuurlijk geen bijzonderheden geven en de meeste mannen geven niet graag een leuke jonge vrouw aan. Zeker niet als ze daar de noodzaak niet van inzien.'

Ze kijkt op als Fred de kamer binnenstapt. 'Er is iets gebeurd aan het Zeglis. Maaike Scholten is te water geraakt en bijna verdronken.'

'Wat?' Met een ruk draait Lois haar bureaustoel om. 'Hoe gaat het met haar?'

'Het enige wat ik weet is dat ze leeft. Ze ligt op de afdeling Spoedeisende Hulp in het MCA. Ga je mee?'

Lois springt overeind.

'Mag ik ook mee?' roept Jessica, maar Fred en Lois zijn al weg.

'Wat weten we nog meer?' vraagt Lois, als ze in de auto zitten en naar het Medisch Centrum Alkmaar rijden.

'Niet veel. Er zijn twee agenten op de melding afgegaan, maar ze wisten natuurlijk nog niet om wie het ging. Daar kwamen ze later pas achter, toen Maaike in de ambulance haar naam zei. Ze had geen identificatie bij zich. De jongens hebben navraag gedaan in de buurt, maar niemand heeft gezien wat er precies was gebeurd. De man en de vrouw die haar hebben gered verklaarden dat ze net uit de auto stapten toen ze een plons hoorden. Daar heeft Maaike geluk mee gehad, want zo druk is het daar doorgaans niet.'

'Nee, je hebt daar weinig te zoeken,' zegt Lois. 'Ik vraag me af of je zonder hulp de kade kunt opkomen als je in het water valt.'

'Dat lijkt me lastig. De kademuur is vrij hoog. Je zou op een van de bootjes die daar liggen kunnen klimmen, maar zelfs dat lijkt me een hele toer. Zeker met deze temperatuur. Binnen een paar minuten raak je onderkoeld. Probeer dan nog maar eens gymnastische toeren uit te halen.'

Er valt een stilte, waarin ze ieder diep in gedachten zijn.

'Zou het een ongeluk zijn geweest?' vraagt Lois zich hardop af als ze het terrein van het ziekenhuis op rijden. 'Gewoon een stom ongeluk waarbij ze te dicht bij de kaderand is gekomen en in het water is getuimeld?'

'Dat klinkt alsof je daar niets van gelooft.' Fred rijdt naar de taxistandplaats bij de hoofdingang en parkeert de auto. Als er een verontwaardigde taxichauffeur aan komt lopen, wappert hij met zijn politielegitimatie, waarop de man verontschuldigend zijn hand heft en terugloopt naar zijn wagen.

'Ik vind het vreemd. Kleine kinderen kunnen spelend te water raken, maar waarom zou een volwassene zo dicht bij de rand gaan staan?'

Fred kijkt haar van opzij aan. 'Denk je dat ze gesprongen is?'

'Gesprongen,' zegt Lois, 'of geduwd.'

Ze gaan door de draaideuren de hal van het ziekenhuis in en volgen de borden naar de Spoedeisende Hulp. Daar melden ze zich bij de receptie en vragen naar de behandelend arts. Even later komt een oudere man in een witte jas haastig aanlopen.

'Dokter De Graaf,' zegt hij en hij geeft zowel Lois als Fred een hand. 'U komt voor de patiënte die vanmiddag te water is geraakt?'

'Maaike Scholten, ja,' zegt Fred. 'Hoe gaat het met haar?'

'Goed,' antwoordt De Graaf zonder omwegen. 'Blijkbaar heeft ze niet erg lang in het water gelegen. Op zich is de duur niet levensbedreigend, kou beschermt het lichaam tegen zuurstofgebrek. De hartslag vertraagt waardoor het bloed uit de ledematen wordt getrokken en naar het hart en de hersenen wordt gestuurd. Dat maakt de inspanning om boven water te blijven natuurlijk wel groter. Waar we dus vooral bang voor waren, was of ze water binnen had gekregen. Zelfs een kleine hoeveelheid verontreinigd water kan de longen ernstig beschadigen. Gelukkig blijkt dat niet het geval te zijn. We hebben röntgenfoto's gemaakt en de zuurstofconcentratie in haar bloed gemeten, en alles lijkt in orde te zijn. Voor de zekerheid houden we haar nog een of twee nachten ter observatie.'

'Is ze aanspreekbaar?' vraagt Fred.

'Op zich wel, maar ik moet u verzoeken het kort te houden.'

'Vanzelfsprekend.'

'Ik zal u naar haar toebrengen.' Dokter De Graaf draait zich om en ze volgen hem door de gang naar de kamer waar Maaike ligt.

Lois weet niet wat ze had verwacht – een beademingsapparaat misschien – maar Maaike ligt gewoon in bed. Ze ziet erg bleek en draait haar hoofd naar de deur als ze Lois en Fred hoort binnenkomen.

'Hallo Maaike. Hoe gaat het?' Fred blijft bij het voeteneind van het bed staan en probeert een houding te vinden die niet te ernstig maar ook niet te nonchalant is.

Lois trekt een krukje naar zich toe en gaat bij Maaike zitten. 'We schrokken toen we hoorden dat je in het ziekenhuis lag. Kun je ons vertellen wat er is gebeurd?'

'Ik weet het niet precies meer.' Vermoeid brengt Maaike haar hand naar haar voorhoofd en sluit even haar ogen. 'Ik lag opeens in het water. Het was koud, heel koud. Ik voelde hoe ik door het gewicht van mijn kleding naar beneden werd getrokken. Ik probeerde naar de kant te zwemmen, maar had het zo koud dat elke beweging een enorme inspanning was. Alsof ik door dikke stroop zwom. Ik ging kopje-onder en wist met grote moeite weer boven te komen. Toen sprong iemand in het water en greep me vast. Je weet wel, zo'n reddingsgreep.'

Lois knikt. 'Je hebt geluk gehad dat er mensen in de buurt waren. Weet je nog hoe je in het water belandde?'

'Nee, ik heb geen idee.'

'Dus het ene moment liep je over straat en het volgende moment verdronk je bijna,' zegt Fred. 'Er moet een reden zijn geweest dat je naar de rand van de kade liep.'

Hij staat nog steeds bij het voeteneind, met gefronste wenkbrauwen. Zo kijkt hij altijd als hij nadenkt, maar Maaike interpreteert zijn gezichtsuitdrukking verkeerd.

'Ik weet het niet meer, dat zei ik toch?' zegt ze kortaf.

'Weet je dan misschien nog wat je daar deed? Waarom je in die buurt was?' vraagt Lois.

Maaike sluit haar ogen weer. Deze keer duurt het enige tijd voor ze ze weer opent.

'Wat doet dat ertoe?'

'Niets,' geeft Lois toe. 'Ik probeer er alleen achter te komen hoe het komt dat je in het water belandde. Tussen het trottoir en de kademuur ligt een weg. Waarom ben je overgestoken?'

'Dat weet ik niet. Ik kan me niet eens herinneren dát ik ben overgestoken.'

'Toch lag je opeens in het water, dus er moet een moment zijn geweest dat je...'

'Ik heb black-outs,' valt Maaike haar in de rede. 'Korte of langere momenten dat ik even weg ben. Achteraf kan ik me niet herinneren wat ik dan heb gedaan.'

In de stilte die valt wisselen Lois en Fred een blik. Lois herinnert zich de psychologische zelfhulpboeken in Maaikes huis. Ze was ze niet vergeten, maar ze krijgen nu opeens een andere betekenis voor haar.

'Hoe komt dat, die black-outs?' vraagt ze vriendelijk. 'Ben je daar weleens voor bij een dokter geweest?'

Maaike knikt. 'Bij een psycholoog. Hij zei dat het kwam

doordat ik het verlies van mijn ouders niet had verwerkt. Die zijn omgekomen bij een auto-ongeluk.'

'Ja, dat weet ik. Je was nog erg jong, hè?'

'Elf.'

'Wat erg voor je.'

'En sindsdien heb je die black-outs?' vraagt Fred.

'Ja. Ik heb er niet voortdurend last van, alleen als ik niet goed in mijn vel zit of ergens overstuur van raak.'

'Was je overstuur voor je in het water belandde?' wil Lois weten.

'Nee. Ik begrijp het zelf ook niet.'

Weer valt er een stilte, waarin Lois en Fred opnieuw even oogcontact hebben.

'Loop je nog steeds bij een psycholoog, Maaike?' vraagt Fred vriendelijk.

'Nee. Hij kon toch niets voor me doen, dus ik ben met die therapie gestopt.'

'Zou je met een andere psycholoog willen praten? Iemand die je van die black-outs af kan helpen?'

Van het ene moment op het andere verandert de uitdrukking op Maaikes gezicht. Het weifelende, onzekere maakt plaats voor achterdocht en woede.

'Nee,' zegt ze, en haar stem klinkt hard. 'Je krijgt mij niet meer naar een psycholoog. En nu wil ik dat jullie weggaan. Ik heb hoofdpijn.' Demonstratief sluit ze haar ogen, en ze doet ze niet meer open.

Lois staat op en zet het krukje aan de kant. 'Bedankt voor je tijd, Maaike,' zegt ze. 'We praten een andere keer wel verder.'

'Volgens mij heeft ze geprobeerd er een eind aan te maken,' zegt Fred als ze op de gang staan. 'Of het was een dom ongelukje. Maar waarom zegt ze dat dan niet gewoon?'

Lois loopt langzaam, bijna met tegenzin door de gang de afdeling af. Ze had graag nog langer met Maaike gepraat, maar het was duidelijk dat dat geen zin had. Bovendien had de dokter hun gevraagd het kort te houden.

Ik weet niet wat ik ervan moet denken. Loop je tijdens een black-out het water in? Ik dacht dat je onderbewustzijn je tegen dat soort gevaren beschermde, net als wanneer je slaapwandelt.'

In een peinzende stilte verlaten ze het ziekenhuis en stappen in de auto.

'Waarom zijn we eigenlijk zo in Maaike geïnteresseerd?' zegt Lois. 'We zijn bezig met een dubbele moord, op zoek naar iemand die Tamara heet en we zijn voortdurend met Maaike in gesprek.'

'Ze kent Tamara,' zegt Fred terwijl hij de motor start. 'Ze kende David Hoogland en Julian van Schaik, dus ze kent Tamara ook. Volgens mij beschermt ze haar.'

'Waarom? Waren ze vroeger bevriend? Zijn ze dat misschien nog steeds?'

'Ik denk het niet,' zegt Fred. 'Althans, niet zoals vrouwen normaal gesproken met elkaar bevriend zijn. Volgens mij weet Maaike meer van deze zaak, maar peinst ze er niet over om die informatie met ons te delen.'

'Omdat ze Tamara niet wil verraden. Dat zou toch wel wijzen op een hechte vriendschap.'

'Ik denk eerder,' zegt Fred, 'dat ze in hetzelfde schuitje zitten. Wat vroeger met Tamara is gebeurd, is Maaike ook overkomen. De een heeft zich gewroken, de ander is ervan op de hoogte, maar zwijgt.'

'Voor hoe lang? Wat als een van hen niet van plan is om nog langer haar mond te houden?'

'Dan heb je een probleem,' zegt Fred. 'Dat heel makkelijk op te lossen is door iemand een zetje het water in te geven.'

Lois gaat wat rechter zitten. Een hardnekkig gezoem vult haar oren, wat altijd gebeurt als ze het gevoel krijgt dat ze iets over het hoofd ziet. Terwijl ze terug naar het bureau rijden piekert ze erover wat dat kan zijn.

Eenmaal op haar werkplek is het gezoem opgehouden. Wat blijft is het frustrerende gevoel dat ze even heel dicht bij een mogelijke doorbraak in deze zaak is geweest.

30

Na twee nachten in het ziekenhuis mag Maaike weer naar huis. De val in het water heeft volgens de arts geen gevolgen gehad; er is geen reden om haar langer te houden.

Met zware, trage passen beklimt ze de steile trap en opent de deur van haar zolderetage. Een beetje onwennig kijkt ze om zich heen. Het had weinig gescheeld of ze was hier nooit meer teruggekomen. In het verlammend koude water was er binnen de kortste keren een einde aan haar problemen gekomen, maar zelfs dat wordt haar niet gegund.

Het is koud in huis. Ze rilt, slaat haar armen om zich heen en zet de verwarming wat hoger. Vervolgens loopt ze naar de keuken om thee te zetten. Even later staat ze met een grote mok dampende kruidenthee voor het raam en kijkt neer op de gracht. Het hagelt een beetje; fijne korreltjes leggen een wit laagje op de klinkers en brugleuningen.

Ze blijft er een tijdlang naar kijken. Niet dat ze zo opgaat in de schoonheid van het winterse tafereel, maar ze weet gewoon niets anders te doen. Een enorme vermoeidheid verlamt haar wil, haar lichaam en haar vermogen om plannen te maken en besluiten te nemen. Niet dat het iets uitmaakt, de dingen op hun beloop laten is ook een vorm van beslissen. Ze weet alleen niet of ze daar uiteindelijk mee geholpen is. Sowieso heeft ze geen idee wat er allemaal gebeurt en of er nog een uitweg is. Ze heeft geen overzicht meer over de situatie.

Ze realiseert zich opeens dat haar fiets nog bij Tamara voor de deur staat. Maar niemand weet dat die van haar is, dus niemand zal ook op het idee komen om het huis aan een nader onderzoek te onderwerpen. Ze weet niet eens of ze daar blij om is.

Net als Maaike zich wil afwenden om even op de bank te gaan liggen, stopt er een auto voor de deur. Ze herkent het autootje van Daniela, die kort in het buitenland was.

Ondanks haar vermoeidheid is ze blij haar vriendin te zien. Misschien dat ze daarom het gevoel heeft dat haar hoofd barst: bij Daniela kan ze haar gedachten ventileren. Daniela is de enige die ze heeft toevertrouwd wat er vroeger is gebeurd en hoezeer dat haar beschadigd heeft. Ze hebben samen de kunstacademie doorlopen, trokken samen op en na een tijdje begonnen Daniela dingen op te vallen. Toen heeft ze haar de waarheid verteld.

'Vertel dit verder aan niemand, Maaike,' had Daniela haar met klem aangeraden. 'Ze zullen het niet begrijpen. Het zal je alleen maar problemen opleveren.'

'Maar wat moet ik dan?' had ze gevraagd.

'Het enige wat jij moet doen is schilderen. Leef je maar uit op het doek, daar kan geen therapie tegenop. Jij schildert en ik verkoop.'

In het eerste jaar van hun studie had Daniela ontdekt dat ze haar eigen schildertalent iets te hoog had aangeslagen. Daarom was ze overgestapt op een ander gebied in de kunstwereld, dat van kunstkenner en galeriehouder. Vanaf het prille begin hebben Maaike en zij samengewerkt, en met succes. Ze vullen elkaar perfect aan, Maaike met haar kunstzinnig talent en Daniela met haar commerciële instinct.

Maar Maaike heeft haar niet alleen op zakelijk gebied nodig, Daniela is ook haar vertrouwelinge, haar beste vriendin. Ze weet alles van haar. Er zijn momenten geweest waarop

Maaike spijt had van haar openhartigheid, maar Daniela heeft haar vertrouwen nooit beschaamd. En al is de situatie nu anders dan toen ze nog studenten waren, ze is nog steeds geen moment bang dat Daniela haar zal verraden.

Met een blije glimlach kijkt ze toe hoe Daniela uit haar Opel Corsa stapt, haar tas pakt en de auto afsluit. Aan de manier waarop ze naar de voordeur loopt en aanbelt – hard en dwingend – kan Maaike haar gemoedstoestand aflezen. Het maakt haar een beetje zenuwachtig. Daniela lijkt wel boos.

Besluiteloos blijft Maaike staan. Ze kan doen alsof ze niet thuis is. Dan gaat Daniela weg. Maar ze zal terugkomen. Misschien is het juist wel goed om met haar te praten, lost die blauwgrijze mist in haar hoofd op en ziet ze weer perspectief. Daniela weet vast wat ze moet doen.

Zo snel als ze durft op de steile trappen loopt Maaike naar de voordeur en doet open.

'Hé, ben je weer terug? Hoe was je tripje?' vraagt ze, maar Daniela antwoordt niet. Ze dringt zich langs Maaike de gang in en loopt meteen naar boven.

Pas als ze op de zolderetage staan kijkt Daniela haar recht aan. Ze haalt een krant uit haar tas en gooit die op de tafel tussen de potten verf en penselen.

'Ik las het net,' zegt ze. 'Toen ik thuiskwam. Ik ben meteen in de auto gesprongen en hiernaartoe gereden.'

Er ligt iets beschuldigends in haar blik wat Maaike niet bevalt. Zwijgend draait ze zich om, pakt een penseel van tafel en begint te schilderen.

'Maaike, ik praat tegen je.'

'Precies, je praat tégen me. Je deelt me iets mee. Als je me iets wilt vragen, moet je het op een andere manier proberen,' zegt Maaike zonder zich om te keren.

Het blijft stil achter haar, zo lang dat ze uiteindelijk toch een blik over haar schouder werpt. Daniela zit op de bank en masseert haar voorhoofd met haar vingers.

'Was het Tamara?' vraagt ze na een tijdje.

Maaike haalt haar schouders op en schildert verder.

'Hoe kun je er zo luchthartig over doen?' zegt Daniela verwijtend. 'Dit is een heel groot probleem! Het gaat uitkomen! Besef je dat wel?'

'Tot nu toe heeft de politie geen idee wie de dader is, al heb ik ze verteld over Tamara, dat ze verkracht is.'

Een laagje grijs over het blauw. Nog wat meer grijs. Het is te blauw, dat schilderij, veel te blauw. Geconcentreerd werkt Maaike door. Ze schrikt op als Daniela opeens naast haar staat. Met tegenzin maakt Maaike haar ogen los van het doek. Als ze in de zachtaardige bruine ogen van haar vriendin kijkt breekt haar verzet opeens en laat ze haar armen slap langs haar lichaam hangen. Het penseel tussen haar vingers valt op de grond.

'Hoe dan?' vraagt ze, met een wanhopige klank in haar stem. 'Hoe kunnen we Tamara stoppen?'

'Je moet naar de politie gaan,' zegt Daniela zacht. 'Echt, dat lijkt me het best. Ik weet dat je dat niet wilt, maar je moet ze het hele verhaal vertellen. Het is de enige oplossing.'

'Je hebt zelf ooit gezegd dat ik het aan niemand moest vertellen. Alleen aan jou.'

'Dat weet ik, maar de situatie is nu anders. Als het uitkomt, pakken ze mij ook op. Ik wil niet medeplichtig zijn aan moord, dat kun je niet van me vragen. Als jij het de politie niet vertelt, doe ik het. Vanavond nog.'

Er verandert iets in Maaikes ogen. De onzekere, angstige blik maakt plaats voor een wat hardere uitdrukking. Ze stopt met het weifelende gebijt op haar lip, haar mond vertrekt tot een streep en haar kaken verstrakken.

'Dat doe je niet!' Zelfs haar stem klinkt anders, laag en beslist.

Gealarmeerd kijkt Daniela van het schilderij, dat haar ondanks alles beroepsmatig fascineert, naar haar vriendin. In één oogopslag ziet ze dat ze verdwenen is en plaats heeft gemaakt voor iemand anders. Iemand tegenover wie ze vaker heeft gestaan, en met wie ze ook toen weleens de confrontatie is aangegaan, maar niet op deze manier.

'Tamara,' zegt ze.

Ze ziet aan de blik in Tamara's ogen dat ze gevaar loopt. Aarzelend doet ze een stap bij haar uit de buurt en heft verontschuldigend haar handen.

'Jij vertelt helemaal niemand iets,' zegt Tamara vol ingehouden woede.

'Nee, natuurlijk niet. Als jij dat niet wilt...'

'Dat wil ik inderdaad niet.' Ze pakt iets van tafel – Daniela kan niet zien wat het is – en loopt ermee op haar af. Bij elke stap die Tamara in haar richting zet, schuifelt Daniela verder naar achteren.

'Ik vertrouw jou niet. Ik heb je nooit vertrouwd,' zegt Tamara met koude stem. 'Ik zag wel waar je mee bezig was. Je hebt Maaike lopen paaien met mooie woorden over vriendschap en vertrouwen, maar het enige wat je wilde was haar helemaal voor jezelf hebben. Haar en haar schilderijen. Of eigenlijk alleen dat laatste. Je hebt goed aan haar verdiend, hè? Ik ben benieuwd hoeveel van de opbrengst op haar bankrekening terecht is gekomen. Een stuk minder dan op die van jou, denk ik.'

'Dat is niet waar.' Daniela blijft achteruitlopen, in de richting van de deur. Intussen ziet ze ook wat Tamara in haar hand heeft. Het is een schaar. 'Ik heb Maaike altijd fair behandeld. Je kunt de administratie inzien, als je wilt.'

'Dat is niet nodig. Cijfertjes en lettertjes interesseren me niet zo. Ik ben meer geïnteresseerd in wat mijn gevoel zegt. En weet je, mijn gevoel bedriegt me nooit.'

Daniela grist haar tas van de bank en houdt hem beschermend voor zich, alsof ze elk moment een aanval verwacht. 'Wat sta je daar nou met die schaar? Leg eens weg.' Het was de bedoeling dat haar stem intimiderend zou klinken, om Tamara tot rede te brengen, niet dat er zo'n hoog angstig geluid in door zou klinken. 'Doe niet zo raar, Tamara. Je kent me toch? Ik weet al zo lang van je bestaan en ik heb je nooit verraden. En dat zal ik ook niet doen.'

Met samengeknepen ogen kijkt Tamara haar aan. 'Moet ik dat geloven? Net zei je iets heel anders.'

'Ik zei maar wat! Echt, ik zou Maaike toch nooit in de problemen willen brengen? Ze is mijn vriendin, ik hou van haar!'

'Ik hou ook van haar,' zegt Tamara. 'En daarom neem ik het risico niet.'

Onverwacht rent ze naar voren en doet een uitval met de schaar. Met opgeheven arm weert Daniela haar af. Ze rukt de deur open en stormt naar de trap. Op het moment dat ze daar staat, in wankel evenwicht door haar haast, beseft ze dat ze een fout heeft gemaakt. Ze weet het zeker als Tamara haar bij de haren grijpt, haar hand lostrekt van de leuning en haar onderuit schopt. Bonkend over de trap met zijn vele treetjes betreurt Daniela het moment waarop Maaike haar, jaren geleden, in vertrouwen nam en zij besloot haar mond te houden. Haar lichaam stuitert naar beneden, kleine en grote botten breken op diverse plaatsen en ze schreeuwt het uit. Tot haar verbazing blijft ze bij bewustzijn als ze met haar hoofd op de plavuizen van de hal terechtkomt. Ze hoort Tamara met rustige, bedaarde stappen de trap af komen en begint te hijgen van angst. Tegen beter weten in probeert ze in beweging te komen, maar dat veroorzaakt zoveel pijn dat ze het weer uitschreeuwt.

Tamara torent boven haar uit, haar wenkbrauwen gefronst, haar handen in de zij.

'Waarom moest je ook opeens je woord breken?' zegt ze verwijtend. 'Ik heb je altijd in de gaten gehouden, maar het leek goed te gaan. En nu dit.'

'Ik zal je niet verraden, echt niet. Er komt geen woord over mijn lippen, ik zweer het je.' Het zweet staat Daniela op het voorhoofd en haar woorden komen er moeizaam uit. De pijn die haar gebroken botten veroorzaakt neemt haar zo in beslag dat ze haar ogen sluit. Als ze ze weer opent, is Tamara weggelopen. Om een ambulance te bellen, hulp te vragen?

Haar hart begint te bonzen van hoop, maar de slagen zijn fel en pijnlijk, alsof haar onderbewustzijn haar probeert te waarschuwen voor iets heel anders.

Even later is Tamara terug, met een plastic tas in haar hand. Daniela kijkt er niet-begrijpend naar.

'Bel alsjeblieft een ambulance. Ik geloof dat ik iets gebroken heb,' fluistert ze.

'Dat weet ik wel zeker, na zo'n val. Het verbaast me dat je nog leeft.' Tamara houdt de plastic zak in beide handen en trekt eraan, alsof ze de rekbaarheid test.

Daniela's ogen verwijden zich. 'Wat... Wat ga je daarmee doen?'

'Jou van je pijn bevrijden. Niet tegenstribbelen, want dan moet ik op je gebroken arm gaan staan.'

Tamara hurkt bij Daniela neer en brengt de plastic zak naar haar gezicht.

'Nee!' schreeuwt Daniela. 'Nee, alsjeblieft! Help! Laat iemand me helpen!' Dan sluit het plastic zich om haar neus en mond, zo strak dat een nieuwe hulpkreet gesmoord wordt. In een laatste poging om zichzelf te redden brengt Daniela haar niet-gewonde arm omhoog en krabt ze Tamara in het gezicht. Ze grijpt haar haren, trekt eraan, ze probeert haar vingers in de ogen van haar belaagster te steken, maar die maakt daar snel een einde aan. Ze zet eenvoudigweg haar knie op Daniela's gebroken arm en houdt hem daar, wat een pijngolf veroorzaakt die Daniela buiten bewustzijn brengt. Daarna is het voor Tamara niet moeilijk om het karwei af te maken. Ze ziet het plastic steeds zwakker op- en neergaan, tot ook dat uiteindelijk niet meer beweegt.

31

'Ik spreek je bijna nooit meer alleen,' klaagt Tessa. 'Weet je hoe vaak ik je antwoordapparaat al heb ingesproken?'

Lois weet het. Ze was in het weekend wat later begonnen, maar ze heeft wel doorgewerkt, op beide dagen. Nu is het zondag en is ze 's middags vrij. Een deel van de berichten op haar antwoordapparaat heeft ze beluisterd toen ze bij de koelkast een glas sap dronk. De rest hoorde ze op de trap, onderweg naar boven, tot het gekletter van de douche een einde aan Tessa's verhalen maakte. Nu zit ze in haar favoriete spijkerbroek en grijze wikkelvest op de bank met de telefoon in haar hand.

'Ik zit midden in een onderzoek, dat weet je toch?' zegt ze.

'Ja, en? Mag je dan niet meer ademhalen?'

'Nog net. Maar alleen om te werken.'

'Moet je op oudejaarsavond ook werken?'

'Misschien wel, Tes. Ik heb in elk geval piket.'

Met een diepe zucht legt Tessa zich bij dat feit neer. 'Ik moet met je praten,' zegt ze.

'Ja, ik weet het. Over het graf van mama.'

'Nee, dat heb ik al geregeld.' Door de klank van haar stem vermoedt Lois dat haar zusje ongeduldig met haar hand wappert. 'Ik heb het contract met tien jaar verlengd. Maak je maar geen zorgen over de kosten, ik betaal het wel.'

'Ik maak me helemaal geen zorgen over de kosten. Volgens

mij deed jij dat.' Met haar vrije hand rommelt Lois door de post van de afgelopen weken. Ze moet nodig haar administratie op orde brengen voor er deurwaarders op de stoep staan.

'Nee hoor,' zegt Tessa, 'maar laten we hier geen ruzie over maken. Ik heb een verrassing voor je.'

'Wat dan?' Lois staakt haar poging om een brief van de belastingdienst met één hand open te maken. De laatste keer dat Tessa een verrassing voor haar had, kreeg ze een make-over bij haar thuis. De kapper, pedicure en een styliste hadden zich daar verzameld in een poging iets van Lois' uiterlijk te maken. Ze had zich alleen de knipbeurt van haar blonde haar laten welgevallen, en eerlijk is eerlijk: die boblijn stond haar een stuk beter dan het haar net over haar schouders. Ze draagt het nu wat langer zodat ze nog net een staartje kan maken.

'Ik zeg niks, maar je moet 5 maart vrijhouden in je agenda.'

'Ik kan het niet beloven,' zegt Lois. 'Helemaal niet als ik niet weet wat je van plan bent.'

'Kom dan maar hierheen, dan laat ik je de folders zien. Blijf je eten?'

Eigenlijk was Lois van plan om vanavond lekker zelf in de keuken te rommelen en dan met haar bord op schoot voor de televisie te gaan zitten, maar Tessa's stem klinkt zo hoopvol dat ze het hart niet heeft om haar teleur te stellen.

'Goed, ik ben om halfvijf bij je. Ik moet echt mijn post even doornemen. Er ligt een enorme stapel.'

'Prima, dan ga ik gamba's halen voor bij de borrel. Gezellig!' zegt Tessa opgewekt.

De rest van de middag besteedt Lois aan puinruimen in huis en boodschappen doen, om vervolgens met een kop thee achter de computer te schuiven en haar betalingen te verwerken. Om kwart over vier sluit ze af en stapt ze in haar auto. Tessa is erg punctueel en als ze ergens geen zin in heeft, is het wel in ruziën over een kwartier of halfuurtje later aankomen.

Zoals altijd bekruipt haar een gevoel van vervreemding als ze de Eeuwigelaan in rijdt en de oprijlaan van het huis van haar zus in slaat. De moderne witte villa, het knerpende grind, de dure auto's voor de deur: het blijft een vreemd idee dat Tessa hier woont.

Lois zet haar Seat Ibiza tussen een Mercedes en een Hummer en stapt uit. Als ze zich omdraait, ziet ze dat Tessa haar in de deuropening al staat op te wachten.

'Hoi!' roept ze en ze zwaait uitbundig. Ze ziet er zo blij uit dat het Lois ontroert. Ze neemt zich voor al Tessa's eigenaardigheden te accepteren en blij op haar verrassing te reageren, wat het ook mag zijn.

'Fijn om je weer te zien!' Tessa slaat haar armen om haar zus heen en zoent haar op beide wangen. 'Weet je dat er dagen voorbijgaan zonder dat ik iemand spreek? Nou ja, als ik Bergen even in ga wel, of als ik boodschappen ga doen, maar niet thuis.'

'Hoe kan dat? Je hebt toch zat vriendinnen? Ik dacht dat jullie regelmatig gingen lunchen en winkelen.'

'Dat doen we ook wel, maar niet elke dag. Ik ben minstens vier dagen in de week alleen thuis, en om eerlijk te zijn bevalt dat me niets.'

Onderzoekend neemt Lois haar zus op. 'Als je je verveelt of eenzaam voelt, waarom zoek je dan geen baan? Al is het maar voor een paar dagen in de week?'

Tessa haalt haar schouders op. 'Guido heeft dat liever niet.'

'Nou en? Dat beslist hij toch niet voor jou? Trouwens, ik kan me niet voorstellen wat erop tegen is,' zegt Lois.

Ze lopen de woonkamer in, die zo groot is dat er twee aparte zithoeken zijn gecreëerd. Beide zijn smaakvol ingericht met overwegend wit meubilair in landelijke stijl, opgefleurd met kussentjes en accessoires in een subtiel zeegroene tint. In beide zithoeken staat ook een enorme kerstboom.

'We gaan in de keuken zitten, daar staat alles klaar,' zegt Tessa.

Terwijl ze de enorme living door loopt, vraagt Lois zich af of Tessa en Guido weleens gebruikmaken van hun woonkamer met twee zithoeken. Aan de smetteloze staat van het interieur te zien niet. Guido is altijd weg of onderweg voor zijn werk, en Tessa geeft de voorkeur aan de gezellige woonkeuken.

'Waarom wil Guido eigenlijk niet dat jij werkt?' vraagt Lois.

Tessa schenkt twee glazen prosecco in en zet ze bij de schaaltjes gamba's, toast en tapenade.

'Ik drink niet, dat weet je toch?' zegt Lois.

'Doe niet zo flauw. Je kunt toch wel één drankje nemen? Daar ga je niet dood van.'

'Ik heb echt liever gewoon water.'

Tessa rolt met haar ogen, maar loopt toch naar de koelkast om een spa in te schenken.

'Hier, levensgenieter,' zegt ze terwijl ze het glas voor Lois neerzet.

'Ik geef er niet om, en bovendien word ik voor mijn werk te pas en te onpas opgeroepen. Niet zo handig als je dan net een slok te veel op hebt.' Lois pakt een gamba uit het schaaltje en begint hem te pellen.

'Daar kun je toch niet aldoor rekening mee houden? Er is meer in het leven dan werk, zus.' Tessa schuift tegenover haar aan tafel.

'Niet zo heel veel meer,' zegt Lois.

Er valt een stilte, waarin ze een tijdje alleen maar gamba's pellen en eten.

'Je hebt nog niet verteld waarom Guido niet wil dat je werkt,' helpt Lois haar zus herinneren.

Tessa neemt een slokje prosecco en laat haar ogen door de keuken dwalen, alsof ze die vraag liever niet beantwoordt.

'Hij wil kinderen,' zegt ze ten slotte.

Verrast kijkt Lois op. 'Echt waar? Nu nog? Hij is vijftig.'

'Nou en? Voor een man maakt dat niet uit; die kan eindeloos doorgaan met kinderen verwekken. En dat hij al twee kinderen uit zijn vorige huwelijk heeft maakt hem ook niet uit. Ik bedoel dat hij dat niet ruim voldoende vindt. Hij wil nóg een kind, met mij.' Somber neemt Tessa nog een slok wijn.

'En dat wil jij niet,' concludeert Lois. Het is geen vraag, maar het vaststellen van een feit dat haar al heel lang bekend is. Tessa is er altijd heel duidelijk over geweest dat ze geen kinderen wil.

'Nee,' zegt Tessa. 'Per slot van rekening heb ik mijn diploma Hogere Hotelschool niet voor niets gehaald. De laatste tijd speel ik met de gedachte om daar wat mee te gaan doen.'

'Ik vroeg me al af hoe lang je dit leventje zou volhouden. Goed idee om weer aan het werk te gaan. Maar Guido ziet het dus niet zitten?'

'Nee, hij vindt het prettig als ik er ben als hij thuiskomt. En dat we op vakantie kunnen als hij daar behoefte aan heeft. Als ik ga werken beperkt dat onze vrijheid, terwijl het financieel niet nodig is dat ik een baan heb.'

'Een baan draait om meer dan alleen je loonstrookje, Tes,' zegt Lois. 'Wat dacht je van financiële onafhankelijkheid, een doel in je bestaan, zelfontplooiing?'

'Jaja, dat weet ik wel. Maar volgens Guido hoort een moeder thuis, bij haar kinderen. Hij is nogal ouderwets in die dingen.'

'Heb je hem gezegd dat je geen kinderen wilt?'

'Niet met zoveel woorden. Ik draai er een beetje omheen, maak er grapjes over, ontwijk het. Maar gisteravond spoelde hij zo mijn laatste strip pillen door de wc.'

'Nee! Deed hij dat echt?' Geschokt kijkt Lois haar zus aan. 'Sorry hoor, maar zoiets beslis je toch samen?'

'Het was bedoeld als grapje. Althans, zo leek het. Intussen waren die pillen natuurlijk wel weg. Dus als hij nu iets van me wil, zal hij eerst condooms moeten halen,' zegt Tessa.

Lois lacht en brengt het glas spa naar haar mond. 'Wat was die verrassing nou?' vraagt ze, voor ze een slok neemt.

'O ja, waar heb ik die folder gelaten? Hier, geloof ik.' Tessa trekt een laatje in de massief houten eettafel open en haalt er een glanzende brochure uit. Zonder een toelichting te geven schuift ze hem naar Lois toe.

'"Beleef het voorjaar,"' leest Lois hardop voor.

Ze bladert door de folder van een wellnesscenter in Limburg en houdt een zucht binnen. Als ze ergens een hekel aan heeft is het wel aan spa's. Eindeloos liggen weken in een Turks bad, terwijl je ook door het bos kunt hardlopen.

'Ziet het er niet geweldig uit?' Met een gemanicuurde nagel tikt Tessa op de foto van twee beeldschone jonge vrouwen die in hagelwitte badjassen op de rand van een met turquoise mozaïek versierd bad zitten. 'Ze hebben er van alles. Je kunt er een hydrotherapiebehandeling ondergaan met zeven waterstralen voor de zeven chakra's. Of een detoxwrap. Dan word je in kleilappen gewikkeld en aangesloten op een of ander apparaat. Schijnt ontgiftend te werken. Volgens Jacqueline is het geweldig.' Ze werpt een blik op Lois' gezicht en voegt eraan toe: 'Maar je kunt natuurlijk ook gewoon een bindweefselmassage nemen. Of een voetbehandeling met visjes. Die knabbelen de dode cellen van je voeten af, zodat ze daarna heel zacht aanvoelen.'

'Ik weet het niet,' zegt Lois flauwtjes.

'Heb je geen zin? Hoe kun je zoiets nou níét leuk vinden? Zeker met jouw baan kun je een dagje in een wellnesscenter goed gebruiken. Je moet toch af en toe ontspannen?'

Ondanks haar goede voornemen weet Lois dat ze hier niet op in kan gaan.

'Ik ga liever sporten, Tes. Dat werkt voor mij heel ontspannend. Ik heb geen geduld om uren in lappen klei te liggen broeien, of vissen van mijn voeten te laten eten. Echt, dat is niets voor mij,' zegt ze behoedzaam.

Op Tessa's gezicht verschijnt een uitdrukking waaruit Lois kan opmaken dat ze deze reactie wel had verwacht. Ze vindt het vervelend dat ze haar zus moet teleurstellen, maar dit is echt te veel gevraagd.

'Waarom ga je niet met... hoe heet ze, Jacqueline?' stelt ze voor.

'Dat ga ik ook wel doen. Maar ik wilde eerst jou vragen. Maakt niet uit, als je geen zin hebt bedenk ik wel wat anders.'

Tessa schenkt haar glas bij, haalt nog een spa voor Lois en dan beginnen ze aan de toastjes met tapenade. Na wat oppervlakkig gebabbel valt er een stilte, die eigenlijk wel prettig is.

Waar ze het vandaan haalt, juist op dit moment, weet Lois niet. Misschien door de sfeer van vertrouwelijkheid die opeens tussen Tessa en haar hangt, en die er tijden niet is geweest. 'Soms denk ik weleens dat mama expres tegen de wand van dat viaduct is gereden,' zegt ze zacht.

De gedachte moet al jaren diep in haar verborgen hebben gezeten en komt nu opeens naar de oppervlakte drijven.

Secondelang kijkt Tessa haar alleen maar met een ondoorgrondelijke blik aan. Als ze eindelijk iets zegt, klinkt haar stem vlak: 'Dat denk ik ook.'

'Echt?' Lois is verrast.

'Ja, natuurlijk. Ze reed zelden auto, en opeens vertrok ze, zonder duidelijke bestemming. En het ging onmiddellijk mis. Dat is natuurlijk niet zo vreemd als je er 's ochtends al een fles wijn in hebt zitten, maar het ging ook ontzettend mis. Geen kleine aanrijding, geen andere betrokkenen. Ik heb altijd vermoed dat ze doelbewust naar dat viaduct is gereden. Ruim na de spits, op een rustig tijdstip...' Tessa trekt een gezicht en neemt een slokje prosecco.

'Waarom hebben we het hier nooit over gehad?'

Tessa haalt haar schouders op. 'Sommige dingen spreek je liever niet hardop uit, toch? Ik wilde er ook niet aan. Destijds was het voor mij een ongelooflijk idee dat ze de dood verkoos boven ons.'

'Dat wij niet genoeg waren om voor te blijven leven, bedoel je,' zegt Lois. 'Ja, dat gevoel heb ik ook lange tijd gehad.'

'Ik heb nog steeds moeite met die gedachte. Wij waren toch ook haar dochters?'

Tessa's stem klinkt zo triest dat Lois over tafel de hand van haar zus pakt. 'Haar verlies was ook groot, Tes. Dat kunnen we ons nauwelijks voorstellen. Een kind verliezen moet het ergste zijn wat je kunt overkomen. En dan papa nog. Hij was haar jeugdliefde, ze kon niet zonder hem. Ze knakte pas echt toen hij ons verliet.'

'Ja, en dat zal ik hem nooit vergeven,' zegt Tessa bitter. 'Hij is zelfs niet op haar begrafenis geweest, de eikel.'

Er valt een lange, diepe stilte, waarin ze ieder in hun eigen gedachten en herinneringen verzinken. Uiteindelijk zegt Tessa met een scheef lachje: 'Dit had een gezellige borrel moeten worden.'

'Gezellig is het woord niet, maar nodig was het wel. We hebben al veel te lang niet echt gepraat.'

'Dat is waar. Maar ik had geen idee hoe jij met de problemen uit onze jeugd omging. Het leek altijd alsof het je niet raakte, alsof je het achter je gelaten had.'

'Dat dacht ik ook van jou. Blijkbaar lijken we toch meer

op elkaar dan we denken,’ zegt Lois met een glimlach. ‘Jij verstopt je hier in dit enorme huis, achter Guido’s brede rug. Je gaat alle uitdagingen in het leven uit de weg. Je houdt je alleen bezig met oppervlakkige pleziertjes.’

‘Houd je vooral niet in.’ Tessa lacht, half geamuseerd en half boos. ‘Neem jij nu maar eens een glas wijn, en ga wat minder obsessief sporten.’

‘Ik moet nog rijden.’

‘Eén glas mag best. En anders blijf je toch gewoon slapen? Dan zakken we eens een avondje door.’

‘Wil je echt geen kinderen?’ vraagt Lois, de opmerking van haar zus negerend.

Over de tafel heen staren ze elkaar aan. Het blijft lange tijd stil, zo lang dat een antwoord eigenlijk overbodig is.

‘Misschien ontzeg je jezelf dan wel juist wat je nodig hebt,’ zegt Lois zacht.

Tessa slaat haar ogen neer en kijkt dan weer op. ‘Misschien wel,’ zegt ze. ‘Maar ik heb gezien wat zo’n verlies kan aanrichten. Dus zeg eens, Lois: hoe zou ik het risico kunnen nemen?’

32

Op weg naar huis zit Lois nog over haar gesprek met Tessa na te denken als haar telefoon gaat. De radio gaat automatisch uit en haar wagen vult zich met doordringend gebel. Ze drukt op het knopje van haar carkit en zegt: 'Met Lois.'

'Lois, met Fred. Stront aan de knikker. Kom zo snel mogelijk naar het Verdronkenoord. Daniela Amieri is dood aangetroffen in Maaikes huis.'

'Wat!' roept Lois uit.

'Ik wist ook niet wat ik hoorde.'

'Wat is er gebeurd?'

'Ze is van de trap gevallen.'

'En Maaike? Waar is zij?'

'Spoorloos verdwenen. Kom als de sodemieter hiernaartoe, dan licht ik je verder in.'

Het is hooguit een kwartier rijden, maar er lijkt geen einde aan de rit te komen. Lois' hersenen werken op topsnelheid. Daniela dood! Van de trap gevallen... of geduwd. En Maaike is verdwenen. Wat moet ze daarvan denken? Is ze gevlucht of heeft iemand haar ontvoerd? Is ze dader of slachtoffer? Ze krijgt maar geen grip op deze zaak, het is om gek van te worden.

In grote haast draait ze even later het Verdronkenoord op en parkeert haar auto op de eerste de beste plek die ze ziet. Dat ze een stukje moet lopen neemt ze voor lief; dat is beter dan eindeloos rondjes rijden voor een parkeerplaats.

Het laatste stukje naar Maaikes huis rent ze. Op de gracht staan mensen in groepjes bijeen. Er is al een afzetting van plastic lint gemaakt, waar blauw de wacht houdt. Zwaaiend met haar pas duikt Lois onder het lint door en loopt naar de voordeur. Naar binnen gaan hoeft niet, want ze ziet Daniela meteen liggen. Het forensisch team is nog bezig, wat betekent dat het rechercheteam buiten staat te wachten.

'Wie heeft haar gevonden?' vraagt Lois, zonder de moeite te nemen de anderen te groeten.

Fred en Benno Andriesse draaien zich naar haar om.

'De buurman,' antwoordt Fred. 'Hij had gisteren al gegil en gebonk gehoord, en vermoedde dat er iemand van de trap viel. Toen hij aanbelde kwam er geen reactie. Omdat hij niet goed wist wat hij moest doen is hij weer weggegaan. Even later zag hij Maaike in Daniela's auto stappen en wegrijden. Dat vond hij wel vreemd, maar hij zocht er niets achter. Pas vandaag heeft hij door de brievenbus naar binnen gegluurd en zag hij Daniela liggen. Toen heeft hij meteen de politie gebeld.'

'Is ze gevallen of geduwd?' zegt Lois.

'Dat is moeilijk te zeggen. Tenzij we sporen van een worsteling vinden,' antwoordt Benno, en tegen de forensische dienst: 'Zijn jullie klaar?'

Een van de mannen van het forensisch team loopt in zijn witte overall op hen af. In zijn hand heeft hij een plastic zak. 'Dit lag in de buurt van het lichaam,' zegt hij. 'We nemen het mee.'

'Mogen we naar binnen?' vraagt Fred.

'Eén momentje, de foto's zijn bijna genomen.'

De fotograaf die bij Daniela's lichaam gehurkt zit drukt nog een paar keer af en knikt. 'Ik ben klaar.'

Fred is de eerste die naar binnen stapt, op de voet gevolgd

door Benno. De arts knielt bij het lichaam neer en laat zijn scherpe blik eroverheen glijden. Intussen kijken Fred en Lois in de hal rond. Veel is er niet te zien. Er staan alleen een bijzettafeltje waar een spiegel boven hangt, en een bak voor paraplu's.

'Op de plastic zak na heeft het forensisch team hier niets aangetroffen,' zegt Benno.

'En boven?' vraagt Lois.

Benno schudt zijn hoofd. 'Ook niet. Het lijkt erop dat het slachtoffer gestruikeld is. Ze heeft geprobeerd zich aan de leuning vast te grijpen; er zit een bloedspoor op de wand.'

'Dat klopt, kijk maar.' Fred licht Daniela's hand op en laat de schaafwond aan de zijkant zien.

'Maar er is meer.' Benno wijst naar Daniela's wijd opengesperde ogen. 'Je kunt uit pure schrik je ogen zo opensperren, dat is normaal. Maar wat niet normaal is, is dat er zoveel rode puntjes in haar oogwit zitten.'

Lois en Fred hurken aan weerszijden van het lichaam en kijken aandachtig naar de ogen van de overleden vrouw.

'Gesprongen adertjes,' zegt Lois. 'Dat komt niet door die val.'

'Nee,' bevestigt Benno. 'Ze is gevallen en daarna heeft iemand haar verstikt, waarschijnlijk met de plastic zak die hier lag. Soms kun je dat zien aan het materiaal. Zijn die jongens al weg?'

Fred richt zich snel op en loopt naar buiten. 'Hé!' roept hij. 'Die plastic zak!'

Lois komt bij hem staan en samen wachten ze tot de forensisch medewerker de zak uit het krat heeft gehaald.

'Kijk eens of je sporen van verstikking kunt vinden,' zegt Fred. 'Speeksel bijvoorbeeld.'

De forensisch medewerker trekt zijn handschoenen aan en onderzoekt het plastic voorzichtig.

'Als er speeksel aan zit, is het opgedroogd,' zegt hij. 'Dat moet het lab onderzoeken. Maar ik zie wel iets anders.' Hij houdt de zak wat omhoog, precies bij de plek waar Daniela's gelaatstrekken een duidelijke afdruk hebben achtergelaten.

33

Het liefst was Lois meteen doorgelopen naar boven om Maaikes zolderetage eens flink te doorzoeken. Terwijl zij toekijkt hoe het lichaam van Daniela Amieri in een lijkenzak verdwijnt en op een brancard wordt meegenomen, belt Fred met Ramon om een doorzoekingsbevel te regelen.

'We moeten even geduld hebben.' Hij laat zijn telefoon in zijn broekzak glijden en trekt een gezicht. 'De officier van justitie is uit eten met familie. Ze zal wel niet blij zijn dat ze gestoord wordt.'

Lois haalt haar schouders op. 'Ik ben ook niet blij dat ik hier sta op mijn vrije avond. En Daniela Amieri was al helemaal niet blij toen ze een plastic zak tegen haar gezicht gedrukt kreeg.'

Er valt een korte stilte, waarin ze beiden naar de trapopgang kijken, waar de bloedveeg duidelijk zichtbaar afsteekt tegen de witgepleisterde wand.

'Om de een of andere reden kan ik me niet goed voorstellen dat Maaike hiervoor verantwoordelijk is,' merkt Lois op. 'Daniela was haar beste vriendin.'

'Nou en?' zegt Fred. 'Des te meer reden om haar te willen vermoorden. Beste vriendinnen weten alles van je, soms weleens meer dan goed voor ze is.'

'Maar waarom zou Maaike haar nu opeens aangevallen hebben?'

'Misschien was Daniela er klaar mee, beviel haar rol van medeplichtige niet meer. Dat lijkt me een heel goede reden om haar te vermoorden.'

'Dus jij denkt dat Maaike David en Julian heeft vermoord, of dat ze wist wie het gedaan had, en dat Daniela daar ook van op de hoogte was?'

'Jij niet dan?'

Lois zwijgt. Ze kan niet onder de feiten uit, maar het zit haar niet lekker.

'Dus dan kende Daniela Tamara ook,' zegt ze.

'Het is zoals we altijd al dachten: die twee werken samen. Maaike en Tamara bedoel ik. Ze hebben er in elk geval belang bij om elkaar te dekken. Maaike zegt wel dat ze alleen getuige was, maar misschien zijn ze allebei het slachtoffer geworden van aanranding of verkrachting tijdens een van die pokerfeestjes. Voorheen kenden ze elkaar niet en in normale omstandigheden zouden ze zelfs nooit met elkaar zijn omgegaan, maar door dat gemeenschappelijke trauma hebben ze elkaar gevonden. En wraak genomen.'

'Pas jaren later. Waarom niet meteen?'

'Omdat ze nog zo jong waren. Ze probeerden er niet meer aan te denken, verder te gaan met hun leven, maar zoiets traumatisch vergeet je niet zomaar. Het bleef gisten en etteren diep vanbinnen. Misschien zijn ze elkaar later nog eens tegengekomen en besloten ze alsnog wraak te nemen.'

'En Daniela is erachter gekomen, maar zweeg.'

Ze kijken elkaar aan.

'Het is mogelijk,' zegt Fred. 'Het is zelfs heel goed mogelijk, maar zonder bewijs is dit niet meer dan een theorietje.'

'Als we Maaikes leven uitpluizen, komen we Tamara vanzelf op het spoor. Ze moeten contact met elkaar onderhouden hebben. Ik denk dat de antwoorden boven liggen, op Maaikes kamer.'

Vanaf dat moment lopen ze ongeduldig wat rond, tot Ramon belt. Hij heeft goed nieuws. De officier van justitie heeft de zaak overlegd met de rechter-commissaris en die heeft toestemming gegeven voor doorzoeking van Maaikes etage.

Niet lang daarna komt Ramon aanrijden. Hij parkeert zijn auto verder op de gracht en loopt naar Lois en Fred toe. Intussen arriveert ook de rechter-commissaris die volgens de regels bij de huiszoeking aanwezig moet zijn.

De deur naar Maaikes woonruimte staat open. Er zit wel een slot op de deur van de zolderetage, maar blijkbaar vond ze het niet de moeite waard om af te sluiten, of had ze te veel haast. Erg veel heeft ze ook niet meegenomen. Op het eerste gezicht ziet de kamer er hetzelfde uit als de laatste keer dat Lois er was.

In een hoog tempo doorzoeken Lois en Fred elke vierkante centimeter van de ruimte. Ze trekken laden en kasten open en bekijken zorgvuldig de inhoud ervan voor ze verdergaan. Als de gebruikelijke opbergplaatsen niets opleveren, verschuiven ze het meubilair, halen de kussens van banken en stoelen, en controleren ze de houten vloer op losse planken. Het levert allemaal niets op. Maaike heeft geen spoor achtergelaten. Geen post, geen adressenboekje. Zelfs de prullenbak bij haar bureautje is leeg.

Fred keert de vuilniszak in de keuken om, zodat de vloer bezaaid ligt met beschimmelde voedselresten, koffieprut en plastic verpakkingen.

'Het is toch niet normaal dat je helemaal niets persoonlijks vindt?' zegt hij.

'Ze was voorbereid,' zegt Lois. 'Ze wist dat er een doorzoeking kon komen. Ik denk dat we nooit iets bijzonders hadden gevonden, op welk moment we ook waren binnengevallen.' Ze kijkt nog eens goed om zich heen en laat haar ogen op een grote grenen kast rusten. 'Er hangt trouwens best rare kleding in die kast. Heb je dat gezien? Veel zwart kant, heel korte rokjes, pumps met stilettohakken. Daar heb ik Maaike nooit mee gezien. Ze kleedt zich altijd vrij onopvallend.'

'Misschien is die kleding niet van haar. Ze huurt deze kamer, het kan best zijn dat het er al hing.'

'Dat lijkt me vreemd,' zegt Lois. 'Je laat je eigen kleding toch niet in de kast hangen als je een kamer verhuurt?'

'Blijkbaar had Maaike nog een heel andere kant, behalve de degelijke versie die wij gezien hebben,' zegt Fred, terwijl hij het bed verschuift om eronder te kijken.

'Dat is wel zeker. Ze heeft ons al die tijd mooi om de tuin weten te leiden. Het is jammer dat ze niet per ongeluk haar telefoon of iPad heeft laten liggen. Daar zal alles wel in staan wat we nodig hebben.'

Met enige moeite komt Fred overeind en hij kijkt Lois opmerkzaam aan. 'Maar wat we wél hebben is de telefoon van Daniela. Het lijkt me sterk dat daar Maaikes nummer niet in staat. Dus we zouden haar even kunnen bellen.'

Volgens de buren was Daniela die middag komen aanrijden en had ze voor de deur geparkeerd.

'Heel asociaal,' voegt de buurman eraan toe. 'Lekker breeduit, zodat de parkeerplaats ernaast ook meteen bezet was. Dat deed ze wel vaker. We waren net van plan om er iets van te zeggen. Maar ja, nu is ze dood. Van de trap gevallen, toch? Ja, het zijn steile rotdingen, die trappen hier. Ik ben zelf ook weleens bijna naar beneden gelazerd. Sindsdien hou ik me goed vast.'

'Weet u toevallig wat het kenteken is?' vraagt Lois zonder veel hoop.

Nou en of de buurman dat weet. Hij heeft een foto gemaakt toen die Opel Corsa weer zo ruim geparkeerd stond. Als bewijs.

De man haalt zijn mobiele telefoon tevoorschijn en laat de foto zien. Lois vergroot de foto, waardoor het kenteken duidelijk leesbaar wordt. Ze schrijft het op, bedankt de buurman en loopt terug naar Fred, die aan de waterkant met Ramon staat te overleggen.

Lois houdt haar notitieboekje met het kenteken omhoog.

'We hebben het kenteken van Daniela's auto,' zegt ze als de twee mannen haar aankijken.

Ramon pakt het notitieboekje van haar aan en knikt tevreden.

'Ik laat een opsporingsbevel uitgaan,' zegt hij. 'Als Maaike die auto blijft gebruiken en haar mobieltje aan heeft staan, hebben we haar zo te pakken. De jongens van de digitale recherche zijn nu bezig met Daniela's telefoon. Maaikes nummer staat er inderdaad in. Met een beetje geluk hebben we haar binnen een paar uur opgespoord.'

34

Niemand gaat naar huis die avond. Het hele rechercheteam zit boven op de zaak-Daniela Amieri. Eerst komen ze allemaal bij elkaar voor een briefing, waarbij met veel koffie en oliebollen de laatste bevindingen doorgesproken worden.

'Zoals het er nu naar uitziet, hebben we ons op de verkeerde persoon geconcentreerd. De moordenaar stond al die tijd voor onze neus,' zegt Ramon, zittend op de rand van een tafeltje in de vergaderkamer. 'Het kan ook zijn dat ze heeft samengewerkt met onze eerste verdachte, Tamara. We blijven dus op zoek naar Tamara, maar op dit moment is het onze eerste prioriteit om Maaike Scholten te vinden. Voor er vierentwintig uur voorbij is, wil ik een uitgebreid dossier over haar. Zoek alles uit: hoe verliep haar jeugd, hoe deed ze het op school, wie waren haar vrienden, wat was haar lievelingskleur – alles.'

Uit haar ooghoeken ziet Lois Jessica druk aantekeningen maken. Ze is nog jong, een meisje nog maar, net klaar met de opleiding. Ze schrijft 'lievelingskleur' op, en Lois grinnikt.

'We weten dat Maaike al jong wees werd en dat ze is opgevoed door haar grootouders,' gaat Ramon door. 'Lois, zoek uit of die grootouders nog leven en ga met ze praten. Neem Jessica mee.'

Lois kijkt Jessica van opzij aan en knikt.

Eigenlijk was ze liever met Fred of Claudien, of desnoods

met Nick, op pad gegaan, maar ze begrijpt Ramons beslissing wel. Als de druk groot wordt en elke seconde telt, splitsen de koppels die normaal gesproken samenwerken zich op om zoveel mogelijk informatie in zo min mogelijk tijd bij elkaar te sprokkelen. Daarbij krijg je dan assistentie van een rechercheur in opleiding, die op die manier mooi het vak kan leren.

'Verder hebben we de telefoon van het slachtoffer, Daniela Amieri, onderzocht. Uit haar sms-geschiedenis blijkt nergens dat ze onenigheid had met Maaike Scholten. Het zou kunnen dat ze die avond woorden hebben gekregen en dat Daniela iets gezegd of gedaan heeft waardoor Maaike tot haar daad kwam. Die kans is vrij groot, maar zolang daar geen zekerheid over bestaat, richten we ons op de feiten. Een feit is dat Maaike met de auto van Daniela Amieri is weggereden. We zijn dus op zoek naar een witte Opel Corsa met dat kenteken.' Hij draait zich half om en wijst naar het whiteboard, waar het nummer met een grote kring eromheen genoteerd staat.

'En haar telefoon?' vraagt iemand.

'Die staat uit,' zegt Ramon. 'Helaas. Maar onze jongens zitten erbovenop, dus zodra ze hem aanzet weten we dat.'

Lois steekt haar hand op en krijgt met een knikje van Ramon het woord.

'Wanneer krijgen we de resultaten van het DNA-onderzoek eens van het NFI te horen?' vraagt ze.

Ramon steekt zijn vinger op alsof hij duidelijk wil maken dat dat zijn volgende punt was en pakt een rapport dat naast hem op tafel ligt.

'Die zijn toevallig aan het einde van de dag binnengekomen,' zegt hij. 'Er is niet veel DNA op de lichamen van David Hoogland en Julian van Schaik aangetroffen, maar toch iets. Een paar haren en wat speeksel. Veel hebben we daar niet aan, want er was geen match met de databank. De technische recherche heeft haren uit de haarborstel van Maaike Scholten meegenomen en opgestuurd. Het is te hopen dat we Maaike eerder te pakken hebben dan het NFI het onderzoeksresultaat voor ons heeft, maar een match zou wel het aanvullend bewijs vormen dat we nodig hebben om de zaak rond te krijgen. Goed, dames en heren, zijn er nog vragen?'

Een paar vingers gaan omhoog. Er worden wat losse vragen gesteld over dingen die al bekend waren, maar die de vragenstellers ontschoten zijn. Lois kijkt op haar horloge. Het is halfelf – te laat om Maaikes grootouders nog op te zoeken. Ze neemt zich voor dat morgenochtend als eerste te doen.

De volgende dag zit ze wat later dan normaal achter haar bureau. Tot haar ergernis heeft ze zich verslapen, maar dat gebeurt blijkbaar meer collega's. De recherchekamer is niet leeg, maar ze mist toch een paar gezichten.

Lois zet haar computer aan en wacht tot hij opgestart is. Het kost haar weinig moeite om de grootouders van Maaike te traceren. De zoekmachine van het politiedatabestand vertelt haar dat Henriëtte Maria Scholten-Prins zes jaar geleden overleden is. Haar echtgenoot, Dirk-Jan Scholten, woont in zorgcentrum Westerhout in Alkmaar.

Lois kijkt om zich heen door de recherchekamer. Claudien is er nog niet, Fred is in bespreking met Ramon. Op dat moment komt Jessica gapend binnen.

'Goedemorgen.' Lois staat op en wenkt haar. 'We gaan op de koffie bij Maaikes opa. Je ziet eruit alsof je wel een bakkie kunt gebruiken.'

Jessica knoopt haar lange zwarte jas weer dicht. Met haar lange donkere haar, zware mascara en zwarte oogpotlood heeft ze iets van een goth dat Lois wel stoer vindt. Ze hoopt alleen dat de oude man met wie ze gaan praten zich er niet door laat afschrikken.

Ze verlaten het hoofdkantoor en stappen in Lois' auto. De dienstwagens zijn nu hard nodig voor de rest van het team. Er zullen er wel een paar op de fiets of lopend op pad moeten.

'Kunnen we zomaar dat zorgcentrum binnenvallen?' vraagt Jessica terwijl ze haar gordel omdoet.

'Als we zeggen dat we van de recherche zijn wel.'

'Maar die oude mensen slapen toch heel veel? Misschien ligt hij nog in bed.'

'Dan maken ze hem maar wakker,' zegt Lois. 'Trouwens, in verzorgingstehuizen wordt een strak schema gehandhaafd. Net als in ziekenhuizen. Daar krijg je niet de kans om lekker uit te slapen. Ontbijten, medicijnen uitdelen – alles verloopt volgens een vaste routine.'

'Leven jouw grootouders nog?'

'Nee. Ze overleden vlak na elkaar toen ik een jaar of zestien was.'

'Ik heb mijn opa en oma nog, van beide kanten,' zegt Jessica.

'Dat is mooi.'

'En je ouders?' vraagt Jessica door. 'Ik heb gehoord dat jij het vroeger niet gemakkelijk hebt gehad.'

Lois haalt diep adem en laat de lucht geleidelijk weer ontsnappen. 'Dat klopt.'

'Je ouders leven niet meer, hè?'

Het blijft even stil.

'Mijn vader wel,' antwoordt Lois ten slotte. 'Maar ik heb geen contact meer met hem. Mijn moeder is overleden toen ik achttien was.'

'Wat erg,' zegt Jessica met een meelevende blik opzij. 'En je hebt ook een zusje verloren, toch?'

'Ja,' reageert Lois kort. 'Maar als je het niet erg vindt, praat ik nu liever over de zaak.'

'Tuurlijk,' stemt Jessica in. 'Dat begrijp ik best. Het moet heel moeilijk voor je zijn. Volgens mij kom je nooit over zoveel verlies heen. Niet helemaal, tenminste.' Ze kijkt even zwijgend uit het raam en zegt dan: 'Ik heb nog nooit een lijk gezien. Tenminste, niet op een plaats delict. Hoe was dat voor jou de eerste keer?'

Lois moet even schakelen, zowel met de versnelling als in gedachten.

'Het stonk,' zegt ze uiteindelijk, terwijl ze remt voor rood licht. 'Dat lichaam lag hartje zomer al drie dagen in een huis te ontbinden.'

'Getver. Hoe ruikt dat?'

Lois denkt even na. 'Alsof je na een paar weken een vuilnisbak vol gebruikte inlegkruisjes en maandverband opentrekt. Maar dan erger.'

Jessica schiet in de lach. 'Dat is een goeie. Die vertel ik eens als ik met vrienden aan het eten ben.'

De rest van de rit leggen ze, tot Lois' opluchting, in stilte af. Ze is niet gewend aan gebabbel, en is er ook niet goed in. Met Fred kan ze uren in de auto zitten zonder dat er veel gezegd wordt. Ze praten wel, over de zaak en soms ook over privézaken, maar niet in het wilde weg.

Weer dringt het tot haar door dat Fred binnenkort vertrekt, misschien wel als deze zaak is opgelost. Dan zal ze een nieuwe partner krijgen.

Ze kijkt opzij, naar Jessica, en krijgt een somber voorgevoel.

35

Zorgcentrum Westerhout ligt in het oude, statige Emmakwartier dicht bij het centrum van de stad. Dirk-Jan Scholten is eenentachtig en woont er al vier jaar.

'Schrikt u niet van hem,' waarschuwt de verzorgende, een vrij jong meisje, dat Lois en Jessica naar zijn kamer begeleidt. 'Hij ziet er broos uit en hij is enigszins doof. Maar aan zijn verstandelijke vermogens mankeert niets.'

'Mooi zo,' zegt Lois.

'U hebt toch geen slecht nieuws voor hem?' vraagt het meisje ongerust. 'Meneer Scholten is zo'n aardige man, ik zou het naar vinden als hij van streek raakte. Hij heeft het aan zijn hart, ziet u.'

'We zullen hem zoveel mogelijk ontzien,' belooft Lois. Ze wendt zich tot Jessica en zegt: 'Laat mij het woord maar doen. Jij maakt notities.'

Ze volgen de verzorgende een trap op en een gang door, tot ze stil blijven staan voor een van de deuren.

'Dit is zijn kamer.' Het meisje klopt aan, opent de deur en roept: 'Meneer Scholten, er is bezoek voor u.'

Een oude man, die bijna geheel verdwijnt in de grote leunstoel bij het raam, kijkt opzij.

Jessica wil naar binnen stappen, maar Lois houdt haar tegen. Ze heeft geleerd de privacy van de bewoners te respecteren. Sommige mensen in instellingen kunnen niet kwader worden – en terecht – dan wanneer men de hele dag door ongevraagd hun kamer komt binnenlopen.

'Mogen we binnenkomen, meneer Scholten?' vraagt ze.

'Wat?'

'Of we binnen mogen komen.'

'Wie bent u?' Meneer Scholten brengt zijn hand achter zijn oor en kijkt hen verbaasd aan.

Lois loopt naar de oude man toe en geeft hem een hand. 'Lois Elzinga, politie Noord-Holland Noord. Dit is mijn collega Jessica Blanken.'

'Politie?' Niet-begrijpend kijkt meneer Scholten naar haar op.

'Zouden we even met u mogen praten?'

'Ja ja, gaat u zitten. Wilt u koffie? Dan bel ik even.' Een beverige hand vol levervlekken gebaart naar het tweezitsbankje tegen de muur.

Lois en Jessica bedanken voor de koffie en laten zich op het bankje zakken. De gestreepte gordijnen zijn open en laten een zacht winterzonnetje naar binnen vallen. De televisie staat aan. De kamer geeft zicht op een grasveld met een waterpartij en hoge oude bomen.

'U hebt hier een mooi uitzicht,' merkt Lois vriendelijk op.

Meneer Scholten kijkt afwezig naar buiten. 'Ja, je ziet hier de hele dag mensen voorbijlopen.' Hij richt zijn ogen op Lois en daarna op Jessica. 'U bent van de politie, zei u? Waar komt u voor?'

'We wilden u graag een paar vragen stellen over uw kleindochter,' begint Jessica.

Lois zendt haar een waarschuwende blik, maar haar collega in opleiding negeert die.

'Maaike? Wat is er met Maaike?'

'Niets,' stelt Lois hem gerust. 'We willen even met haar praten naar aanleiding van een zaak waar we aan werken, maar ze is verdwenen.'

Met scherpe blauwe ogen kijkt meneer Scholten van de een naar de ander. 'Wat voor een zaak?'

'Daar kunnen we helaas niets over zeggen,' begint Lois, maar de oude man valt haar in de rede.

'Dan heb ik u ook niets te zeggen.'

Lois haalt diep adem. Dit gaat minder makkelijk dan ze had gehoopt. Voor ze iets kan zeggen buigt Jessica zich al naar voren: 'Meneer Scholten, er zijn onlangs drie moorden gepleegd. Drie jonge mensen zijn vermoord. Maaike kende die mensen. Daarom willen we graag even met haar praten.'

'Beschouwt u mijn kleindochter als een verdachte?' Weer die scherpe, taxerende blik.

Met een strak gezicht legt Lois Jessica het zwijgen op. Deze keer kijkt die haar wel aan; ze slaat haar ogen neer en kijkt uit het raam.

'We praten met iedereen die de slachtoffers heeft gekend,' vervolgt Lois op geruststellende toon. 'En dus ook met uw kleindochter. Het probleem is dat ze niet meer op het adres verblijft waar ze tot nu toe woonde.'

'En nu denkt u dat ik weet waar ze zit, terwijl ze één keer per jaar bij me langskomt. Ik ben wel de laatste aan wie u zoiets moet vragen.' De stem van de oude man klinkt een beetje bitter.

'Heeft ze geen contact met u opgenomen? Ook niet gebeld?'

'Nee. Ze belt nooit.'

'Wanneer hebt u haar voor het laatst gezien?'

'Dat zeg ik net: een jaar geleden.'

'En in de tussentijd hebt u helemaal geen contact met haar gehad?'

'Nee, dat zei ik ook net. Ik hoef toch niet steeds alles te herhalen, hoop ik?'

Hoewel ze niet echt verwacht had dat Maaikes opa hen

verder kon helpen, is Lois toch teleurgesteld. Ze zet de ondervraging voort op de rustige, vanzelfsprekende manier van een gezelligheidsbezoekje.

'Maaike heeft vroeger lange tijd bij u gewoond, toch? Dat moet niet gemakkelijk zijn geweest, van de ene op de andere dag een elfjarige in huis,' zegt ze.

'Het was niet anders. Haar ouders – mijn zoon en schoondochter – kwamen om bij een auto-ongeluk. Zelf was ze ook gewond. Toen ze uit het ziekenhuis ontslagen werd, was er geen andere familie die haar kon opnemen. Wat moesten we anders? Haar naar een kindertehuis sturen?'

'Ze heeft tot haar zestiende bij u en uw vrouw gewoond. Hoe ging dat?'

Dirk-Jan Scholten staart met een vreemde, afwezige blik uit het raam, alsof hij recht in het verleden kijkt.

'Ja, hoe ging dat?' zegt hij. 'In het begin ging het wel aardig. Maaike was natuurlijk ernstig getraumatiseerd. Het ongeluk vond plaats op een verlaten weggetje. Mijn zoon was tegen een boom gereden en de auto was bijna helemaal in elkaar gedrukt. Het heeft heel lang geduurd voor ze opgemerkt werden en er hulp kwam. Al die tijd zat Maaike bekneld in dat wrak, tussen de dode lichamen van haar ouders. Ze heeft psychische hulp gekregen om dat te verwerken, maar ik vraag me af of dat helemaal gelukt is. Toen ze een jaar of twee, drie bij ons woonde leek het beter te gaan, maar opeens veranderde dat. Ik weet niet waar het aan lag, misschien omdat ze in de puberteit kwam, maar van de ene op de andere dag leek het alsof we een volslagen vreemde in huis hadden. We herkenden onze kleindochter amper.'

'Ging ze zich anders gedragen?' vraagt Lois.

'Dat kun je wel zeggen. Tot dan toe was ze een makkelijk, rustig kind, maar opeens begon ze overal ruzie over te maken. Ze hield zich niet meer aan de regels, kwam en ging zoals het haar uitkwam, en soms bleef ze zelfs een hele nacht weg. En als we er iets van zeiden, kregen we een grote mond.'

'Kon u dat wel aan?'

'Nee, natuurlijk konden we dat niet aan. Mijn vrouw raakte elke keer zo over haar toeren dat ze er pillen voor moest slikken. En zomaar opeens werd Maaike dan weer zichzelf. Dan had ze vreselijke spijt en bezwoer ze ons dat het nooit meer zou gebeuren. Maar het gebeurde wel weer, telkens opnieuw. Ik zal u eerlijk bekennen dat ik herhaaldelijk op het punt heb gestaan om haar uit huis te laten plaatsen. Het werd een onhoudbare situatie. De gezondheid van mijn vrouw was al niet best, en door al die toestanden en spanningen ging ze nog sneller achteruit. Ze overleed toen Maaike twintig was. Zelf had ik toen al last van hartritmestoornissen. Het verlies van mijn vrouw, de zorg voor een puber – het werd me allemaal te veel.'

'Is ze in een kindertehuis terechtgekomen?'

'Op haar zeventiende is Maaike al op zichzelf gaan wonen. Dat was een speciaal project – begeleid op kamers of zoiets. Pas toen ze aan de kunstacademie studeerde ging het echt beter met haar. Toen begon ze ons ook weer op te zoeken.'

Jessica zit aantekeningen te maken en kijkt op van haar boekje. 'Meneer Scholten, zegt de naam David Hoogland u iets?'

'Ja. Dat is die jongen die is vermoord. Dat stond in de krant.'

'Dat klopt, maar kent u hem van vroeger? Hebt u hem weleens ontmoet?'

'Nee, waarom zou ik?'

'Weet u met wie Maaike in de tijd dat ze bij u woonde omging? Kende u haar vrienden?'

'Nee, ze nam nooit iemand mee naar huis. Wij hadden dat prima gevonden, hoor, maar ze deed het gewoon niet.'

Lois laat een paar namen vallen, maar het zegt Dirk-Jan Scholten allemaal niets.

'Ze zit in de problemen, hè?' constateert hij triest. 'Misschien hebben wij het wel helemaal fout gedaan vroeger. Ik geef eerlijk toe dat we weinig van haar begrepen. We deden ons best, meer kun je toch niet doen?'

'Nee,' geeft Lois toe. Het is tijd om te gaan, maar iets houdt haar tegen. Nog voor ze kan bedenken wat dat precies is, neemt Jessica het woord weer.

'Kent u iemand die Tamara heet?'

Voor het eerst is Lois blij met de aanwezigheid van haar collega. Hoe kon ze zo stom zijn om te vergeten die vraag te stellen? Niet dat ze verwacht dat de naam Tamara de oude man iets zegt – hij heeft immers net verteld dat hij Maaikes vrienden niet kende –, maar ze had het in elk geval moeten vragen.

Dirk-Jan Scholten kijkt peinzend uit het raam. 'Wat merkwaardig dat u daarnaar vraagt. Hoe komt u daarbij?'

'Kent u haar?' dringt Jessica aan.

'Heeft Maaike u over Tamara verteld?'

'Wat, meneer Scholten? Wat zou ze ons verteld moeten hebben?' Lois schuift wat naar voren op het kussen van de bank en kijkt Maaikes grootvader afwachtend aan.

'Misschien kan ik dat maar beter niet zeggen.' Dirk-Jan buigt zijn hoofd en bestudeert de levervlekken op zijn handen.

'U zou ons erg helpen als u het wel vertelde,' zegt Lois zacht.

De oude man kijkt op, met felblauwe ogen die recht in de hare kijken. 'Ze kon erg vreemd doen,' zegt hij geëmotioneerd. 'Mijn vrouw en ik durfden het zelfs tegenover elkaar nauwelijks hardop uit te spreken, maar we vroegen ons weleens af of Maaike wel helemaal in orde was.'

'Waarom dacht u dat ze niet in orde was?'

'Ze had van die buien. Zoals ik net al vertelde, leed ze aan stemmingswisselingen. Van het ene op het andere moment kon haar humeur omslaan. Niet dat ze dan altijd een slecht humeur kreeg, maar ze gedroeg zich... anders. Ze praatte harder, keek anders, liep anders, gedroeg zich anders. Ik kan het niet goed uitleggen. Het leek wel alsof onze eigen Maaike, de Maaike die we zo goed dachten te kennen, verdween en of er een wildvreemde voor in de plaats kwam. Als ze zo'n bui had, wilde ze ook niet meer Maaike genoemd worden.'

Lois en Jessica wisselen een blik. Dit is het. Ze weten het al voor meneer Scholten zijn verhaal kan vervolgen.

'Tamara?' zegt Lois voorzichtig. 'Wilde ze tijdens die buien Tamara genoemd worden?'

Meneer Scholten knikt. 'Ik weet niet hoe ze daarbij kwam, maar ze werd razend als we toch Maaike zeiden.'

'Vond u dat niet vreemd?' vraagt Jessica.

'Ja, natuurlijk vonden we dat vreemd. Aan de andere kant had Maaike een grote fantasie. Als klein kind speelde ze veel alleen, en dan gebruikte ze ook weleens een andere naam. Destijds zochten we er niets achter. We zagen het als het spel van een kind met fantasievriendjes, als onschuldig vermaak. We vonden het ook geen probleem om die naam te gebruiken wanneer ze als kind bij ons op bezoek was. Maar dat ze het in haar puberteit nog steeds deed, vonden we wel merkwaardig.'

Minutenlang zegt Lois niets. Ze hoort Jessica nog wat vragen stellen en is daar dankbaar voor, want zelf is ze er niet meer toe in staat.

Al een paar weken is het een warboel in haar hoofd, alsof haar brein een vastgelopen tandwielwerktuig is. Nu komt het opeens weer op gang, en kan ze bijna voelen hoe de verschillende radertjes schakelen, in elkaar grijpen en verbindingen tot stand brengen.

'Was de naam die ze als kind gebruikte soms Stefanie?' hoort ze zichzelf vragen.

36

'Hoe wist je dat?' vraagt Jessica vol verbazing als ze door de lange gang teruglopen naar de hal van het zorgcentrum. 'Dat hij Tamara zou zeggen kwam niet als een verrassing, maar wie is Stefanie?'

'Daniela zei dat het haar nichtje was,' antwoordt Lois. 'Er hingen kindertekeningen in Maaikes huis en ik vroeg wie die gemaakt had. Daniela zei dat haar nichtje ze maakte en ze naar Maaike stuurde omdat ze haar zo bewondert. Op dat moment had ik geen redenen om aan te nemen dat dat niet waar was, maar nu weet ik dat ze loog.'

'Waarom was dat zo belangrijk? Waarom zou ze daarover liegen?'

'Om Maaike te beschermen. Ze wilde niet dat wij erachter kwamen dat Maaike die tekeningen zelf maakte.'

Jessica zwijgt verbouwereerd en duwt de draaideur open.

'Ik snap er niets van,' zegt ze terwijl ze naar de auto lopen. 'Waar gaat dit allemaal over? Maaike blijkt Tamara te zijn, of in elk geval af en toe die naam te gebruiken, en nu is ze ook Stefanie en maakt ze kindertekeningen. Is ze gestoord of zo? Schizofreen?'

'In die richting zit ik wel te denken,' bevestigt Lois. 'Ik heb weleens iets over die aandoening gelezen, ik weet alleen niet meer wat de officiële benaming is. Het heeft iets met een persoonlijkheidsstoornis te maken.'

'Dat je uit meerdere persoonlijkheden bestaat? Zoals in de film *Sybil*?'

'*Sybil* is een boek.'

'Het is ook een film. Ik heb hem gezien. Het ging over een vrouw die wel dertien verschillende persoonlijkheden had. Ik vond het eigenlijk maar een vreemd verhaal,' zegt Jessica.

'Maar het komt wel voor. Toen mijn moeder depressief werd heb ik veel boeken over psychologie gelezen. Daar werd die stoornis ook in beschreven.' Lois opent het portier van haar auto en doet haar gordel om.

Jessica glijdt naast haar en tikt ijverig de toetsen van haar mobiele telefoon in.

'Doe je gordel om,' zegt Lois.

Met een afwezige blik gehoorzaamt Jessica, waarna ze snel verder typt. 'Daar staat het,' zegt ze triomfantelijk. 'Volgens Wikipedia heet het dissociatieve identiteitsstoornis: een psychische aandoening waarbij iemand afwisselend twee of meer van elkaar te onderscheiden persoonlijkheidstoestanden kan aannemen. Ten minste twee van deze persoonlijkheden nemen regelmatig het gedrag volledig over. Vaak heeft de patiënt "gaten in het geheugen" die niet door vergeetachtigheid te verklaren zijn. De oorspronkelijke persoonlijkheid weet niets van de andere persoonlijkheden, ook wel alter ego's, alters of binnenmensen genoemd.'

'Tamara en Stefanie,' zegt Lois. 'En wie weet hoeveel persoonlijkheden nog meer.'

'Een wat?' zegt Ramon. 'Dissociatieve identiteitsstoornis? Wat is dat?'

'Kort gezegd houdt het in dat degene die daaraan lijdt, diverse persoonlijkheden in zich draagt,' antwoordt Lois. 'Als Maaike die stoornis heeft, zou dat veel verklaren.'

Ze hebben een spoedvergadering belegd, waarbij Lois en

Jessica verslag doen van hun bezoek aan Dirk-Jan Scholten. Op het moment dat de term 'dissociatieve identiteitsstoornis' valt, pakt bijna iedereen zijn smartphone om te googelen wat dat inhoudt.

'Is iemand bekend met die stoornis?' vraagt Ramon.

'Volgens mij heeft Nick er last van,' zegt iemand. 'Na een paar uurtjes in de kroeg verandert zijn persoonlijkheid altijd volledig. Onherkenbaar.'

Er gaat gelach op. Ook Ramon glimlacht even, al wordt hij snel weer serieus.

'Als het klopt is dit belangrijke informatie,' zegt hij. 'Het verklaart ook waarom we haar via officiële instanties niet konden traceren. Niet alleen omdat we haar achternaam niet hadden, maar omdat Tamara in feite niet bestaat.'

'En het kan verklaren waarom Maaike Daniela van de trap heeft geduwd,' voegt Fred daaraan toe. 'Daniela moet geweten hebben dat Maaike en Tamara één persoon zijn. Misschien heeft ze geprobeerd haar over te halen zich aan te geven, of gedreigd de politie te waarschuwen.'

'Maar wie heeft haar nou vermoord? Maaike of Tamara?' vraagt Claudien.

'Wat maakt dat nou uit?' merkt iemand op. 'Moord is moord, hoe ze zich ook noemt.'

'Ik vind het wel verschil maken,' zegt Claudien.

Er gaat geroezemoes; iedereen heeft daar zijn gedachten over. Met opgestoken hand maakt Ramon een einde aan het rumoer.

'Laten we geen overhaaste conclusies trekken,' zegt hij. 'Wij zijn geen psychiaters. We kunnen onmogelijk beoordelen of Maaike wel of geen stoornis heeft. Onze taak is om haar te vinden en te verhoren. Als Maaike inderdaad aan een persoonlijkheidsstoornis lijdt, betekent dat dat we heel voorzichtig te werk moeten gaan. Labiele personen kunnen onvoorspelbaar reageren. Ik ga de hulp inroepen van een psychiater die ons kan adviseren tijdens het onderzoek en eventueel straks, bij het verhoor. Intussen verspreiden we Maaikes foto via intranet naar de andere korpsen.'

Als de vergadering is afgelopen en iedereen de vergaderruimte uit stommelt, loopt Lois naar Ramon.

'Chef, ik ken een psychiater. Hij werkt in een kliniek in de buurt van Bloemendaal. Zal ik eens met hem gaan praten?'

'Als hij ervaring heeft met dissociatieve stoornissen lijkt dat me een heel goed idee,' zegt Ramon.

Lois gooit haar lege koffiebekertje in de prullenbak en loopt de vergaderkamer uit. In de recherchekamer haalt ze haar mobiel uit haar broekzak en werpt een blik om zich heen. Het is er druk. Iedereen zit te bellen of te overleggen, en wie niet praat zit achter zijn computer.

Lois loopt terug naar de gang en zoekt een rustig hoekje waar ze kan bellen. Ze opent eerst de mail die Onno haar laatst heeft gestuurd en waar hij zijn telefoonnummer in vermeld heeft. Ze prent de reeks getallen in haar geheugen en toetst ze in.

'Onno,' klinkt het bondig in haar oor.

'Onno, hoi, met Lois.' Ze wacht even om hem de kans te geven om te reageren. In gedachten ziet ze hem rechtop schieten. Zijn stem klinkt in elk geval wel verrast.

'Hé, Lois! Dat had ik niet verwacht.'

'Nee?'

'Nou ja, je was er heel duidelijk over dat je voorlopig geen tijd had. Of is de zaak waar je aan werkt opgelost?'

'Nog niet, maar wel bijna. Daarvoor bel ik je ook.'

Er volgt een verbaasde stilte.

'Misschien heb je me niet helemaal goed begrepen. Ik ben psychiater, geen rechercheur,' zegt Onno lachend.

'Zo nu en dan hebben rechercheurs psychiaters hard nodig. Voor advies,' zegt Lois.

'Dat is waar. Een collega van me neemt weleens plaats in de rechtszaal om zijn mening te geven in strafzaken met labiele verdachten. Vertel: wat kan ik voor je doen?'

'Ben jij bekend met de dissociatieve identiteitsstoornis?'

'Met DIS? Jazeker.'

'Heb je ook mensen onder behandeling die daaraan lijden?'

'Niet op dit moment, maar ik heb ze wel gehad. Twee, om precies te zijn. Het is een stoornis die niet zo heel vaak voorkomt.'

'Ik zou er graag met je over willen praten,' zegt Lois.

'Wanneer wil je komen?'

'Nu,' stelt Lois hoopvol voor. 'Als het kan?'

'Ik heb een spoedgeval, ik weet niet hoe lang het gaat duren,' zegt Onno dan, 'maar vanavond heb ik alle tijd.'

'Kan het echt niet eerder?'

'Het spijt me. Ik heb patiënten die op me rekenen.'

'Ik begrijp het. Dan zie ik je vanavond. Wat is je adres?'

Onno geeft het en Lois schrijft het op.

'Dank je,' zegt ze. 'Tot vanavond.'

37

Die avond, op weg naar Overveen, bedenkt Lois hoe merkwaardig het is dat haar pad dat van Onno op deze manier weer kruist. Ze heeft al die tijd maar weinig aan hem gedacht, en nu ze naar hem op weg is, vraagt ze zich af waarom ze zich erop verheugt. Hij is totaal niet haar type, met zijn bandplooibroek en spencer.

Onlangs heeft ze in een tijdschrift gelezen dat tegenwoordig veel vrouwen single zijn – en blijven – omdat ze veel te kieskeurig zijn. Zelf hoogopgeleid, met een eigen huis en goede baan, hebben ze een eisenpakket opgesteld waar bijna geen man aan kan voldoen. Uitstekend huwelijksmateriaal laten ze lopen omdat er altijd wel iets mankeert aan de man op wie ze in eerste instantie vielen.

Zij is precies hetzelfde, beseft Lois. Onno heeft herhaaldelijk aangegeven dat hij haar leuk vindt, terwijl zij twijfelde. Maar liefde laat zich niet dwingen, en al helemaal niet beredeneren. Zolang ze bij het wakker worden nog elke ochtend meteen aan Brian denkt, is ze sowieso niet klaar voor een nieuwe relatie.

Lois neemt de afslag naar Overveen en laat zich door de tomtom naar de plaats van bestemming leiden. Even later parkeert ze haar auto voor een statig negentiende-eeuws patriciërshuis in een mooie villawijk.

Ze fluit zachtjes tussen haar tanden. Niet verkeerd. Jammer dat het al donker is, ze had graag wat meer gezien van de tuin. In het licht van de straatlantaarn glanst het koper van een zonnewijzer, en het pad naar de voordeur wordt geflankeerd door een rij in kegelvorm gesnoeide buxusboompjes.

Nog voor ze kan aanbellen gaat de deur al open. Onno staat met een brede lach in de deuropening, voor zijn doen sportief gekleed in een spijkerbroek, maar wel met een spencertje aan. Het is precies wat ze verwachtte, en Lois heeft moeite om niet te lachen.

'Ik zag je inparkeren. Leuk dat je er bent! Kom binnen, welkom!'

Onno kijkt als een kind zo blij, en even voelt Lois zich schuldig. Ze stapt de ruime hal in en beantwoordt de twee kussen op de wang die hij haar geeft. Terwijl Onno haar jas weghangt, vangt ze door de halfopenstaande deur een glimp op van de woonkamer.

Ze is er duidelijk over geweest dat ze hier voor werk is, maar Onno is blijkbaar van mening dat zaken en plezier heel goed gecombineerd kunnen worden. Er branden kaarsjes en op de salontafel staat een bord met Franse kaas, toastjes en een fles wijn.

'Dat ziet er goed uit,' zegt ze.

'Trek?' vraagt Onno terwijl hij haar met een hoffelijk handgebaar voor laat gaan de kamer in.

'Best wel, alleen de wijn moet ik laten staan.'

'Je moet nog werken,' begrijpt Onno.

'Ja, maar ik drink sowieso niet.'

'O?' Verbaasd draait hij zich naar haar toe. 'Dronk je bij Guido thuis ook niet? Nee, dat is waar, je was aan de jus d'orange. Is daar een reden voor of vind je alcohol gewoon niet lekker?'

'Ik geef er inderdaad niet zo om.' Lois laat zich neerzakken op de bruine leren gecapitonneerde bank. Onder haar voeten ligt een wit wollen kleed op een houten vloer. De open haard brandt en zorgt voor warmte en gezelligheid. Met een zucht van genoegen zakt Lois naar achteren en ontspant zich.

'Ik zou bijna willen dat ik wél dronk. Ik kan me voorstellen dat een glas rode wijn op een moment als dit iets toevoegt,' zegt ze.

'Ik ga je niet in verleiding brengen, zeker niet als je nog moet werken. Ik heb ook sapjes, icetea – zeg het maar.'

'Doe maar een icetea.'

'Prima, ik doe met je mee.' Onno draait zich om naar de deur.

'Je hoeft voor mij je glas wijn niet te laten staan, hoor,' zegt Lois snel.

'Nee, nee, maak je geen zorgen. Ik neem straks mijn glaasje wel. Je bent hier omdat je iets van me wilt weten. Daar gaan we het eerst over hebben.' Onno verdwijnt de gang in, rommelt in de keuken en komt even later terug met twee gevulde glazen.

'Je maakt lange dagen, hè?' Hij zet de glazen op tafel en gaat tegenover Lois zitten. 'Hou je het nog een beetje vol?'

'Jawel, we hebben ook regelmatig een vrije avond of vrije dag. Anders raakt het hele team tegelijk uitgeput en daar heeft niemand wat aan. Maar om eerlijk te zijn doe ik op zo'n dag niet veel meer dan slapen,' zegt Lois.

Onno snijdt een stukje brie af, legt het plakje op een toastje en biedt het Lois aan. 'Dat kan ik me voorstellen. Is de zaak nu bijna opgelost?'

'Hopelijk wel.' Lois pakt het toastje aan en neemt een hap. 'Onze verdachte is op de vlucht geslagen. Er is een opsporingsbevel uitgestuurd, maar als ze op tijd de grens heeft bereikt, zal het lastig worden om haar te vinden.'

'Heeft ze psychische problemen? Aan de telefoon zei je dat je iets wilde weten over de dissociatieve identiteitsstoornis, oftewel DIS.'

'Dat klopt. Het is mogelijk dat ze die stoornis heeft.' Lois neemt een slok van haar icetea en zet het glas terug.

'Wat wil je ervan weten?'

'Alles. Wat het precies inhoudt, wat de symptomen zijn, of het te behandelen is – noem maar op.'

'Tja...' Onno slaat zijn ene been over het andere en kijkt peinzend voor zich uit. 'Waar zal ik beginnen? Dissociatie is een symptoom van een psychische stoornis die maar heel weinig voorkomt. Er wordt ook nog volop onderzoek naar gedaan. Om het kort samen te vatten is het een verstoring van het bewustzijn. We maken dat allemaal weleens mee, als je in gedachten verzonken op de automatische piloot naar huis rijdt, of voor je uit zit te staren en ontdekt dat je zo al een halfuur zit in plaats van een paar minuten. Bij mensen die echt dissociëren gaat het echter veel verder. Zij dragen meerdere identiteiten bij zich die regelmatig de regie overnemen. Vroeger noemde men dat ook wel een meervoudige identiteitsstoornis.'

'Hoe moet ik dat zien? Is de persoon in kwestie zich bewust van die identiteiten?' vraagt Lois.

'In eerste instantie niet. Later gaat het hem, of haar, natuurlijk wel opvallen dat er stukken van de dag ontbreken. Hij of zij is tijd kwijt. Opvallend genoeg zijn het voor het grootste deel vrouwen die deze psychische stoornis ontwikkelen, dus laten we het voor het gemak maar over een zij hebben. Het zijn vaak vrouwen die als kind een traumatische ervaring hebben doorgemaakt, seksueel zijn misbruikt of lichamelijk mishandeld, waarbij ze als het ware uit zichzelf zijn getreden. Een deel van hun hersenen splitst zich tijdens de mishandeling af, waardoor het slachtoffer "er niet meer is".' Met twee wijsvingers in de lucht geeft Onno aan dat Lois dat laatste niet letterlijk moet nemen.

'Ze ontsnappen door zich voor te stellen dat ze ergens anders zijn,' zegt ze.

'Ja, een veelgebruikte tactiek in mishandelings- en misbruikzaken. Het slachtoffer verdringt de traumatische gebeurtenis en stopt het ergens in het onderbewustzijn, waar het veilig opgeborgen zit.'

'Maar niet alle mensen die een nare ervaring verdringen gaan dissociëren, neem ik aan.'

'Nee, zeker niet. Daarom is het nog zo'n omstreden onderwerp in de psychiatrie. We weten dat het voorkomt, we weten waar het door komt en waarom, maar wat we niet begrijpen is waarom de een wel en de ander geen stoornis ontwikkelt. Waarschijnlijk heeft het met aanleg te maken. Er zijn mensen die door genetische oorzaken sneller psychische aandoeningen ontwikkelen. Vaak zijn die mensen van jongs af aan ook al enigszins labiel. De voedingsbodem voor een stoornis is aanwezig, om het zo maar te zeggen.'

'Ik begrijp het,' zegt Lois. 'Als je aanleg hebt voor een psychische aandoening en je raakt als kind getraumatiseerd, kan zo'n stoornis tot ontwikkeling komen. Kan dat ook op latere leeftijd gebeuren? Als puber of als jongvolwassene?'

'Dat komt minder vaak voor, maar het is zeker niet onmogelijk. Als wat je meemaakt zo ingrijpend is dat je er niet mee kunt omgaan, en je staat mentaal al niet zo stevig in je schoenen, dan is het zeker denkbaar dat je gaat splitsen,' zegt Onno met een knikje. 'Bij ernstige vormen van DIS zie je dat er verschillende persoonlijkheden – we noemen ze alter ego's of alters – ontstaan die te hulp schieten. Hoe groter het drama, hoe meer het er zijn. Ze dragen allemaal een stukje van het trauma met zich mee en stellen het slachtoffer zo in staat om een normaal leven te leiden. Tot op zekere hoogte, natuurlijk. Want het heeft grote consequenties om al die verschillende persoonlijkheden bij je te dragen, zelfs als je je niet van ze bewust bent.'

'Zoals?'

'Wat ik net al zei: er zitten gaten in je dag.' Onno buigt naar voren en belegt nog een toastje. Eerst voor Lois en daarna een voor zichzelf. 'Je mist uren, soms zelfs dagen waarin de alters je dagelijkse leven overnemen. Dat kan op een onschuldige manier gebeuren, waarbij je je hoogstens anders dan normaal gedraagt. Dat is ook wat de buitenwereld als eerste opvalt: je stemmingswisselingen. Het ene moment kun je assertief en vrolijk zijn, het andere moment verlegen en teruggetrokken. Ik heb een patiënt gehad wier alter ego op haar werk verschrikkelijke ruziemaakte met haar baas. Toen ze de volgende dag nietsvermoedend op kantoor kwam, werd ze ontslagen, terwijl ze geen enkele herinnering aan de ruzie had.'

Lois voelt een lichte opwinding ontstaan. 'Is het dan ook mogelijk dat iemand een moord pleegt zonder dat hij zich dat kan herinneren?'

Onno knikt bevestigend.

'Ja,' zegt hij. 'Het is mogelijk dat jouw verdachte vermoedens heeft, maar geen enkele herinnering bewaart aan wat ze heeft misdaan.'

38

Na die woorden van Onno blijft het een tijdje stil. Ze zijn allebei in gedachten verdiept. Onno is de eerste die de stilte verbreekt.

'Het is wel zo dat ze daar in de rechtszaal uitermate sceptisch tegenover staan. Je wilt niet weten hoeveel verdachten acuut geheugenverlies vertonen als ze in het beklaagdenbankje staan. Dat weet jij als rechercheur natuurlijk als geen ander.'

'Nou en of,' zegt Lois. 'Gelukkig prikt de rechter daar moeiteloos doorheen. Maar bij de verdachte die ik nu op het oog heb, zou dat weleens anders kunnen zijn. In haar woning zijn verschillende psychologieboeken aangetroffen. Dat zou kunnen betekenen dat ze zich ervan bewust is dat ze aan DIS lijdt.'

'Of dat ze de verschijnselen bestudeert en faket,' zegt Onno. 'Heb je weleens iets gemerkt van stemmingswisselingen of zijn er andere aanwijzingen dat ze verschillende identiteiten met zich meedraagt?'

Lois denkt aan de kindertekening en de sombere schilderijen die ze bij Maaike heeft aangetroffen. Ze vertelt erover aan Onno.

'Dus ze heeft op z'n minst twee alters bij zich.'

'Ja, en we denken dat een van die twee schuldig is aan meervoudige moord.'

Onno leunt achterover en knikt peinzend. 'Is er iets bekend over het verleden van de verdachte?'

'Haar ouders zijn omgekomen bij een auto-ongeluk,' zegt Lois. 'Zij was toen elf en zat urenlang beklemd in het wrak, tussen hun lichamen. Vervolgens is ze bij haar grootouders in huis gekomen. Tot overmaat van ramp is ze op haar veertiende het slachtoffer geworden van een groepsverkrachting. Al met al een treurig verhaal.'

'Zeg dat wel. Wat vreselijk. Ze moet een eenzaam kind zijn geweest.'

'Is het genoeg voor dissociatie?'

'Dat is heel goed mogelijk. Hoewel dat niet voor iedereen geldt, zoals ik net uitlegde. Er zijn mensen die in staat zijn zoiets op eigen kracht te verwerken. Anderen gaan in therapie en pakken hun leven zo goed en zo kwaad als het gaat weer op. Maar mensen als dat meisje, kwetsbare types die snel uit het lood geslagen zijn, zullen daar beslist schade door oplopen. Grote kans dat tijdens dat auto-ongeluk het dissociatieproces al is ingezet en dat tijdens de verkrachting haar alters haar opnieuw te hulp zijn geschoten. Dat heeft haar in staat gesteld om een redelijk normaal leven te leiden. Haar alters dragen de herinneringen aan de trauma's mee, zij niet.'

'Zij niet? Ze kan dat ongeluk en die verkrachting toch niet uit haar geheugen gewist hebben?'

'Nee, natuurlijk niet. Maar de meest levendige herinneringen en de grootste pijn liggen bij haar alters. Zelf weet ze hooguit dat het is gebeurd, maar ze heeft de emotie er niet meer bij. Het is een vage herinnering geworden waar de scherpe kantjes vanaf zijn. En dat is precies wat dissociatie doet: die stelt je in staat om het onverdraaglijke te verdragen.'

'Waarom pleegt ze die moorden nu? Waarom niet direct na het trauma?' vraagt Lois. Ze is zich ervan bewust dat de vragen die ze stelt Onno genoeg informatie geven om uit te dokteren om welke moorden het precies gaat. Per slot van rekening hebben de kranten er vol van gestaan. Maar daar is niets aan te doen; dit gesprek is te belangrijk om daar rekening mee te houden.

'Tja, waarom?' Onno haalt nadenkend zijn hand door zijn haar. 'Dat weet ik natuurlijk ook niet. Ik vermoed dat er iets is gebeurd waardoor oud zeer naar boven is gekomen. Destijds was je verdachte een jong meisje. Ze werd verkracht, likte haar wonden en probeerde die vreselijke gebeurtenis uit haar leven te bannen. Dat lukte en dankzij haar alters pakte ze de draad weer op. Ik kan me voorstellen dat ze jarenlang normaal functioneerde en haar alters niet nodig had. Tot het moment dat er iets gebeurde wat alles oprakelde. De andere identiteiten komen niet zomaar naar voren, daar is een trigger voor nodig. Dus er moet iets zijn voorgevallen waardoor haar alters het nodig vonden om weer in te grijpen.'

Lois laat de informatie enige tijd op zich inwerken en drinkt intussen van haar icetea. 'Ik begrijp het toch niet helemaal,' zegt ten slotte. 'Hoe lang gaat dat proces van dissociatie door? Wanneer verdwijnen die alters weer? Op dat moment komt het trauma toch met dezelfde vaart terug?'

'Inderdaad,' zegt Onno. 'Daarom blijven die alters ook, een leven lang. Alleen onder intensieve begeleiding is het mogelijk om de verschillende identiteiten weer te laten samenvloeien tot één persoon, de oorspronkelijke eigenaar van het lichaam, om het zo maar te zeggen. Daarvoor moet die persoon wel de doorstane trauma's onder ogen zien en ermee afrekenen, wat voor veel patiënten reden is om zich niet te laten behandelen. De ellende ontvluchten was nou net de reden dat ze gingen dissociëren. Ik denk dat jouw verdachte zich er heel goed van bewust is wat haar mankeert, maar dat ze er nog niet aan toe is om afstand te doen van haar alters. Ze heeft ze nog te hard nodig.'

'Zelfs als ze weet dat een van hen een moordenaar is?' zegt Lois vertwijfeld.

'Waarschijnlijk ontkent ze dat. Of ze weet het niet. Ik weet niet hoe die moorden zijn gepleegd. Is er bloed aan te pas gekomen?'

'Stel dat dat zo zou zijn?'

'Dan moet ze zelf ook onder gezeten hebben. Dat moet ze hebben gemerkt. Tenzij haar alter langere tijd op de voorgrond heeft gestaan en alle sporen heeft verwijderd.'

'Dan nog. Ik kan me moeilijk voorstellen dat ze zelf geen enkele herinnering aan die moorden heeft.'

'Toch is dat zo. Misschien heeft ze een vage herinnering aan een plek waar ze is geweest, zonder dat ze weet waarom ze daar was. Als ze later hoort dat daar een moord is gepleegd, zal er hoogstens een belletje gaan rinkelen, maar de herinnering aan de daad komt daar niet mee terug.'

'Dat moet verschrikkelijk zijn,' zegt Lois hoofdschuddend. 'Bang zijn dat je een moordenares bent en ontdekken dat alle aanwijzingen in jouw richting wijzen, geen controle hebben over je doen en laten. Wat een hel!'

'Dat is het ook, zeker in dit geval. Ik denk dat ze beter haar oude trauma's onder ogen kan zien dan op deze manier leven.'

'Ze heeft een paar moorden gepleegd, dat zal ze in elk geval onder ogen moeten zien. Als we voor de rechter kunnen aantonen dat ze niet toerekeningsvatbaar was, zal ze aan gevangenisstraf ontkomen, maar aan een gedwongen opname in een psychiatrisch ziekenhuis beslist niet. Dat lijkt me voor haar ook het best.'

'Ik zou haar met liefde en plezier willen onderzoeken en behandelen,' zegt Onno, 'maar dat zal wel in een tbs-kliniek gebeuren.'

'Dat denk ik ook. Maar voor het zover is, moeten we haar eerst vinden.'

'Is ze verdwenen?'

Lois knikt.

'Ach, dat arme kind,' zegt Onno aangedaan. 'Ze is natuurlijk bang dat zij voor die moorden verantwoordelijk wordt gehouden. Het is mogelijk dat ze door dit besef weer dissocieert. Zo komen er alleen maar identiteiten bij, wat verklaart waarom veel patiënten zoveel alters bij zich dragen. Dat kunnen er tientallen zijn. Ik heb een patiënt gehad die er drieëndertig had.'

Verbluft kijkt Lois hem aan. 'Mijn hemel.'

'Ja, het kan heel ver gaan. Maar het kan ook zo zijn dat jouw verdachte er maar twee bij zich draagt, omdat een van hen zo sterk is dat ze alles op haar schouders neemt. En het zou me niet verbazen als die alter haar leven bij stress en problemen dagenlang, misschien wel wekenlang overneemt.' Onno staat op en loopt naar de boekenkast, die een hele wand in beslag neemt. Hij vist er een paar boeken uit en geeft die aan Lois. 'Hier, neem deze maar mee. Dit zijn de meest recente publicaties over DIS.'

'Dank je.' Lois bladert in een van de boeken en staart dan wat voor zich uit. Haar gedachten zijn bij Maaike, zwervend over de straten, volledig in de greep van Tamara.

'Ik moet haar vinden,' zegt ze. Hoewel ze het meer tegen zichzelf heeft dan tegen Onno, reageert hij toch.

'Ja, dat moet je zeker. Ze is niet alleen een groot gevaar voor anderen, maar ook voor zichzelf. Daar moet zo snel mogelijk een einde aan komen.'

Er valt een stilte, waarin Lois nadenkt over alles wat ze net heeft gehoord. Onno laat haar even met rust en ontkurkt intussen de fles rode wijn.

'En nu jij,' zegt hij. 'Want ik kan zien dat het met jou ook niet zo goed gaat.'

39

Lois kruipt meteen in haar schulp; ze voelt het gebeuren. Een beetje wantrouwig kijkt ze naar Onno, die ontspannen achteroverleunend terugkijkt, op-en-top de psychiater.

'O nee?' is haar neutrale antwoord.

'Nee,' zegt Onno. 'Je ziet bleek, je hebt kringen onder je ogen en ik krijg de indruk dat je het liefst op de bank zou gaan liggen om een paar uurtjes te slapen.'

Lois herademt. Hij heeft het over haar werk, niet over haar gevoelsleven. Nou, dat is prima. Die kringen onder haar ogen waren haarzelf vanochtend ook niet ontgaan.

'Het is druk op het werk,' geeft ze toe. 'Al een hele tijd. Maar dat is nou eenmaal zo tijdens een moordonderzoek; dan draait iedereen overuren.'

Onno knikt bedachtzaam en schenkt zijn glas vol met rode wijn. 'Dat overwerken erbij hoort, geloof ik graag. Ik neem aan dat je na een onderzoek voldoende vrije tijd krijgt om bij te tanken. Wat ik me altijd afvraag is of je alles wat je hebt meegemaakt en gezien dan ook echt van je af kunt zetten.'

'Kom op, Onno, waar wil je naartoe? Je bent psychiater, je krijgt zelf ook bakken ellende over je uitgestort. Neem jij die mee naar huis? Houden ze jou uit je slaap 's nachts? Het is je werk, op een bepaalde manier raak je eraan gewend. Dat weet je toch best?'

Onno neemt een slokje wijn en glimlacht. 'Je hebt veel

mensenkennis, je kijkt dwars door me heen. Ik zit inderdaad te vissen.'

'Waarom? Waarnaar?'

'Tessa en Guido maken zich zorgen over je.'

'O ja? Waarom?'

'Ze hebben het gevoel dat je... hoe moet ik dat zeggen, dat je een beetje vastloopt in het leven. Dat je je begraaft in je werk, je opsluit in jezelf. Tessa vindt het moeilijk om echt contact met je te krijgen.'

'Is dat zo? We hebben laatst nog uitgebreid gepraat.'

'Dat moet dan zijn geweest nadat ze mij gesproken heeft. Kun je je vinden in haar woorden? Dat jullie weinig contact hebben?'

Bij wijze van antwoord haalt Lois haar schouders op. Aan de ene kant heeft ze helemaal geen zin om op dit onderwerp door te gaan; aan de andere kant is de warme belangstelling die Onno uitstraalt als balsem voor haar ziel. Zelfs Brian heeft nooit zoveel interesse en bezorgdheid getoond. Of heeft Tessa Onno overgehaald om haar een gratis praatsessie te geven?

Ze trekt haar muren weer stevig om zich heen en buigt naar voren om haar glas te pakken. Dat geeft haar iets te doen, iets om de aandacht af te leiden, al is het maar om een goed antwoord te kunnen formuleren.

'Tessa en ik zijn heel verschillend,' zegt ze. 'We verwerken ieder op ons eigen manier wat er vroeger is gebeurd.'

'Volgens Tessa reageer jij nogal extreem op de gebeurtenissen uit jullie jeugd. Je sport intensief, maakt nauwelijks tijd vrij voor leuke dingen, sluit je af voor mensen en je drinkt geen druppel alcohol.'

'Sinds wanneer is niet drinken een tekortkoming?'

'Dat is het ook niet, maar het lijkt een reactie op de alcoholverslaving van je moeder. Je weerzin tegen drank komt voort uit angst, omdat je als de dood bent om de controle over jezelf te verliezen. En obsessief sporten en vrijwillig al het overwerk op je nemen, kan betekenen dat je de confrontatie met je gevoelens niet aan wilt gaan.'

'Of ik heb gewoon een drukke baan en hou niet van drank. Luister Onno, ik raad je aan dit gesprek met Tessa te voeren. En dan niet over mij, maar over haar. Heeft ze je verteld dat ze geen kinderen wil omdat ze bang is dat ze hen zal verliezen? Als er iemand is die geen verbintenissen durft aan te gaan of de realiteit niet onder ogen wil zien, is het mijn zus wel. En dan stuurt ze jou op me af! Dat is echt een giller.'

Onno vindt het helemaal geen giller. Met een ernstig gezicht kijkt hij haar aan en zegt: 'Ik vind het wel lief. Ze maakt zich zorgen over je.'

'Laat ze zich zorgen maken over zichzelf, met haar oppervlakkige rijkeluisleventje. Het enige wat zij doet is smijten met geld en zich druk maken over triviale dingen. Volgens mij is ze alleen met Guido getrouwd om zijn geld.'

Die opmerking slaat in als een bom. Ze schrikt er zelf van. En nu ligt die hier op tafel, tussen de toastjes en Franse kazen, en zou ze willen dat ze haar woorden terug kon nemen.

Onno gaat verzitten, denkt over Lois' opmerking na en schudt zijn hoofd.

'Dat geloof ik niet,' zegt hij. 'Maar dat doet er niet toe. We hadden het niet over Tessa, maar over jou.'

'Ja, op de een of andere manier ben je daarin geslaagd. Weet je, Onno, ik heb helemaal geen zin om hierover te praten. Ik waardeer het dat je tijd hebt vrijgemaakt om me wat meer over DIS te vertellen. Ik weet genoeg, dus ik stap maar weer eens op.' In één vloeiende beweging komt Lois overeind en pakt haar tas en de boeken van de bank.

'O jee, nu heb ik het verpest,' zegt Onno treurig. 'Je wilt nu zeker ook niet meer een keer met me gaan eten? We hadden nog een afspraakje staan, weet je nog?'

'Ik weet het,' zegt Lois. 'Maar aangezien ik obsessief sport, een workaholic ben en moeite heb om relaties aan te gaan, lijkt dat me niet zo'n goed idee. De avond zou weleens volkomen kunnen mislukken.'

'Dat risico neem ik,' zegt Onno spontaan. 'En ik zal niet de psychiater uithangen.'

Ondanks alles lacht Lois. 'Dat kun je niet,' zegt ze. 'Net zomin als ik mezelf kan veranderen. Dag Onno, fijne avond nog.'

Ze knikt hem van een afstandje toe. Haar vertrek heeft wel iets weg van een vlucht, want ze is de deur uit voor hij kan reageren.

Als ze in haar auto zit, werpt ze een blik naar het huis en ziet ze Onno staan. Hij staat op dezelfde plek waar ze hem achtergelaten heeft, met licht gebogen schouders, zijn handen diep weggestoken in de zakken van zijn broek.

De hele weg naar huis is ze woedend. Op Tessa met haar beschuldigingen, op Onno, die zich door haar heeft laten gebruiken, op Guido, die al helemaal geen recht heeft om zich te bemoeien met hoe zij haar leven inricht en uiteindelijk op zichzelf. Ze had een gezellige avond kunnen hebben met een man die het beste met haar voorheeft.

Ze rijdt naar het bureau aan de James Wattstraat, waar Ramon, Fred en nog een paar rechercheurs vast nog aanwezig zijn. Achter de ramen van hun kamers brandt licht.

Ze zou naar binnen kunnen gaan, hun vertellen wat ze te weten is gekomen over de dissociatieve stoornis, over Maaike, maar op de een of andere manier kan ze Maaikes onvermogen om iets van het leven te maken niet meer loskoppelen van haar eigen verhaal.

Wat ze nu nodig heeft is slaap. Veel slaap, zodat ze morgen alles weer helder ziet en zich niet meer zo huilerig en gedeprimeerd voelt.

40

Ze moet haar voornaamste spullen hebben gepakt en de deur uit zijn gegaan. Op de fiets of lopend, want een auto heeft ze niet. Op het station moet ze een kaartje hebben gekocht naar Amsterdam, want nu zit ze hier, in een hotelkamertje in een nauwe straat.

Maaike kan zich niet herinneren dat ze dat allemaal heeft gedaan, maar haar tas staat op het bed in wat duidelijk een hotelkamer is. In eerste instantie wist ze niet waar ze was, maar ze hoefde alleen maar naar buiten te kijken; het uithangbord met de naam van het hotelletje hangt naast haar raam.

Hoe ze daar gekomen is, weet ze niet. Hoe lang ze er zit evenmin. Opnieuw is een groot stuk tijd volkomen uit haar geheugen verdwenen. Intussen schrikt ze daar niet meer van, het gebeurt zo vaak. Soms ontbreekt er een uur van haar dag, andere keren wat meer. De laatste tijd kan ze zich echter van hele dagen niets herinneren. Zoals nu.

Jarenlang had ze er geen idee van hoe het kwam dat ze zoveel black-outs had. Hoe het kwam dat onbekenden haar groetten of aanspraken, waarbij ze refereerden aan gebeurtenissen waar ze zich niets van kon herinneren.

Zo kon ze het ene moment op school in de klas zitten, om het volgende moment in het winkelcentrum rond te lopen. Ze had opeens veel geld in haar portemonnee zitten, of juist helemaal niets. Er zaten aankopen in haar tas zonder dat ze zich kon herinneren dat ze iets gekocht had. In haar kledingkast doken kledingstukken en schoenen op die niet haar stijl waren. Later, toen ze aan de kunstacademie studeerde, maakte ze af en toe schilderijen van verschrikkelijk slechte kwaliteit, die ze signeerde met een grote T. Er lag opeens een peperduur fototoestel in de kast, met de pinbon erbij, afgeschreven van haar rekening.

Zo kan ze eindeloos veel voorbeelden geven. Ze begreep niet wat er aan de hand was. Uit angst om voor gek te worden versleten vertelde ze het aan niemand, al was het moeilijk om haar problemen voor de buitenwereld verborgen te houden. Elke dag opnieuw werd ze geconfronteerd met haar geestelijke afwijking, want dat dat het was, was wel duidelijk. Maar wat ze precies mankeerde bleef een vraag.

Tot ze in het tweede jaar van de kunstacademie Daniela leerde kennen. Ze raakten bevriend, en oplettend en zorgzaam als Daniela was, kreeg ze algauw door dat Maaike een dubbelleven leidde. Toen haar geheim toch was ontdekt, vertelde Maaike bij stukjes en beetjes haar levensverhaal aan haar nieuwe vriendin. En Daniela bleek een vriendin te zijn op wie ze kon bouwen. Ze beschermde Maaike, ving haar op in de verwarrende situaties die ontstonden als ze weer van persoonlijkheid was gewisseld, en bewaarde haar geheim. En van de weeromstuit ging het beter met Maaike. De andere persoonlijkheden in haar bleven steeds langer op de achtergrond, alsof ze begrepen dat ze minder nodig waren. Hoeveel het er waren wist ze niet; ze vermoedde meer dan één, maar de sterkste, voornaamste alter kende ze inmiddels bij naam: Tamara. Zij was degene die haar leven elke dag wel een keer overnam. Soms een uurtje, soms de hele dag, variërend van hoe Maaike zich voelde. Op depressieve, labiele dagen nam Tamara het helemaal van haar over. Pas als ze er weer tegen kon, wisselden ze en keerde zij, Maaike, terug.

Intussen las ze alles wat ze te pakken kon krijgen over dissociatie. Ze is één keer onder behandeling geweest bij een psycholoog, maar daar is ze mee gestopt. De behandeling betekende dat ze zich moest openstellen, dat de geheimen uit haar verleden naar buiten zouden komen, en daar voelde ze niets voor. Liever leerde ze omgaan met haar stoornis, die op dat moment ook niet zo'n grote inbreuk op haar leven maakte.

Ze weet dat Tamara niet meer dan een afsplitsing van haar eigen persoonlijkheid is, en toch lijkt ze op een bepaalde manier soms werkelijker dan zij, Maaike. Alsof op een bepaald punt de rollen zijn omgekeerd en zij een afsplitsing van Tamara is geworden. Tamara neemt de belangrijke beslissingen, bepaalt wanneer het tijd wordt om te verkassen en met wie ze omgaan. Alleen over haar vriendschap met Daniela heeft ze nooit iets te zeggen gehad; die dateert uit een periode dat zij, Maaike, nog stabiel genoeg was om zelf haar leven te leiden.

Wat haar vroege jeugd betreft heeft ze alleen maar vage, onvolledige herinneringen. Zelfs het auto-ongeluk waarbij haar ouders om het leven kwamen en zij zwaargewond raakte, is uit haar geheugen verdwenen. Ze weet dat het gebeurd is, ze weet nog dat ze in de auto zat op weg naar opa en oma, maar meer ook niet. Van de pijn, de angst en de geur van bloed en benzine die in de auto moet hebben gehangen, kan ze zich alleen maar een voorstelling maken. Volgens de reddingswerkers was ze bij haar volle bewustzijn toen ze haar uit de auto bevrijdden. Ze vermoedt dat het Stefanie is die die herinneringen bij zich draagt, om haar last te verminderen. Stefanie, die het van haar overnam in de auto en sindsdien de pijnlijkste herinneringen met zich meedraagt.

Sommige dagen zijn moeilijker dan andere. Bij het ontwaken weet ze het vaak al. Op zo'n dag zit ze niet goed in haar vel, of eigenlijk zit ze helemaal niet in haar vel. Dan keert ze pas terug als het alweer donker begint te worden, of bij het aanbreken van een nieuwe dag. Het enige wat haar rest is uitzoeken wat er in de ontbrekende tijd is gebeurd, al is dat lastig. Af en toe krijgt ze iets in handen wat haar op het spoor zet, zoals een bonnetje in haar jaszak, een briefje op tafel in Tamara's handschrift, of berichten op haar mobiel die voor Tamara zijn bestemd.

Van de moorden kan ze zich niets herinneren, maar van het begin af aan heeft ze geweten dat Tamara daarvoor verantwoordelijk was. Op haar zolderkamer vond ze geen sporen, maar ze wist dat Tamara aan het Zeglis een huis voor zichzelf had gekraakt. Ze is er af en toe bijgekomen nadat ze gewisseld hadden. De eerste keer wist ze niet hoe ze het had en is ze er snel vandoor gegaan. Het is maar één keer voorgekomen dat ze als zichzelf het huis binnenging, om bewijzen te zoeken. Om een einde te maken aan die moordpartijen waar zij niet achter stond, maar waar ze wel voor veroordeeld kon worden.

Er kan maar één reden zijn dat ze zo opeens in deze hotelkamer zit: Tamara is op de vlucht geslagen. Maaike is er altijd bang voor geweest dat de politie haar op het spoor zou komen. Wat zou er gebeurd kunnen zijn dat ze er zo haastig vandoor is gegaan?

Maaike gaat languit op bed liggen, sluit haar ogen en probeert aansluiting te vinden met het laatste dat ze zich kan herinneren. Wat was ze aan het doen?

Ze stond met Daniela te praten. Ja, Daniela was langsgekomen, ontsteld omdat ze net had gehoord dat Julian van Schaik was vermoord. Als ze het zich goed herinnert, wilde ze dat ze zich zou aangeven.

Maaike kan zich voorstellen dat Tamara het gesprek op dat moment van haar overnam; dat doet ze wel vaker als zij, Maaike, te veel onder druk wordt gezet. Waarschijnlijk heeft ze Daniela de deur uit gewerkt en heeft ze toen snel haar spullen gepakt, bang dat Daniela naar de politie zou stappen. Heeft ze dat gedaan?

Ongerust komt Maaike overeind en haalt haar mobieltje uit de kontzak van haar spijkerbroek.

Ze zet haar telefoon aan, kiest Daniela's nummer en wacht tot ze opneemt. De mobiele telefoon van haar vriendin gaat lange tijd over, maar ze reageert niet. Als Daniela's voicemail inschakelt, zet ze haar telefoon uit. Daniela kennende zal ze wel contact opnemen zodra ze haar gemiste oproep ziet.

41

'Wat zie jij eruit,' zegt Nick met volle mond zodra Lois om halfacht de recherchekamer binnenkomt. Hij heeft een zak croissantjes voor zich liggen. 'Heb je in een doos op straat geslapen of zo?'

'Als jij je kunstgebit nou even goed in doet, versta ik je misschien,' zegt Lois. Ze gooit haar tas op haar bureau en negeert het gegrinnik van Jessica, die ook al op haar plaats zit. Ze weet zelf ook wel dat ze er niet op haar best uitziet. Gisteravond heeft ze in bed nog uren in Onno's boeken liggen lezen in plaats van te gaan slapen.

'Is er nog nieuws?' vraagt ze.

'Maaike heeft gisteravond Daniela geprobeerd te bellen.'

'Wát?' Met een ruk draait Lois zich naar haar collega toe. 'En? Heeft ze een boodschap ingesproken?'

'Nee, ze heeft opgehangen toen er niet opgenomen werd. Maar het is wel vreemd. Wie belt nou zijn eigen slachtoffer? Ze weet toch dat ze niet kan opnemen?'

'Niet als ze aan een dissociatieve stoornis lijdt. Eigenlijk is dit het beste bewijs dat dat het geval is.'

'Geloof je nou echt in die onzin?' zegt Nick. 'Dat komt wel heel goed uit, hè? Mensen vermoorden, hun snikkel eraf snijden en dan doen alsof je je er niets van kunt herinneren. Ze moet onder het bloed gezeten hebben.'

'Ze kan zich hebben gewassen en daarna weer tot zichzelf

zijn gekomen. Dan ben je wat tijd kwijt, maar je hebt geen herinnering aan wat je hebt gedaan. Ik heb gisteravond een psychiater gesproken die me heeft verzekerd dat dat mogelijk is. Waar is Ramon?'

'Ik ben hier.' Ramon komt de recherchekamer binnenlopen. Hij ziet er wat verfomfaaid uit, met een stoppelbaard en een gekreukt overhemd, alsof hij de nacht op het bureau heeft doorgebracht. Wat heel goed mogelijk is. Tijdens belangrijke zaken heeft Lois haar chef wel vaker met zijn armen op zijn bureau in een diepe slaap aangetroffen.

Zelf heeft ze maar een paar uur nachtrust gehad, in plaats van het lange, louterende verblijf in dromenland dat ze zichzelf had beloofd.

'Ik wil graag horen wat die psychiater te vertellen had, Lois. Om halfnegen hebben we een briefing. Intussen gaan we een printertap op Maaikes telefoon aansluiten,' kondigt Ramon aan.

'Een printertap?' zegt Jessica met een vragend gezicht.

'Dat is een telefoontap,' legt Ramon uit. 'Alleen kunnen we daarmee geen gesprekken afluisteren. Dat ging de officier van justitie net iets te ver. Maar met een printertap kunnen we wel zien welke nummers er gebeld worden en in welk gebied de telefoon zich bevindt.'

'Dat is toch ook goed?' vindt Jessica. 'Dan hebben we die telefoon zo uitgepeild.'

'Dat kan nog tegenvallen,' weerlegt Nick. 'In drukke woonwijken of in grote steden is het lastig om precies te zeggen waar de telefoon zich bevindt. Door al die zendmasten en bebouwing blokkeert het signaal vaak, of het verspringt.'

'Precies,' zegt Ramon. 'Maar het zou mooi zijn als we weten waar ze zich ongeveer bevindt. Dat verkleint het zoekgebied aanzienlijk. Lois, ik wil van jou een verslag over je gesprek met die psychiater. Loop je mee?'

In de beslotenheid van Ramons kamer vertelt Lois wat ze van Onno te weten is gekomen over DIS.

Ramon tikt nadenkend met zijn pen op zijn bureau. 'Dus als ik het goed begrijp zou Maaike die moorden gepleegd kunnen hebben, maar er niets meer van weten. Hmm, ik weet niet wat ik daarvan moet denken. Af en toe beroept iemand zich in de rechtszaal op geheugenverlies, black-outs, het zwarte gat, of hoe ze het ook noemen. Meestal maakt de rechter er korte metten mee.'

'Ze zal onderzocht moeten worden in het Pieter Baan Centrum,' zegt Lois. 'Daar komen ze er wel achter of ze faket of dat ze echt iets mankeert.'

'Dat klinkt alsof je haar gelooft.'

'Ja, eigenlijk wel.'

'Herinner je je Anita Lijbrand nog?'

Lois knikt. Anita Lijbrand werd verdacht van de moord op haar echtgenoot en drie kinderen. Ze beweerde stemmen in haar hoofd te horen die haar opdracht hadden gegeven tot die gruwelijke daad. Na langdurig psychologisch onderzoek bleek er niets mis te zijn met Anita, maar had ze een nieuw leven willen beginnen met haar Italiaanse geliefde, die ze tijdens een vakantie met vriendinnen had ontmoet.

'Ik weet het. Er zijn altijd misdadigers die zich verschuilen achter ziektes en stoornissen, maar dat wil niet zeggen dat er niet echt mensen zijn die daaraan lijden. En die misdaden plegen waar ze geen herinnering aan bewaren. Ik probeer me steeds voor te stellen hoe dat moet zijn. Verwarrend, denk ik. Beangstigend ook. Eigenlijk is het heel zielig.'

'Zielig of niet, ik wil haar in de verhoorkamer hebben. En als Maaike Scholten echt niets meer weet van haar misdaden, is dat een voordeel voor ons. We zouden haar daardoor gemakkelijker moeten kunnen oppakken. Eén fout heeft ze al gemaakt.'

'Bellen naar Daniela,' zegt Lois.

'Precies. Hoewel dat ook een slim trucje kan zijn om de rechter er straks van te overtuigen dat ze niet wist dat haar vriendin dood was. Hoe dan ook, we moeten haar eerst oppakken. Wil jij straks tijdens de briefing nog een keer verslag doen van je gesprek met die psychiater?'

Daar voelt Lois helemaal niets voor, zeker niet nu ze zich zo suf voelt, maar Ramons vraag was een retorische. Hij gebaart dat ze kan gaan en gelaten loopt Lois terug naar de recherchekamer. Die is intussen volgelopen met collega's; alle werkplekken zijn bezet en de geur van koffie mengt zich met die van meegebrachte ontbijtjes.

'Kort nachtje gehad?' vraagt Fred met een blik op Lois' gezicht. Hij ziet er zelf ook niet zo florissant uit, maar Lois maakt er geen opmerking over. Als Fred het zegt, is het niet onaardig bedoeld.

'Ik ben naar Overveen gereden om te praten met een psychiater die ik ken,' zegt ze. 'Het is een neef van Guido. Ik heb hem laatst bij Tessa en Guido ontmoet.'

'En? Wist hij wat van die dissodinges stoornis?'

'Dissociatieve,' verbetert Lois. 'En ja, daar wist hij behoorlijk wat van af. Ik mag er straks alles over vertellen tijdens de briefing.' Ze trekt een gezicht en Fred lacht.

'Dat kun jij best,' zegt hij.

Natuurlijk kan ze dat; daar twijfelt Lois ook niet aan. Ze heeft er alleen geen zin in. Eén gesprek met een psychiater en wat boekenstudie maakt haar nog geen expert. Ze hoort de kritische vragen van haar collega's al.

En die komen, nog voor ze is uitgepraat. En de grappen, de sceptische gezichten en het onderdrukte gegrinnik dat nu en dan klinkt ook. Lois trekt zich er niets van aan. Ze praat onverstoorbaar door en zodra ze klaar is zoekt ze haar plaats weer op. Ramon neemt het van haar over.

'Goed, mensen, hiermee is natuurlijk nog niet vastgesteld dat onze verdachte die stoornis ook werkelijk heeft. Maar het is wel goed om te weten dat die mogelijkheid bestaat, zodat we daar rekening mee kunnen houden als we haar oppakken.' Hij praat nog een tijdje door over te volgen procedures als Maaikes telefoon getraceerd wordt en beëindigt dan de briefing.

Het verlossende bericht komt vlak voor de middag. Ramon komt met grote stappen de recherchekamer binnen, met een uitdrukking op zijn gezicht waardoor alle gesprekken meteen stilvallen. Verwachtingsvol kijkt iedereen hem aan.

'Goed nieuws, mensen. Maaikes telefoon staat aan en geeft een signaal af dat is opgepikt door een zendmast in hartje Amsterdam,' zegt Ramon.

'Waar ongeveer?' vraagt Nick.

'Ergens tussen de Nieuwmarkt en de Zeedijk. Ben je daar bekend?'

'Bij de Wallen? Nick wel,' zegt Lois, wat gelach tot gevolg heeft. Zelfs Ramon lacht mee – een opgewekte, ontspannen lach nu hij de zaak die hem al weken bezighoudt eindelijk tot een einde ziet komen.

'We gaan eropaf,' zegt hij energiek. 'Silvan, leg contact met de Amsterdamse collega's en vraag assistentie van de wijkagenten. Fred en Lois, bel alle hotels in die buurt af om te vragen of er iemand logeert die aan de beschrijving van Maaike voldoet. Nick, Claudien, Jessica, informeer bij alle parkeergarages in Amsterdam of er een witte Opel Corsa staat met het kenteken dat we zoeken.'

In een rap tempo verdeelt hij de taken over het team, dat aan de slag gaat zodra hij is uitgesproken. Daniela's auto is snel gevonden; hij staat in een parkeergarage aan de andere kant van de stad.

'Ze heeft hem daar gedumpt en is met het openbaar vervoer verdergegaan,' zegt Lois. 'Als ze haar telefoon uit had laten staan, was het nog verrekt lastig geworden om haar te vinden.'

Ze schuift achter haar bureau om hotels af te bellen. Tegen beter weten in probeert ze eerst de grotere hotels. Bij niet één heeft onlangs iemand ingecheckt onder de naam Maaike Scholten, en ook Tamara levert niets op. De foto die ze uit Daniela's telefoon hebben gehaald wordt doorgemaild naar de recepties van de hotels, maar zonder resultaat.

Ze gaat door met de kleinere hotels en pensions, maar ze vangt overal bot.

'We hadden haar allang moeten vinden,' zegt Fred, terwijl hij vermoeid achteroverleunt in zijn stoel. 'Ze moet ergens een adresje gevonden hebben, bij vrienden of zo.'

Op dat moment beëindigt Jessica het gesprek dat ze voerde en geeft een schreeuw. 'We hebben haar! Ik heb het net bevestigd gekregen van een pension aan de Zeedijk.'

42

Er klopt iets niet. Vanaf het moment dat ze het pension binnenstapt krijgt Tamara een onheilspellend gevoel. Met haar armen vol boodschappen houdt ze haar pas in en kijkt om zich heen in het vrij donkere halletje. De eigenaresse van het zes kamers tellende pensionnetje, Ramona, staat achter de receptie, gebogen over een papier dat ze uitgebreid bestudeert.

Tot dan toe groette ze vrolijk en was ze wel in voor een praatje, al probeerde Tamara dat zoveel mogelijk te voorkomen. Nu kijkt ze niet eens op, op een schichtige blik na.

Misschien was dat het wel wat Tamara alarmeerde.

Onderzoekend kijkt ze langs de trap omhoog. Als de politie haar gevonden heeft, zou er een arrestatieteam zijn uitgerukt dat het hotel was komen binnenvallen. Ze kan zich moeilijk voorstellen dat ze haar op haar kamer zitten op te wachten. Maar wat weet zij van de werkwijze van de recherche?

Nog even blijft ze bevangen door twijfel staan; dan gaat ze toch de trap op. Ramona's ogen prikken in haar rug. Heeft ze haar herkend? Maar hoe kan zij weten dat ze gezocht wordt?

Het is die verdomde telefoon natuurlijk. Zelf is ze niet zo dom om hem te gebruiken, maar ze heeft gezien dat Maaike dat wel gedaan heeft. Daarna heeft ze haar best gedaan om te voorkomen dat zij de leiding weer zou overnemen. Dat is lastig. Zeker als ze moe is voelt ze hoe Maaike naar de voorgrond probeert te dringen, maar zij is sterker. Ze heeft op het notitieblokje van het hotel een paar zinnen voor Maaike opgeschreven waarmee ze haar in bedekte termen laat weten dat ze gezocht worden door de politie en dat ze haar telefoon niet meer moet gebruiken. Daarna heeft Maaike het nog één keer van haar overgenomen, want het briefje lag verkoold tot as in het toilet. Ze had het begrepen.

Boven aan de trap staat Tamara opnieuw stil en scant met haar ogen de gang. Er is niemand te zien. Ze luistert scherp, maar op het doffe geknal van wat rotjes die op de Zeedijk worden afgestoken na hoort ze niets.

Er is niemand, houdt ze zichzelf voor. Als er een arrestatieteam de Zeedijk op was gekomen en dit pension was binnengeslopen, zouden ze nog niet boven zijn geweest of de hele buurt was van hun komst op de hoogte geweest.

Er zou wel een of twee man op haar kunnen zitten wachten. Dat zou niemand opgevallen zijn. Tamara zet haar boodschappen op de grond en voelt in haar jaszak. Het busje pepperspray voelt geruststellend aan in haar hand. Het is het eerste wat ze op de kop heeft getikt toen ze in Amsterdam kwam. Je kunt nog zo indrukwekkend zwaaien met een revolver, als je die spray in je ogen krijgt, kun je alleen nog op goed geluk schieten.

Op haar tenen loopt ze naar de deur van haar kamer en inspecteert het slot. Onbeschadigd, maar dat zegt niets. Ramona kan de reservesleutel gegeven hebben.

Met ingehouden adem draait ze haar eigen sleutel om in het slot. De pepperspray houdt ze stevig in haar andere hand geklemd. Ze duwt de deur open en zorgt ervoor dat ze achter de muur blijft staan. Haar gespannen geest is er zo op voorbereid dat ze 'Handen omhoog!' of 'Geen beweging!' te horen krijgt dat het bijna een anticlimax is dat alles rustig blijft.

Wantrouwig kijkt ze om de hoek van de deur. Niemand.

Haar kamer ligt er nog precies zo bij als ze hem achtergelaten heeft.

Voor de zekerheid blijft ze nog een paar minuten staan, maar het ziet ernaar uit dat ze zich voor niets zorgen heeft gemaakt. Aarzelend gaat ze haar kamer binnen en kijkt om zich heen. Trekt een kast open. Kijkt om de hoek van de badkamer. Leeg.

Gerustgesteld loopt ze terug de gang in en haalt haar boodschappen, die nog bij de trap staan. Als ze weer binnen is, zet ze snel haar aankopen op het smalle bureautje en doet ze de deur op slot. Ze moet even op de rand van haar bed gaan zitten om bij te komen. Haar hart klopt als een razende en ze transpireert. Pas na een tijdje voelt ze zich weer zichzelf worden en kan ze lachen om haar James Bond-imitatie.

Toch blijft iets van het onrustige gevoel haar achtervolgen. Maaike heeft gisteravond gebeld en Ramona deed vreemd en afstandelijk. Het bevalt haar niet. Ze pakt haar weekendtas en begint te pakken. Via de ontbijtzaal loopt ze naar een deur die toegang geeft tot de steeg achter het pension. Een goede voorbereiding is het halve werk in dit soort situaties. Gelukkig heeft ze dat gedaan – zich voorbereiden – zodat ze nu precies weet wat ze moet doen.

Met flinke pas loopt Tamara door de smalle straatjes achter de Zeedijk in de richting van het Centraal Station. Onderweg vervloekt ze Maaike, die de telefoon gebruikt heeft.

Aan het begin van het Damrak, waar de rondvaartboten klaarliggen om uit te varen, gooit Tamara zonder haar pas in te houden haar gsm in het water. Een groepje toeristen kijkt haar met open mond aan.

Zonder aandacht aan hen te besteden passeert Tamara hen en steekt het stationsplein over. Bij de ingang van de metro gekomen daalt ze de trappen af en verdwijnt ondergronds.

43

Het arrestatieteam dat om tien over drie het pension aan de Zeedijk binnenvalt, treft Tamara's kamer leeg aan.

'Ik dacht dat ze gewoon boven zat. Ik heb haar helemaal niet weg zien gaan,' zegt Ramona verbaasd, als ook Fred en Lois arriveren.

Verwonderd kijkt ze Tamara's kamer in, waaruit alle persoonlijke bezittingen verdwenen zijn.

Lois rent de trap weer af. 'Shit! Wedden dat ze naar het station is gegaan? We zijn haar kwijt jongens.'

Op het station wemelt het al van de agenten, zowel geüniformeerd als in burger. De vertrekhal, de vele winkeltjes, de perrons – alles wordt uitgekamd. Ze rennen de trappen af naar de metro, informeren bij de bewaking, bij komende en gaande passagiers, maar van Tamara geen spoor.

'Hoe wist ze dat we eraan kwamen? Ze zat daar net of ze gaat er alweer vandoor,' zegt Lois verslagen.

'Misschien heeft die eigenaresse van het pension haar gewaarschuwd. Ze zegt van niet, maar dat weet je maar nooit,' merkt Fred op.

'Waarom heeft ze dan überhaupt verteld dat Tamara in haar pension zat?'

'Weet ik veel. Misschien kreeg ze later spijt. Hoe dan ook, Tamara zijn we kwijt. En helaas heeft ze weer niets op haar kamer achtergelaten waar we iets aan hebben. Ze heeft ook de inhoud van de prullenmand weer meegenomen.'

'Slim,' zegt Lois.

'Ja. Ze is sowieso niet gek. Tenminste, niet op die manier.' Fred lacht, maar zijn gezicht wordt meteen weer ernstig. 'We gaan een babbeltje maken met die vrouw van het pension. Op dit moment is zij onze enige hoop.'

Ramona de Bont is al meegenomen naar het bureau aan de Warmoesstraat. Via het doorkijkraam ziet Lois haar in de verhoorkamer zitten, met een verongelijkt gezicht en haar armen vol goudkleurige armbanden over elkaar geslagen.

'Ze zit klaar,' zegt de wachtcommandant. 'Ze is helemaal voor jullie.'

Zodra ze binnenkomen, doet Ramona fel haar beklag. 'Wat is dit voor idiote actie? Eerst word ik gebeld of ik een gast heb die aan die en die beschrijving voldoet en als ik ja zeg, vallen jullie binnen en word ik gearresteerd! Ik heb mijn rechten, ja! Ik weet precies wat mijn rechten zijn! Jullie kunnen me niet zomaar, zonder enige reden vasthouden.' Bij elke armbeweging rinkelen haar armbanden.

'Rustig maar, mevrouw,' sust Fred terwijl Lois en hij gaan zitten. 'U bent helemaal niet gearresteerd. We hebben u meegenomen om gehoord te worden.'

'Gehoord?'

'Ja, en dat is ook weer iets anders dan verhoord. We willen alleen even met u praten om wat informatie te krijgen over uw gast. Onder welke naam had ze zich ingeschreven?' vraagt Fred.

'Mirjam Langhout. Maar dat zal wel niet haar echte naam zijn.'

'Hoeven uw gasten zich niet te identificeren als ze inchecken?' vraagt Lois.

'Alleen als ik het niet vertrouw,' zegt Ramona. 'Ik zag er

geen kwaad in om dat meisje een kamer te geven. Ze zag er zo... kwetsbaar uit. Maar dat was blijkbaar schijn. Wat heeft ze misdaan?'

Lois negeert die vraag. 'Wat kunt u vertellen over uw gast?'

'Niet veel,' zegt Ramona meteen. 'Ik had de indruk dat ze me ontweek. Ik bedoel, ik ben een goede gastvrouw, dus ik zeg altijd goedemorgen en goedemiddag, en ik vraag mijn gasten of de kamer bevalt en of ze nog iets nodig hebben, zoals een kaart van Amsterdam of zo. Maar Mirjam kapte alles af en ging er als een haas vandoor als ze me zag. Dat vond ik erg vreemd.'

'Hebt u haar helemaal niet tot een gesprekje weten te verleiden? Ze zal toch wel íéts gezegd hebben?' vraagt Fred.

'Ze was nogal met haar iPad bezig. Op haar kamer had ze geen ontvangst, dus dan kwam ze naar beneden. In de ontbijtzaal kun je het draadloos netwerk van de achterburen gebruiken.'

'Hebben uw kamers geen wifi?'

'Welnee, ik heb maar een heel eenvoudig pension. Ik heb een computer met internet in de hal, maar daar maken weinig mensen gebruik van.'

'Hebt u enig idee wat ze allemaal uitvoerde op haar iPad?'

'Nee, natuurlijk niet. U denkt toch niet dat ik mijn gasten ga zitten bespioneren?' Ramona's gezicht vertrekt van verontwaardiging.

'Nee, maar het kan zijn dat u er iets van hebt opgevangen. Als u net voorbijloopt, kunt u daar niets aan doen, toch?'

Ramona aarzelt duidelijk zichtbaar. 'Nou ja, toen jullie gebeld hadden en ik begreep dat ze gezocht werd, heb ik haar natuurlijk in de gaten gehouden. Ik ben even op haar kamer gaan kijken toen ze de deur uit was.'

Zowel Lois als Fred schiet overeind. 'En?' vragen ze bijna tegelijk.

Nu ze zeker weet dat ze zelf niet in de problemen komt, groeit Ramona zichtbaar in haar rol van informant.

'Normaal gesproken zou ik dat natuurlijk nooit doen,' benadrukt ze, 'maar in dit geval had ik het idee dat ik de politie van dienst kon zijn.'

'Heel goed,' prijst Fred. 'Wat hebt u op haar kamer gezien?'

Het antwoord is nogal teleurstellend na de spanning die Ramona heeft opgebouwd.

'Nou, eigenlijk niet veel,' moet ze bekennen. 'Ik heb haar iPad aangezet en erop gekeken. Er zat geen wachtwoord op. Ik heb even snel naar haar mail gekeken, maar die was er helemaal niet. Dat vond ik wel vreemd, want ze zat de hele tijd te typen. Maar dat was grotendeels op Facebook; dat zag ik in de ontbijtzaal al.'

'Ah, dus toch,' zegt Fred.

'Ik liep niet te gluren,' verdedigt Ramona zich. 'Ik liep gewoon voorbij, zoals u net al zei. Kan ik er wat aan doen dat ik goede ogen heb?'

'Nee, daar kunt u niets aan doen,' zegt Fred zachtzinnig. 'Is u verder nog iets bijzonders opgevallen?'

Tot Ramona's duidelijke spijt is dat niet het geval. Ze sleept er nog wat zaken bij als haar gevoel en scherpe inzicht, waardoor ze meteen al doorhad dat dat meisje niet deugde, maar als Lois vraagt waarom ze dan niet meteen de politie heeft gebeld, zwijgt Ramona.

'Enig idee waarom Mirjam zo ineens op de vlucht is geslagen?' vraagt Fred.

Ramona heeft geen idee.

'Of hebt u haar gewaarschuwd?'

'Absoluut niet,' zegt Ramona met klem. 'Waarom zou ik dat doen?'

'Misschien kreeg u medelijden met dat kwetsbare meisje.'

'Helemaal niet. Dat leek ze in het begin, maar later veranderde ze opeens in een arrogante tante die amper goedemorgen zei. Wat zei u nou dat ze had misdaan?'

Fred komt overeind en steekt zijn hand uit. 'Hartelijk dank voor uw medewerking, mevrouw De Bont. Het kan zijn dat een van ons u belt als we nog vragen hebben.'

Ramona de Bont verlaat met tegenzin de verhoorkamer, waar ze door een geüniformeerde collega die op de gang staat naar buiten wordt begeleid.

Lois en Fred kijken elkaar aan.

'Facebook,' zegt Lois. 'Wat had Tamara te zoeken op Facebook?'

'De vraag is eerder: wie? Als je iemand zoekt, zijn social media een heel handig hulpmiddel. Zit Remco Leegwater op Facebook?'

'Ja,' zegt Lois. 'En hij twittert ook.'

44

Het huis is groter dan ze had verwacht en staat op een hoek, door een steeg afgescheiden van de woning ernaast. Vooroorlogs, een tikje somber door de donker gekleurde bakstenen, maar met een mooie, grote erker.

Tamara hijst haar weekendtas over haar schouder en kijkt een tijdje aandachtig naar de woning. De jaloezieën zijn nagenoeg dicht, wat meestal een teken is dat de bewoner niet thuis is, en er komt geen rook uit de schoorsteen.

Ze loopt het tuinpad op en belt aan. Een melodieus getingel klinkt door de gang, maar er komt geen reactie. Ze probeert het nog een keer. Alles blijft echter stil. Tamara kijkt door de brievenbus naar binnen. Op de mat ligt een flinke berg post. Mooi zo, blijkbaar heeft niemand een sleutel gekregen voor de post en de plantjes.

Tamara doet een paar stappen naar achteren en kijkt omhoog. Alles zit potdicht. Ze loopt de voortuin weer uit en slaat het donkere steegje in, dat vol staat met grijze en groene vuilcontainers. Veel zon komt hier niet; er groeit mos tussen de tegels en de muren zijn vochtig. De houten poort die toegang geeft tot de achtertuin heeft zijn beste tijd gehad en rammelt als Tamara de klink probeert. Gammel of niet, hij zit stevig op slot. Waarschijnlijk met een eenvoudig schuifslot, maar toch.

Ze zet haar tas op de grond, pakt de dichtstbijzijnde container en rijdt hem naar de poort. Ze legt hem op zijn kant en haalt een volgende bak. Het valt wel op, het trapje dat ze op deze manier maakt, maar het helpt haar in een paar seconden over de poort. Ze laat zich aan de andere kant naar beneden zakken en werpt een snelle blik om zich heen. Een slecht onderhouden tuin vol woekerende klimop en met een heg die alle kanten op groeit. 's Zomers zouden de dicht opeenstaande bomen haar aan het zicht van de achterburen onttrokken hebben, maar nu geven de kale takken alles wat ze hier uitvoert prijs. Ze moet snel zijn.

Met een flinke ruk trekt Tamara de roestige schuifsloten open en glipt de steeg weer in. Ze zet de bakken op hun plaats, pakt haar bagage en keert terug naar de tuin. De poort doet ze weer op slot.

Nu moet ze binnen zien te komen. Bijna iedereen heeft wel ergens een reservesleutel liggen voor als hij of zij zichzelf buitensluit. De verstopplaatsen liggen meestal zo voor de hand dat je je deur net zo goed open kunt laten.

Ze speurt de tuin af, keert bloempotten om en inspecteert de stenen barbecue op het terras. Ze kijkt of er spleten in de muren zitten waar je een sleutel in zou kunnen stoppen en tikt met haar voet op de terrastegels om te controleren of ze loszitten. Niet dus. Er ligt hier geen sleutel verstopt, of er is een geweldige plek waar niemand aan denkt.

Tamara hurkt neer bij een laag raampje dat waarschijnlijk deel uitmaakt van een kelder. Haar ogen schatten de hoogte en breedte; zou ze daardoorheen kunnen? Ze is klein en tenger. Het zou misschien nét lukken.

Ze zoekt een paar losse stenen en gooit er een met kracht door het raam. Met de andere steen tikt ze de achtergebleven punten glas weg. Dan steekt ze haar hoofd door de opening en kijkt naar binnen. Het is er donker, maar er valt net genoeg licht naar binnen om te zien dat het inderdaad een kelder is.

Ze gaat op de grond zitten en steekt haar benen door de opening. Haar tas haalt ze straks wel op.

Als een slangenmens werkt ze zich door het raamgat heen, eerst haar billen, dan langs haar onderrug verder. Ze voelt de weerstand van de sponningen en houdt haar adem in. Eén moment zit ze vast en ligt ze hulpeloos op de grond, al half binnen. Ze schuifelt verder, schaaft haar rug open. Dan glijdt ze, opeens heel gemakkelijk, verder en valt naar beneden. Het is geen grote afstand, maar ze belandt toch midden in de glasscherven. Scherpe pijnpuntjes verdelen zich over haar handen. Ze bloedt.

Zonder er acht op te slaan komt ze overeind en veegt het bloed aan haar spijkerbroek af. Het glas knerpt onder haar voeten als ze de kelder in loopt. Nu maar hopen dat de deur boven aan de trap niet op slot is. Aan die mogelijkheid heeft ze nog helemaal niet gedacht.

Ongerust rent ze de trap op en probeert de klink. Mooi zo, de deur gaat open.

Ze staat in een bijkeuken die geheel in beslag wordt genomen door huishoudelijke apparatuur. Tamara loopt verder de gang in. Het voelt vreemd om in het huis van een ander rond te lopen. De stilte om haar heen lijkt iets afkeurends te hebben, alsof de omgeving haar aanwezigheid afwijst.

Ongeduldig schudt ze die gedachte van zich af en werpt een blik in de woonkamer. Koele kleuren, houten vloer, witte muren en felgekleurde kunst aan de muur. Veel voorwerpen uit vreemde landen ook, zoals houten maskers, die detoneren in de strakke inrichting.

Ze laat de woonkamer voor wat die is en sluipt de trap op. Boven is een smalle gang waar drie deuren op uitkomen: die van de badkamer, de slaapkamer en een extra ruimte die in gebruik is als kantoor. Witte wanden, een houten vloer en een groot wit bureau waar een computer op staat.

Daar moet ze straks zijn.

Voorzichtig, alsof iemand haar zou kunnen horen, gaat Tamara de trap af en stapt de woonkamer binnen. Door de neergelaten jaloezieën is het geruststellend schemerig in de kamer. Aan de achterkant van het huis, waar de open keuken en de eettafel zich bevinden, is de zonwering eveneens neergelaten, maar staan de lamellen half open.

De keuken heeft een strak design en is keurig opgeruimd. Op het aanrecht staat een blikje waar een paar sleutels in zitten. Tamara vist er een uit en probeert de keukendeur. Hij gaat open. Ze stapt naar buiten, haalt haar tas bij het kelderraampje vandaan en gaat weer naar binnen. De deur sluit ze zorgvuldig af.

Tamara zet de waterkoker aan, zet een kop thee en neemt hem mee naar boven. In het smetteloos schone kantoor neemt ze plaats achter de computer en start hem op. Intussen zoekt ze in de laatjes van het bureau naar een aantekenboekje, agenda of iets anders waar een wachtwoord in kan staan.

Haar hoofd begint te bonzen. Ze voelt dat Maaike zich naar de voorgrond dringt, maar ze houdt haar op afstand.

'Nu even niet, Maaike,' mompelt ze. 'Je zou alles verpesten.'

Ze weet dat ze Maaike niet lang meer kan tegenhouden, dat ze naar voren zal komen zodra ze de kans krijgt. Dat kan ze niet toestaan. Wat Maaike wil, verschilt zo sterk van haar eigen plannen dat ze alles op alles zet om de boventoon te blijven voeren. Voor hun beider bestwil. Zonder haar, Tamara, zou Maaike een wrak zijn. Zij heeft haar al die jaren beschermd, samen met Stefanie. Het zou waanzin zijn om haar nu de overhand te geven en zichzelf, hen alle drie, te gronde te richten.

Ze weet dat Maaike er een hekel aan heeft dat zij haar leven telkens van haar overneemt. Zou ze wel beseffen dat ze dat alleen doet om haar te helpen? Zonder haar zou Maaike er een stuk slechter aan toe zijn.

Tamara concentreert zich weer op het beeldscherm en constateert verrast dat ze geen wachtwoord nodig heeft. De computer heeft het onthouden en geeft haar automatisch toegang tot het account van Helen Groenenwoud. Het is vervelend dat Helen haar maar niet wilde toevoegen als vriend; daardoor moest ze wel in haar huis inbreken.

Ze opent Facebook en neemt de laatste posts door. Veel informatie bevatten ze niet. De privéberichten van Remco Leegwater zijn een stuk interessanter. Tamara klikt ze aan, begint te lezen en een glimlach verspreidt zich over haar gezicht.

45

'Dus Tamara had het druk met Facebook,' concludeert Fred als ze weer in de auto zitten. 'Op die manier heeft ze de hele club natuurlijk opgespoord.'

'Ja,' zegt Lois. 'Het is een ideale manier om iemand te vinden en zijn gangen na te gaan. Ik vraag me af of mensen wel beseffen hoe gevaarlijk social media kunnen zijn. Sommigen zetten hun hele hebben en houden erop.'

'Hmm,' zegt Fred met een bevestigend knikje. 'Waarom doe jij eigenlijk mee aan die onzin?'

Lois haalt haar schouders op. 'Zo'n onzin is het ook weer niet. Het is best leuk. Je komt vrienden tegen die je uit het oog verloren was. Of je houdt contact met mensen die je niet zo vaak spreekt omdat je daar de tijd niet voor hebt.'

'Je kunt toch niet met iedereen contact houden? Ik zou er doodmoe van worden.'

'Je moet niets, het kán.' Lois zwijgt even en voegt er dan aan toe: 'Op Facebook spreek ik Brian af en toe nog.'

'Aha.'

'Hoezo, aha?'

'Nou, je zou je kunnen afvragen of dat wel verstandig is.'

'Waarom zou het niet verstandig zijn?'

'Het lijkt mij niet de ideale manier om over een liefdesbreuk heen te komen,' zegt Fred. 'Als het over is, dan is het over, klaar uit. Uithuilen en verdergaan.'

Lois denkt daar even over na. 'Misschien wel,' zegt ze. 'Maar zeker in het begin deed het me goed dat hij niet helemaal uit mijn leven was verdwenen. Dat ik op Facebook kon zien waar hij was en wat hij deed.'

'En met wie,' vult Fred aan.

Tegen wil en dank schiet Lois in de lach. 'Dat ook,' geeft ze toe. 'En dan heb ik een slapeloze nacht.'

'Je moet er gewoon mee kappen. Geen Facebook, geen Twitter – weg ermee. Het levert je niets op, behalve een digitaal sociaal leven. Wat heb je daar nou aan?'

Zonder antwoord te geven haalt Lois haar mobiele telefoon tevoorschijn en drukt op het icoontje van Twitter.

'Wat doe je?' vraagt Fred met een blik opzij.

'Ik volg Remco sinds we hem opgepakt hebben. Om te controleren of hij geen spoor nalaat voor Tamara. Tot nu toe heeft hij dat niet gedaan. Ik heb er niet aan gedacht dat als Tamara hem volgt, ik dat kan zien.'

'Echt? Kun je dat zien?'

'Ja, dan staat ze in zijn lijst met volgers.' Lois scrolt langs een rij namen en leest ze aandachtig. 'Ze staat er niet bij. Dat wil zeggen, niet onder haar eigen naam. Ze kan natuurlijk een vals account hebben aangemaakt.'

'En Facebook?'

'Daar kun je ook onder een andere naam een account aanmaken. Alleen bij Twitter kun je gewoon aanhaken. Voor Facebook moet je eerst een vriendschapsverzoek sturen. Als dat niet geaccepteerd wordt, kun je er niets mee.'

'Ik denk niet dat Tamara vriendschapsverzoeken heeft verstuurd,' zegt Fred droog.

Lois lacht. 'Onder een andere naam misschien. Daar moeten we achter zien te komen. Ik zal de jongens van de digitale recherche bellen en vragen of ze alle volgers van David, Julian en Remco onder de loep willen nemen en kijken wat voor overlap erin zit.'

Ze voegt de daad bij het woord en voert een kort telefoongesprek met Silvan. Net als ze de A9 op draaien wordt Lois teruggebeld.

'Met Silvan. We zijn er nog mee bezig, maar ik kwam een andere naam tegen die je wel zal interesseren,' zegt hij. 'Zowel op Facebook als op Twitter heeft Remco contact met Helen Groenenwoud. Was dat vroeger niet zijn vriendinnetje?'

'Ja,' zegt Lois. 'Wil je de volgers en vrienden van Helen vergelijken met die van Remco, Julian en David?'

'Ga ik doen. Helen heeft niet zoveel volgers op Twitter, zie ik. Negenenzestig maar. Op Facebook is ze actiever.'

'Check haar vriendenlijst daar ook. Kijk of er iemand tussen zit die naar Remco informeert. Hij logeert bij een vriend sinds we hem voor Tamara hebben gewaarschuwd. Als Remco en Helen nog contact hebben, bestaat de kans dat zij weet waar hij nu zit.'

'Komt in orde, ik ga erachteraan.'

Ze verbreken beiden de verbinding. Lois stopt haar telefoon in de zak van haar spijkerbroek en kijkt naar Fred, die met gefronste wenkbrauwen achter het stuur zit.

'Helen Groenenwoud zit in Toronto, toch?' zegt hij.

'Ja, ze is stewardess. Ze staat nog op mijn lijstje van mensen die ik spreken wil.'

'Ik denk dat ze ook hoog op het lijstje van Tamara staat. Zij kan haar in contact brengen met haar laatste doelwit, Remco. Hij schijnt geen dag meer thuis te zijn.'

Ze kijken elkaar aan.

'Dat is het,' zegt Lois langzaam. 'Zo kunnen we haar te pakken krijgen. Helen Groenenwoud gaat echt niet op social media vertellen waar haar vroegere vriendje verscholen zit, dus Tamara zal proberen haar persoonlijk te spreken te krijgen. Wedden dat zodra Helen geland is ze haar opzoekt?'

'We moeten contact met Helen opnemen. Het kan me

niet schelen waar ze zit, we moeten haar waarschuwen. Vervolgens moet ze gewoon naar huis gaan, zodat wij Tamara in de kraag kunnen vatten.' Met een grimmig gezicht trapt Fred het gas in en rijdt de tweede baan op. 'We zullen een mooi welkomstcomité voor haar opstellen.'

46

Zomaar opeens zit ze in een huis dat ze niet kent, aan een onbekende keukentafel. Roerloos zit ze daar, rechtop, haar handen op het tafelblad, en neemt haar omgeving in zich op. Helemaal niets aan de woonkamer die voor haar ligt en de open keuken rechts van haar roept iets in haar op.

Nerveus speelt Maaike met een van de zilveren armbanden om haar pols. Haar handen trillen licht. Buiten klinkt onafgebroken geknal. Het moet oudejaarsavond zijn. Dat betekent dat er weer een paar uren zijn verstreken zonder dat ze weet wat er is gebeurd.

Een paar seconden lang sluit ze haar ogen, overspoeld door een golf van vermoeidheid. Het is erg frustrerend om telkens te moeten achterhalen wat er is gebeurd en je leven stukje bij beetje kwijt te raken.

Iedereen heeft een donkere kant. Tamara is de hare, en ze heeft geen enkele controle over haar. Maar dat wil niet zeggen dat ze niet verantwoordelijk is voor haar daden. En dus vlucht ze met haar mee. Ze moet wel.

Nieuwsgierigheid overwint haar gevoel van ongemak en Maaike staat op. Misschien heeft Tamara een logeeradres gevonden bij een vriendin. Ze zou niet weten wie dat is, maar wat weet ze feitelijk van Tamara's leven?

Ze vraagt zich af waarom ze niets van Daniela hoort. Normaal gesproken belt ze meteen terug, maar nu is het al heel lang stil. Misschien heeft ze gebeld toen Tamara het van haar overgenomen had. Als dat gebeurt, stuurt Daniela haar altijd een sms.

Maaike zoekt naar haar telefoon, maar kan hem niet vinden. Ze heeft hem altijd in de kontzak van haar spijkerbroek zitten en anders in de binnenzak van haar jas. Waar is dat ding? Met toenemend onbehagen kijkt ze om zich heen.

Het is donker in de kamer. De jaloezieën zijn overal neergelaten. Maaike onderdrukt de impuls om ze open te doen. Dat ze dicht zijn zal wel een reden hebben.

Er hangt een muffe lucht om haar heen, alsof er al heel lang niet is gelucht. Heeft Tamara een logeeradres gevonden bij een vriendin die op vakantie is? De foto's op de vensterbank zeggen haar niets.

Maaike loopt de woonkamer in en begint laatjes en kastjes open te trekken. Ze wil de papieren van de bewoner van het huis doornemen als er een doffe bons in de gang klinkt. Van schrik geeft ze bijna een gil.

Als haar hart weer in een normaal tempo klopt, sluipt ze op haar tenen naar de gang en kijkt om de hoek. Er ligt een hele berg post. Dus toch een vriendin die op vakantie is.

Ze hurkt neer en bekijkt de adressering op de enveloppen. Helen Groenenwoud.

Maaike gooit de enveloppen terug op de stapel en richt zich op. Ze is opeens een en al spanning. Haar hartslag neemt toe; ze wordt duizelig en de spieren van haar nek verstijven.

Helen! Toch niet de Helen die ze van vroeger kent? Heette zij niet ook Groenenwoud?

Wat weet ze over haar? Zo goed als niets. Ze kan zich amper herinneren hoe ze eruitziet of waar ze haar van kent. Ze denkt uit haar middelbareschoolperiode.

Maaike loopt terug naar de woonkamer en pakt een van de foto's van de vensterbank. Een jonge vrouw met halflang, donker haar kijkt haar glimlachend aan. Ze staat tussen een ouder echtpaar – waarschijnlijk Helens ouders – om wie ze haar armen heen heeft geslagen.

Er staan nog meer foto's, van Helen met een groep vriendinnen, met een man, met een jong katje in haar armen. Maaike pakt de foto's een voor een op en zet ze dan terug.

De vrouw op de foto's heeft haar geheugen geprikkeld; herinneringen komen bovendrijven.

Helen. David en Julian. Remco.

Een aanval van hyperventilatie overvalt haar. Ze gaat snel zitten en dwingt zichzelf rustig in en uit te ademen. Het werkt niet. Ze heeft een plastic zakje nodig, maar waar vindt ze dat zo snel? Ze maakt een kommetje van haar handen en sluit die om haar mond.

In en uit, in en uit. De duizeligheid neemt toe, haar ademhaling gaat steeds sneller. Op het moment dat ze flauwvalt voelt ze dat Tamara het weer van haar overneemt.

47

Op het bureau aan de James Wattstraat zindert het van de activiteit, maar ook van de stress. Dat het arrestatieteam nét te laat is gekomen om een van moord verdachte vrouw op te pakken vreet aan iedereen. Op elke tafel staat een schaal oliebollen, maar niemand lijkt veel trek te hebben.

Ramon is geïrriteerd en kortaangebonden, en heeft zweetplekken onder zijn oksels. 'Hoe leg ik dit uit aan de officier van justitie? We zijn haar kwijt! Hoe kon dat gebeuren? En waar moeten we haar nu zoeken? Ze kan verdomme overal wel zitten!'

Hij smijt een dik dossier op zijn bureau, waardoor een koffiebekertje omvalt en een golf van bruine drab over zijn papieren stroomt.

'Over een paar dagen hebben we haar te pakken,' zegt Fred rustig. 'We kunnen nu als gekken naar haar op zoek gaan, maar we kunnen ook als een spin in het web op haar wachten. Zodra Helen Groenenwoud thuiskomt, zoekt Tamara haar op, dat weet ik zeker.'

'En wanneer komt mevrouw Groenenwoud thuis?' vraagt Ramon, nog steeds humeurig.

'Over drie dagen. Ik heb haar ouders gebeld. Ze hebben me ook de aankomsttijd en Helens vluchtnummer gegeven. Ze heeft een mobieltje, maar dat staat op het moment uit. Claudien is de luchtvaartmaatschappij aan het bellen om

Helen te spreken te krijgen,' zegt Lois.

'Het lijkt mij het best om surveillanten neer te zetten in de straat waar Helen woont,' zegt Fred. 'Op een gegeven moment zal Tamara daar wel opduiken.'

'Je denkt toch niet dat ik genoeg mensen heb om daar drie dagen lang de boel in de gaten te houden?' Ramon zakt neer achter zijn bureau en probeert met een stapel tissues de schade die de koffie heeft aangericht enigszins te herstellen. 'We nemen contact op met mevrouw Groenenwoud, we lichten haar in en vragen haar ons te bellen zodra Tamara haar benadert. Dan pas grijpen we in. Het heeft geen enkele zin om eerder in die straat te gaan rondhangen.'

'Ik zou er wel graag een keer naartoe willen om met buurtbewoners te praten,' merkt Lois op. 'Misschien is Tamara er al een keer geweest om te kijken waar Helen woont en heeft iemand haar gezien.'

'En dan? Wat levert dat ons op? Je kunt beter nog een rondje gaan bellen met hotels in de buurt van... Waar woont ze eigenlijk?'

'Amstelveen.'

'Van Amstelveen en omgeving. Tamara zal toch ergens moeten overnachten tot Helen Groenenwoud terug is. Vooruit maar, aan het werk. En ik wil een uitgebreid rapport over de inval van vanmiddag, vergeet dat niet.' Ramon wappert met zijn hand dat ze kunnen gaan.

Met tegenzin verlaat Lois de kamer van haar chef. In de gang wendt ze zich tot Fred en zegt: 'Ik zou toch echt liever een buurtonderzoek doen in de straat waar Helen woont. Iets zegt me dat Tamara daar ergens rondhangt.'

'Is er een hotelletje in de buurt?'

'Dat weet ik niet, dat zoek ik zo uit. Maar ik ga echt niet weer alle hotels in Amsterdam afbellen. Ze is één keer ontsnapt, ze blijft vast niet op dezelfde plek. Vannacht slaapt ze hier, morgen weer daar, net zo lang tot Helen terug is.'

'Tja, je hebt het gehoord: hotels bellen en je proces-verbaal van bevindingen schrijven. Ik denk dat Ramon gelijk heeft. Ze wordt gezocht en veel vrienden heeft ze niet. Dan zoek je een goedkoop hotelletje en hou je je rustig. Je gaat niet in een straat rondlopen waar mensen zich je later misschien herinneren. Ze weet dat Helen niet thuis is, dus wat moet ze daar?'

'Ze denkt niet zoals wij,' zegt Lois slechts. 'Vergeet dat niet.'

Het zit Lois niet lekker. Orders zijn orders, maar na een uurtje bellen met hotels gaat ze met een onbevredigd gevoel naar huis.

Ze is vroeg voor haar doen; ze had graag wat boodschappen gedaan om zelf te koken. Als ze dit jachtige leven wil volhouden, zal ze op haar voeding moeten letten. Helaas gaan op oudejaarsdag de winkels wat vroeger dicht, dus inkopen doen zit er niet in. Het beste wat ze kan bedenken is de kleine supermarkt op het station. Ze slaat er een paar sinaasappels in, kiest een maaltijdsalade uit en een bak ijs als dessert en fietst ermee naar huis.

Thuis zet Lois haar iPad aan en stalt haar boodschappen uit op het aanrecht. Het eerste wat ze doet is een paar sinaasappels uitpersen. Vitamines heeft ze nodig, vitamines, groente en rust. Ze voelt zich zo langzamerhand zo uitgewrongen als een dweil. Zelfs 's nachts komt haar geest niet tot rust. Ze blijft maar woelen en draaien in haar slaap en regelmatig schrikt ze wakker uit onrustige dromen.

Lois zet het glas versgeperst sap aan haar mond en drinkt het voor de helft leeg. Daarna pakt ze haar iPad, opent Facebook en scrolt langs de berichten.

Er zitten een paar posts van Brian bij. Ze zet het glas sap weg en buigt zich over het display.

Lange tijd kijkt ze onbeweeglijk naar de foto van Brian, in innige omhelzing met een leuk blond meisje in een sexy jurkje. Ze heeft vaker foto's van hem gezien met dat meisje.

Lois sluit een moment haar ogen. De pijn komt als een frontale aanval, direct en nietsontziend.

Ze haalt een paar keer diep adem en laat de lucht telkens langzaam ontsnappen. Fred had gelijk: dit leidt tot niets. Brian komt niet meer terug. Het wordt tijd om dat onder ogen te zien. Geen contact meer, helemaal niets meer. Dat kan ze best aan. Het is niet de eerste keer dat ze iemand die haar lief is moet loslaten.

Ze haalt diep adem en blockt de man van wie ze ooit dacht dat ze de rest van haar leven met hem zou delen.

Later op de avond, hangend voor de televisie, voelt ze zich zielig en alleen, maar ook gefrustreerd en rusteloos. De oudejaarsconference kan haar niet boeien en de oliebollen die ze van kantoor heeft meegenomen zijn klef.

Haar vader was gek op oliebollen. Hij bakte ze het liefst zelf, met wisselend resultaat. Dikwijls mislukten ze en moesten ze op het laatste moment aansluiten in een lange rij bij de kraam voor de Grote Kerk. En elk jaar vertelde hij haar tijdens het wachten hoe de oliebol was ontstaan – dat hij in vroeger tijden werd uitgedeeld aan de allerarmsten om hun wat vet op de botten te bezorgen. En hoe bizar het was dat uitgerekend in deze tijd, nu de meeste mensen juist wel een paar pondjes kunnen missen, die vette dingen nog steeds gegeten worden.

Haar vader kon overal verhalen over vertellen. Destijds irriteerde dat haar weleens – ze had het liever over verhoging van haar zakgeld. Het vreemde is dat met haar vaders verdwijning de verhalen niet zijn verdwenen; ze zingen nog steeds rond in haar hoofd.

Om niet aan haar vader te hoeven denken, verplaatst ze haar gedachten naar Tamara. Waar zit ze? Wat doet ze op dit moment, wat zijn haar plannen?

Het gevoel dat ze niet hier, maar in Amstelveen moet zijn, laat haar maar niet los. Het liefst zou ze bij Helens huis gaan posten. Waarom doe je dat dan niet, vraagt een stem in haar hoofd. Thuis heb je niet veel beters te doen. Besluiteloos staart Lois voor zich uit. Nu nog naar Amstelveen rijden en zonder toestemming van de chef gaan posten? Ach, waarom eigenlijk niet? In haar vrije tijd mag ze gaan en staan waar ze wil.

Net als ze overeind veert gaat haar mobieltje. Ze werpt er een snelle blik op: Onno.

Lois laat de ringtone overgaan zonder op te nemen en pakt haar autosleutels. Omdat ze piket heeft, heeft ze haar dienstwapen mee naar huis genomen. Ze stopt het in de schouderholster en verlaat het huis. Even later rijdt ze over de A9. Het is geen lange rit en iets meer dan een halfuur later rijdt ze de bebouwde kom van Amstelveen binnen. Ze volgt de instructies van de navigatie en na tien minuten rijdt ze de straat in waar Helen woont.

Lois stopt niet recht voor de deur, maar een stukje verderop, aan de overkant. In haar achteruitkijkspiegel bestudeert ze het huis. Het ligt er donker en eenzaam bij, zo op de hoek, half los van de rest van het blok.

Ze schakelt de motor uit en kijkt de donkere straat in. Een groepje jongens komt aanslenteren, gooiend met rotjes. Achter de ramen van de huizen zitten families te fonduen of gourmetten.

Opeens voelt ze zich een beetje belachelijk. Wat doet ze hier in vredesnaam? Ze had moeten genieten van een avondje thuis.

Maar goed, nu ze hier toch is kan ze net zo goed een buurtonderzoekje houden. Anders dan op andere avonden zijn de meeste mensen thuis.

Met nieuwe moed haalt Lois de sleutel uit het contact en stapt de auto uit. Ze weet dat ze dit niet zou moeten doen en dat ze iets uit te leggen heeft als Ramon erachter komt, maar ze legt die gedachte naast zich neer. Ramon hoeft er helemaal niet achter te komen. Als ze iets ontdekt, maakt ze er wel een mooi verhaal van.

Lois steekt haar handen in de zakken van haar jas en loopt vastberaden het tuinpad op van de woning recht tegenover die van Helen.

48

Achter het slaapkamerraam van de eerste verdieping slaat Tamara de vrouw gade. Door een kier in de jaloezieën heeft ze haar uit haar auto zien stappen en naar het huis zien kijken. Niet terloops, maar openlijk, alsof ze iets verwachtte te zullen zien. Op dat moment stond ze even in de kring licht die de straatlantaarn verspreidde en herkende ze haar. Het was Lois, de rechercheur met wie Maaike, en zij ook, een paar keer heeft gesproken. Om haar hier opeens te zien verschijnen is een schok. Wat komt ze doen op dit uur, net nu ze zich een beetje veilig voelt? Even is ze bang dat Lois naar het huis zal komen, maar ze draait zich om en belt bij de overburen aan. Die zijn thuis en in de deuropening ontwikkelt zich een gesprek.

Het is niet moeilijk om te raden waar ze het over hebben, zo vaak wordt er naar de overkant gekeken en gewezen. Tamara zou er heel wat voor overhebben om te weten wat ze precies zeggen. Of de overburen haar gezien hebben, of iemand anders. Dat ze aan de achterzijde is binnengekomen wil niet zeggen dat niemand haar de steeg in heeft zien lopen en haar heeft zien rommelen met die bakken. Ze kan dat niet uitsluiten en daarom is ze de hele avond al op haar hoede. Eén keer, toen ze van vermoeidheid in slaap viel, zag Maaike kans om door te komen, maar zodra ze kon nam Tamara de leiding weer over. Het kost haar veel energie om Maaike onder controle te houden. De wetenschap dat het om niet meer dan een paar dagen gaat, geeft haar kracht. Maaike zou in staat zijn om op het laatste moment nog naar de politie te stappen. Het is een godswonder dat ze dat al niet gedaan heeft. Hoewel, eigenlijk is het ook wel logisch. Als één van hen hangt, hangen ze allebei.

Het is maar goed dat Maaike niet weet wat er met Daniela is gebeurd. Het spijt Tamara dat het nodig was om haar te doden, maar het is niet anders. Ze heeft Daniela altijd goed in de gaten gehouden. Helemaal vertrouwen deed ze haar nooit. Ze had iets te veel invloed op Maaike naar haar zin. Maar die invloed was nooit negatief en dus liet ze de vriendschap tussen die twee bestaan. Stefanie verschuilt zich achter haar, treedt slechts af en toe naar voren. Ze mist de woede en daadkracht die haar, Tamara's, handelingen aansturen.

Met twee vingers maakt Tamara de opening tussen de jaloezieën wat groter en tuurt naar buiten. Lois heeft afscheid genomen van de overburen en belt nu bij het huis ernaast aan. Het zal wel niet lang duren voor ze hiernaartoe komt. Niets duidt op haar aanwezigheid, alle lampen zijn uit en de post ligt onaangeroerd in de gang. Alleen het ruitje van de kelder is stuk. Als Lois besluit aan de achterkant van het huis een kijkje te gaan nemen, kan het nog link worden.

Tamara laat de jaloezieën los. Ze loopt in het donker de trap af en gaat op zoek naar iets wat ze als wapen kan gebruiken.

49

'Ik heb wel iemand voor Helens huis zien staan,' zegt Helens overbuurman. Hij heet Henk, zit in de ziektewet en is behoorlijk zwaarlijvig. Met zijn blauw-wit gestreepte, strak gespannen trui heeft hij wel iets van een strandbal, vindt Lois. Ze glimlacht hem bemoedigend toe in een poging meer informatie van hem los te krijgen. Maar veel meer weet Henk niet. Alleen dat het een jonge vrouw was die aan de beschrijving van Maaike voldeed.

'Ik wist natuurlijk niet dat het belangrijk was,' zegt hij verontschuldigend. 'Het ís toch belangrijk? Ik bedoel, u bent van de politie, u staat hier toch niet voor niets?'

Lois maakt zich ervan af met de opmerking dat het belangrijk zou kunnen zijn en dat in het kader van het onderzoek alle sporen nagetrokken worden.

'Wat voor sporen?' vraagt Henk bezorgd. 'Is er iets gebeurd? Is er soms bij Helen ingebroken?'

Lois geeft nog een nietszeggend antwoord, overhandigt de man haar kaartje voor het geval hij zich nog iets herinnert en loopt het tuinpad weer af. Op het trottoir blijft ze met haar handen in haar jaszakken staan en kijkt naar Helens huis. Ze kan nu wel de hele straat af gaan, maar eigenlijk weet ze voldoende. Henk heeft Maaike zo duidelijk beschreven dat ze er niet aan twijfelt dat Tamara hier vanmiddag is geweest. Als Ramon naar haar had geluisterd en een paar rechercheurs had laten posten, zou ze nu in voorarrest zitten.

Het kost haar nog steeds moeite om Maaike en Tamara als één persoon te zien, maar de feiten liegen niet. Of Maaike zich nu wel of niet bewust is van de misdaden die Tamara heeft gepleegd, ze zal haar moeten aanhouden. Wat voerde Tamara hier uit? Ze wist dat Helen niet thuis was. Kwam ze de omgeving verkennen? Het heeft er alle schijn van. Met een beetje geluk is ze onvoorzichtig geweest en heeft ze sporen achtergelaten. Dat moet ze uitzoeken.

Vastbesloten loopt Lois naar haar auto en haalt een zaklantaarn uit de kofferbak. Met de lamp in haar hand steekt ze de weg over. Ze weet dat ze nu het bureau moet bellen om te zeggen dat de verdachte gesignaleerd is. Maar de verdachte is inmiddels niet meer ter plaatse, dus wat heeft dat voor zin? Ze zou zichzelf alleen maar in de problemen brengen omdat ze geen verklaring kan geven voor haar aanwezigheid hier.

Lois loopt Helens voortuin in en probeert door het erkerraam naar binnen te kijken. De jaloezieën zitten potdicht. Niet erg verstandig als je een tijdlang van huis bent. Zo'n geblindeerde woning vraagt om een inbraak.

Ze kijkt door de brievenbus in de voordeur naar binnen en schijnt zichzelf bij met haar zaklamp. Erg veel ziet ze niet, maar het lijkt erop dat er post op de mat ligt.

Lois loopt het tuinpad af en slaat de steeg in. Het is er donker. Ze laat de lichtbundel langs de muren glijden. Groene en grijze afvalbakken blokkeren grotendeels de doorgang.

Met enige moeite schuift Lois erlangs en loopt door naar de poort die toegang geeft tot Helens achtertuin. Ze probeert de klink, maar die geeft niet mee.

Even staat ze in dubio. Wat staat ze hier in vredesnaam te doen? Wat hoopt ze te vinden? Ze kan geen enkele reden bedenken waarom Tamara Helens achtertuin is binnengedrongen, en toch blijft Lois' blik naar de bovenkant van de poort gaan.

Het kan niet moeilijk zijn om daaroverheen te klimmen. Een beetje lenig persoon heeft dat zo voor elkaar, en anders kun je een afvalbak als opstapje gebruiken.

Lois trekt er een naar zich toe en zet hem in de juiste positie. In een vloek en een zucht is ze over de poort heen en laat ze zich in Helens achtertuin zakken.

Het is er erg donker zonder de straatverlichting. Waakzaam kijkt ze om zich heen. Niets roert zich in de tuin, op wat geritsel in het struikgewas na. Ze concentreert zich op het huis en laat haar zaklamp over de gevel schijnen. Er is niets bijzonders te zien.

Lois loopt het terras op. Er knerpt iets onder haar voeten en ze richt haar zaklamp op de grond. In de lichtbundel glinstert glas. Ze hurkt erbij neer en ziet dan het kapotte kelderraampje.

Aandachtig bestudeert ze de schade. Dit is geen ongelukje geweest. Iemand heeft doelgericht het raampje ingeslagen en het glas zorgvuldig verwijderd. Een tenger, niet al te groot persoon zou erdoor naar binnen kunnen.

Met een hart dat steeds sneller gaat kloppen schijnt Lois naar binnen. Erg ver komt de lichtbundel niet, maar het is genoeg om te zien dat er glas op de grond van de kelder ligt. Glasscherven en een steen. De scherven liggen er vreemd bij, alsof iemand ze met zijn voet opzij heeft geschoven.

Alle haartjes op Lois' armen komen overeind. Tamara is niet alleen naar Helens huis toe gegaan, ze is zelfs naar binnen gedrongen. Het liefst zou Lois zich door het kelderraampje naar binnen laten zakken, maar ze weet dat dat onvergeeflijk zou zijn. Ze moet onmiddellijk haar collega's waarschuwen.

Haastig richt ze zich op en pakt haar telefoon.

Ze is zo geconcentreerd bezig dat ze de gedempte voetstappen pas hoort als ze vlakbij zijn. Lois kijkt over haar schouder. Razendsnel gaat haar hand naar het pistool in haar schouderholster, maar de ander is nog sneller. Een donkere gedaante springt op haar af en heft iets boven het hoofd. Lois probeert de klap met haar armen af te weren, maar kan niet voorkomen dat het voorwerp haar hoofd raakt. En dan wordt ze meedogenloos de duisternis in gesleurd.

Ze komt bij in een soort oorlogssituatie. Er klinkt een oorverdovend geknal en lichtflitsen verlichten de kamer door de gesloten gordijnen heen. Haar hoofd spat bijna uit elkaar van al dat lawaai.

Als ze zich probeert te bewegen merkt ze dat dat niet gaat. Ze is vastgebonden, haar enkels bij elkaar en met haar handen op haar rug. Een poging zich te bevrijden heeft een nieuwe pijnscheut in haar hoofd tot gevolg, zodat ze ervoor kiest stil te blijven liggen. Intussen probeert ze te ontdekken waar ze zich bevindt.

Langzaam raken haar ogen gewend aan de donkerte en kan ze vormen onderscheiden: een kledingkast, een bureautje met een stoeltje ervoor. Op hetzelfde moment ontwaart ze tot haar schrik de donkere vorm van een zittende gestalte.

'Gelukkig nieuwjaar,' zegt een stem. Hij klinkt bekend, maar zonder de zachte, aarzelende intonatie die Lois inmiddels vertrouwd is. Dit is Maaike niet, dit moet Tamara zijn.

Ze wil antwoorden, maar haar keel is zo droog dat ze er in eerste instantie geen geluid uit krijgt. Ze slikt een paar keer en vraagt dan wat rasperig: 'Tamara?'

'Ja,' zegt Tamara, en ze voegt eraan toe: 'Ik was even bang dat ik je doodgeslagen had.'

Het is in elk geval geruststellend te horen dat dat blijkbaar niet de bedoeling was.

'Waarom moest je hier ook naartoe komen?' gaat Tamara wrevelig door. 'Ik ben zo voorzichtig geweest, heb helemaal geen licht of geluid gemaakt. Hoe wist je het?'

'Ik wist het niet,' antwoordt Lois moeizaam. 'Tenminste, niet zeker. Ik wilde weten of je hier geweest was.'

'Ja, dus. En ik ben hier gebleven. Dat leek me wel zo handig.'

Er valt een stilte, waarin Lois vecht met haar hoofdpijn en Tamara blijkbaar niet veel te zeggen heeft.

'En nu?' vraagt Lois na een tijdje.

'Jij ligt hier wel goed, je kunt geen kant op. Dus voorlopig blijf je hier.'

'Tot wanneer?'

'Tot ik klaar ben, natuurlijk. Er verandert niets aan mijn plannen.'

Weer valt er een stilte.

'Kan ik met Maaike praten?' vraagt Lois dan.

Tamara lacht. 'Die doet erg haar best om te komen, maar dat gaat haar niet lukken. En als het haar lukt, ben ik zo weer terug. Helen komt overmorgen thuis, tot zolang hou ik het wel vol.'

'Wat ben je van plan? Wat ga je doen als ze thuiskomt?'

Opnieuw lacht Tamara. 'Dan gaan opeens de lichten aan en roep ik heel hard: *Surprise*!'

50

Ze moet in slaap gevallen zijn, want als ze opnieuw haar ogen opent is ze alleen. Langs de randen van het rolgordijn tekenen zich strepen daglicht af.

Hoe het mogelijk is dat ze onder deze omstandigheden geslapen heeft weet ze niet, maar het heeft Lois wel goedgedaan. De hoofdpijn is wat afgenomen, al wordt die nu vervangen door kramp in haar armen. Iets te drinken zou ook prettig zijn; ze heeft enorme dorst.

Ze rolt op haar zij en merkt dat haar dienstpistool is verdwenen. Inwendig vloekt ze. Ook dat nog. Nu loopt Tamara met haar wapen rond.

Even overweegt Lois om om hulp te roepen, maar ze besluit het niet te doen. Er zijn geen buren die haar kunnen horen. Tijdens haar opleiding heeft ze geleerd kansen en risico's in te schatten, en dat het soms beter is om een goede verstandhouding op te bouwen met degene die je vasthoudt of bedreigt.

Voorlopig lijkt Tamara niet van plan te zijn haar iets aan te doen, maar dat ze nergens voor terugdeinst is wel gebleken.

Lois verschuift wat om een gemakkelijkere houding te vinden. Dat is bijna onmogelijk met haar armen op haar rug gebonden. Ze zou er iets voor geven als ze zich even kon uitrekken, zodat die vervelende kramp verdween. Waar zit ze eigenlijk mee vastgebonden?

Ze draait haar hoofd om naar haar voeten te kijken. Geweldig: tie-wraps. Onmogelijk om los te trekken. Het enige wat ze daarmee bereikt is dat ze in haar eigen vlees snijdt. Ze moet Tamara zover zien te krijgen dat ze haar even losmaakt. Als haar bloedsomloop weer op gang is gekomen, heeft ze aan een paar seconden genoeg. Eén welgemikte trap of vuistslag en ze is uitgeschakeld. Een kopstoot zou ook kunnen, maar met de hersenschudding die ze denkt te hebben, lijkt dat haar de minste optie.

Nee, ze moet haar kans afwachten. Tamara zal haar toch een keer naar de wc moeten laten gaan. Of haar laten eten en drinken.

Lois staart naar de lichtstrepen langs de rolgordijnen, haar hoofd vol gedachten die elkaar voortdurend afwisselen. Ze gaat er nu wel van uit dat Tamara bij haar terugkomt, maar voor hetzelfde geld laat ze haar hier gewoon liggen. Zonder eten houdt ze het wel even vol en als het echt moet plast ze het matras onder. Maar zonder water droogt ze uit als ze tot overmorgen moet wachten. En wie zegt dat Tamara haar dan bevrijdt? Misschien laat ze haar hier wel gewoon achter.

Paniek welt in haar op. Onrustig rukt ze aan de tie-wraps, maar beheerst zich dan weer. Rustig blijven, hier bereikt ze niets mee.

Haar auto! Die staat nog in de straat. Als ze vandaag niet op het bureau verschijnt, zullen haar collega's naar haar op zoek gaan. Het is dan wel nieuwjaarsdag, maar ze heeft gewoon dienst. Er zal toch wel iemand zijn die bedenkt dat het verstandig is om een kijkje bij Helens huis te gaan nemen?

En anders peilen ze haar telefoon uit. Waar is die eigenlijk? Ze was net aan het bellen toen ze werd neergeslagen. Grote kans dat Tamara hem heeft meegenomen en heeft uitgezet.

Algauw verliest Lois elk besef van tijd. Het zou veel verschil maken als ze wist hoe laat het was. Of ze al gemist wordt op haar werk. Of er mensen naar haar op zoek zijn. Dan zou ze zich een stuk minder hulpeloos voelen.

Voetstappen klinken op de trap en ze spitst haar oren. Haar hart begint onrustig te kloppen. Komt Tamara haar iets te drinken brengen? Is dit haar kans?

De deur gaat open en Tamara komt binnen met twee boterhammen op een bordje en een kop thee.

'Heb je honger?' vraagt ze.

'Dorst. Heel erge dorst.'

'Het spijt me dat ik niet eerder kon komen. Ik was even bezig.' Tamara zet het bordje en de thee op het nachtkastje naast het bed.

'Hoe laat is het?' vraagt Lois.

'Tien over negen. Heb je een beetje kunnen slapen?'

'Een beetje. Mijn armen doen ontzettend zeer. Kun je ze even losmaken?'

Tamara schudt haar hoofd. 'Dat lijkt me geen goed idee.'

'Alsjeblieft. Heb je enig idee hoe het voelt om je armen de hele nacht achter je te moeten houden? Ik verga van de kramp.'

'Goed dan. Ik maak je los en dan kun je eten en plassen, in een emmer. Maar geen geintjes, want ik aarzel niet om deze jongen te gebruiken.' Tamara haalt Lois' Walther P5 tevoorschijn, die ze achter haar broekband heeft gestoken.

'Ik heb op internet opgezocht hoe hij werkt,' zegt ze. 'Ik dacht dat er een veiligheidspal op zou zitten, maar die hebben dienstwapens kennelijk niet. Je schijnt wel nogal een terugslag te krijgen als je schiet, hè?'

'Ja.'

'Hoe voelt dat?'

'Alsof je arm van je lijf wordt gerukt.' Dat is schromelijk

overdreven, en Tamara gelooft er zo te zien ook niet veel van. Ze lacht alleen maar en verlaat de kamer om een emmer te halen.

Sneller dan verwacht is ze terug.

'Ik ga je lossnijden,' zegt Tamara. 'Maar denk eraan: ik hou het pistool op je gericht en ik aarzel niet om het te gebruiken. Draai je rug naar me toe.'

Lois gehoorzaamt. Ze peinst er niet over om in actie te komen tegen een tegenstander die gewapend is met zowel een pistool als een mes.

Tamara geeft één snelle haal en de druk op Lois' polsen verdwijnt. Voorzichtig beweegt ze haar armen en strekt ze voor zich uit. Ze kreunt bij elke beweging.

Alert, op twee passen afstand, slaat Tamara haar gade en houdt het pistool op haar gericht.

'Wat wil je eerst: plassen of drinken?'

'Drinken graag.'

Ze moet even tot zichzelf komen voor ze overeind komt. Dit kan weleens haar enige kans zijn, maar haar armen zijn helemaal verkrampt en weigeren te doen wat ze wil.

'De thee is al afgekoeld. Je kunt hem zo drinken.' Tamara knikt naar de mok op het nachtkastje. Lois schuift wat opzij op het bed en pakt de mok op. Ze moet hem met twee handen vastpakken om er controle over te houden. Voorzichtig brengt ze hem naar haar mond en drinkt. De lauwe thee glijdt haar slokdarm in als een levenselixer, wat het welbeschouwd ook is.

Als de mok leeg is, wijst Tamara ongeduldig met het pistool naar de emmer. 'Nou, huppekee. Plassen maar.'

Lois friemelt aan de knoop en ritssluiting van haar spijkerbroek. Intussen werkt haar geest op topsnelheid. Hoe gaat ze dit aanpakken? Haar voeten zijn nog steeds gebonden. Als ze Tamara al een mep kan verkopen, kan ze niet snel genoeg wegkomen.

'Kun je je even omdraaien? Ik kan niet plassen als iemand naar me kijkt,' zegt ze.

Een ongeduldige trek glijdt over Tamara's gezicht. 'Wedden van wel? En anders kom ik over een paar uurtjes wel terug. Dan heb je er vast geen problemen meer mee.'

Lois slaakt een onhoorbare zucht en probeert zich op de emmer te laten zakken.

'Dat gaat niet, ik kan mijn benen niet spreiden als ze vastgebonden zijn.'

Met een geïrriteerde frons kijkt Tamara naar haar gestuntel en komt tot de conclusie dat Lois gelijk heeft.

'Goed, dan maak ik je voeten ook los. Maar echt, één verkeerde beweging en ik schiet.'

Ze bukt zich en snijdt Lois' voeten los. Op dat moment laat Lois zich opzijvallen en schopt naar het pistool, dat ergens boven haar zweeft. Er klinkt een kreet van pijn, het pistool vliegt door de kamer en Lois maakt een snoekduik om het te pakken.

Ze belandt erbovenop. Tamara reageert met een messteek in Lois' schouder. Met een schreeuw rolt Lois van haar weg, het pistool met zich meenemend. Ze richt en wil schieten, maar Tamara is sneller en schopt het op haar beurt uit Lois' handen. Deze keer vliegt het pistool onder het bed. Intussen komt Lois snel overeind, maar dan staat Tamara alweer met geheven mes voor haar.

Tot het uiterste gespannen kijken de twee vrouwen elkaar aan.

'Hier ga je spijt van krijgen,' zegt Tamara met lage stem. Ze haalt uit met het mes en mist op een haar na Lois' gezicht.

Lois doet een stap terug en neemt een defensieve houding aan. Het vervelende is dat het tijd kost voor het bloed is teruggestroomd naar de afgeknelde plekken. Ze kan amper rechtop staan, laat staan een welgemikte trap uitdelen.

Tamara komt op haar af, haalt opnieuw uit met het mes en Lois reageert in een flits. Haar been schiet uit, maar dan overvalt haar een folterende hoofdpijn. Tegelijk zakt ze door haar andere been heen. Het volgende moment ligt ze op de grond met Tamara boven op zich. Onmiddellijk voelt ze het scherpe lemmet van het mes op haar keel. Lois ligt doodstil.

'Vuile bitch,' hijgt Tamara in haar gezicht. 'Ik zou nu gewoon je keel moeten doorsnijden. Geef me één reden waarom ik dat niet zou doen.'

'Misschien omdat Maaike het niet wil?' zegt Lois met gesmoorde stem. 'Omdat je af en toe toch naar haar luistert.'

'Mis. Ik luister helemaal niet naar haar. De enige reden is dat jij me niets hebt aangedaan. Ik vermoord niet zomaar mensen, zoals jij misschien denkt.'

'Het was niet in me opgekomen.'

'Nee, dat zal wel niet. Maar er zijn redenen dat ik doe wat ik doe, begrijp je dat? Het is oorzaak en gevolg, zoals met alles. Als je je blijft verzetten, móét ik je wel doden. Dus doe jezelf een lol en werk mee.'

'Wat had je in gedachten?'

'Dit,' zegt Tamara. Ze laat het mes los, neemt Lois' hoofd tussen haar handen en slaat het met zoveel kracht op de vloer dat ze opnieuw het bewustzijn verliest.

51

Deze keer lijkt de kamer gevuld met een dikke mist als Lois haar ogen opendoet. Het doffe grijs om haar heen is prettig, fel licht zou ze op dit moment niet kunnen verdragen. De pijn in haar hoofd is als een ijzeren klem die wordt aangedraaid zodra ze zich beweegt. Ook bij haar schouderblad voelt ze een kloppende, brandende pijn.

Ze ligt op haar zij en daardoor duurt het even voor ze ontdekt dat er iemand op het uiteinde van het bed zit. Ze schrikt, maar de gezichtsuitdrukking van het meisje is zacht, vriendelijk en een tikje nieuwsgierig. Dit is Tamara niet. Het gezicht van het meisje heeft iets kinderlijks, dat Lois wel bij Maaike heeft gezien en dat bij Tamara totaal ontbreekt.

'Hallo,' zegt het meisje vriendelijk. 'Ik heb op jou gepast.'

'Dank je,' krijgt Lois er met enige moeite uit. 'Wie ben jij?'

'Stefanie.'

Lois probeert te knikken, maar kan haar hoofd nauwelijks bewegen. Het meisje komt van het bed en gaat in kleermakerszit op de grond zitten.

'Je bloedde,' zegt ze. 'Tamara heeft je gestoken. Ik heb de verbandtrommel gezocht en je verbonden. Dat heb ik op school geleerd, met EHBO.'

'Dank je,' zegt Lois weer. Intussen bestudeert ze Stefanie vol verbazing. Uiterlijk lijkt ze precies op Tamara, of op Maaike eigenlijk, en toch is het verschil tussen hen overduidelijk. Het is alsof ze met een drieling te maken heeft met totaal verschillende persoonlijkheden. Ze kijken anders, zitten anders, zelfs de klank van hun stem is anders.

'Heb ik jou al eerder gesproken?' vraagt ze.

'Nee, maar ik heb jou wel vaak gezien. Elke keer als je met Tamara sprak. Wij weten alles van elkaar. Maar ze lieten me nooit aan de beurt.'

'Had je dat gewild? Had je met me willen praten?'

'Ja, toen je die tekening vond die ik gemaakt had. Ik had je wel willen vertellen wie ik was.'

'Had het maar gedaan. Dan had ik er nu niet zo bij gelegen.'

Bezorgd kijkt Stefanie naar de tie-wraps om Lois' handen en voeten, maar ze maakt geen aanstalten er iets aan te doen. Met neergeslagen ogen kijkt ze naar het witte wollen kleed waar ze op zit en mompelt iets wat Lois niet verstaat.

'Wat zei je?' vraagt ze.

'Ik zei dat ik Tamara niet aardig vind. Ik mag ook bijna nooit naar voren komen.'

'Wil je dat graag?'

'Ja, dan kan ik tekenen. Vroeger, toen Maaike nog de baas was, kon ik heel veel tekenen. Nu bijna nooit meer.' Stefanies stem klinkt zo verdrietig dat het Lois treft. Het kost haar geen enkele moeite om in dit meisje Stefanie en niet Tamara of Maaike te zien. Ze is nog een kind, een bang, beschadigd kind dat zich veilig voelt als ze met haar liefste hobby bezig kan zijn. Ze moet zorgen dat Stefanie haar vertrouwt, haar aan haar kant zien te krijgen.

'Je tekent heel graag, hè?' zegt ze vriendelijk.

Het meisje knikt. 'Maaike vindt mijn tekeningen mooi.'

'Ze zijn ook mooi. Ik zou er wel een willen hebben.'

'Zal ik er een voor je maken?' Met een stralend gezicht krabbelt Stefanie overeind.

'Straks,' zegt Lois haastig. 'Ik vind het ook fijn om even met je te praten. Ik lig hier maar in mijn eentje.'

Gehoorzaam laat Stefanie zich weer in de kleermakerszit zakken. Met een schuldig gezicht kijkt ze naar Lois' boeien.

'Ze is van plan de vrouw die in dit huis woont iets aan te doen,' zegt Lois. 'Daarom heeft ze me vastgebonden.'

Zonder iets te zeggen neemt Stefanie die informatie tot zich, maar ze knippert nerveus met haar ogen.

'Dat wil jij helemaal niet, hè?' zegt Lois zacht. 'Volgens mij ben jij heel anders dan Tamara. Veel liever.'

'Ik ben bang voor haar. Ze doet mensen pijn.'

Er valt een stilte, waarin Lois over haar volgende zet nadenkt. 'Weet je, Stefanie,' zegt ze uiteindelijk. 'Daar kun jij een einde aan maken. Jij kunt ervoor zorgen dat Tamara geen mensen meer pijn doet.'

'Hoe dan?'

'Om te beginnen door mij los te maken.'

Verschrikt kijkt Stefanie op. 'Nee, nee, dat gaat niet.'

'Waarom niet? Je kunt toch een schaar pakken, of een mesje?'

'Dat hóórt ze,' zegt Stefanie op gedempte toon. 'Maaike kan ons niet horen, maar Tamara wel. Ze hoort alles wat we zeggen. Ze zal boos op me worden.'

'Ze kan je niets doen. Als jij een schaar gaat zoeken en die plastic bandjes losknipt, kan ze je niet tegenhouden. Toch?'

'Jawel,' zegt Stefanie zenuwachtig. 'Dan wisselt ze met me.'

'Kun je dat niet tegenhouden?'

'Niet zo heel lang. Dat is erg moeilijk.'

'Doe het dan snel, ga nu die schaar zoeken! Alsjeblieft!'

Stefanie schudt zo verwoed haar hoofd dat haar haren om haar hoofd zwieren. 'Dat mag ik niet. Dan laat ze me nooit meer op de voorgrond en dan kan ik ook niet meer tekenen.

Ik moet gaan.' Ze maakt aanstalten om overeind te komen, maar Lois praat haastig op haar in.

'Nee, nee, niet weggaan. Ik zal je niets meer vragen wat je niet wilt doen. Ga zitten, ik wil graag even met je praten. Gewoon praten, echt.'

Maar half gerustgesteld zakt Stefanie terug op het wollen kleed naast het bed. 'Waar wil je over praten?'

'Over Tamara. Weet jij wat ze van plan is?'

Stefanie ontwijkt haar blik en bijt op haar nagel. 'Ja,' zegt ze na een tijdje. 'Ze gaat die vrouw die in dit huis woont vermoorden. Maar eerst wil ze wat dingen van haar weten.'

'Zoals?'

'Het adres van iemand anders die ze ook wil vermoorden.'

Lois knikt, wat een pijngolf door haar hoofd doet gaan. 'En wat vind jij daarvan?' vraagt ze.

Stefanie haalt haar schouders op. 'Ze hebben Maaike kwaad gedaan. Het is wel lang geleden, maar het was heel erg. Zo erg dat Tamara gekomen is.'

'Omdat Maaike het niet alleen aankon.'

'Ja.'

'En hoe helpt dat Maaike?'

'Gewoon, dat ze er niets meer van weet.'

'Helemaal niets?'

'Nee, niets. Tamara heeft alle herinneringen eraan. Maar Maaike weet wel dat het gebeurd is, natuurlijk. Ze bloedde tussen haar benen toen ze thuiskwam en ze zat onder de blauwe plekken.'

Een flits van inzicht gaat door Lois heen. 'En jij dan? Waarom ben jij er?'

'Ik was er als eerste,' zegt Stefanie niet zonder trots. 'Maaike had mij al eerder nodig.'

'Ja? Waarvoor?'

'Ik moest haar helpen met dat ongeluk.'

'Waar haar ouders bij omkwamen, bedoel je? Toen ze elf was.'

'Ja.'

'En jij bewaart de herinneringen aan dat ongeluk.'

'Ja, Maaike weet daar niets meer van. Alleen dat er een ongeluk was en dat haar ouders daarbij doodgingen. Meer niet.'

'Dat moet ook verschrikkelijk zijn geweest, om urenlang gewond in zo'n autowrak te liggen tussen de lichamen van haar ouders.'

'Ze waren niet meteen dood,' zegt Stefanie ernstig. 'Ze hebben nog geprobeerd met me te praten, maar ik gaf geen antwoord. Ze dachten dat ik dood was.'

'Waarom gaf je geen antwoord?' vraagt Lois. 'Was je zo erg gewond?'

'Nee, ik wilde niet met ze praten. Ik wilde dat ze hun mond hielden, voor altijd!' Dat laatste komt er zo fel uit dat Lois ervan schrikt.

'Dat begrijp ik niet,' zegt ze.

'Nee? Nou, je zou het wel begrepen hebben als je bij ons had gewoond. Als je in dezelfde kamer had geslapen als ik. Dan zou je precies weten waarom ik mijn ouders haatte.'

Een flits van inzicht gaat door Lois heen. 'O god,' zegt ze. 'Nee toch?'

'Vanaf mijn zevende kwam hij af en toe mijn kamer in. Dan zei hij dat ik moest opschuiven en kwam hij bij me liggen.' Stefanie zwijgt en kijkt een andere kant uit. 'Ik heb het mijn moeder verteld, maar ze geloofde me niet. Ze geloofde me gewoon niet! Ze zei dat mijn vader zoiets nooit zou doen, dat ik een leugenaar en een fantaste was.'

Lois zou graag haar hand willen uitsteken om die van Stefanie te pakken, maar haar boeien beletten haar dat.

'Wat erg,' zegt ze daarom zacht. 'Dat vind ik heel erg voor je.'

'Het werd steeds erger,' zegt Stefanie toonloos. 'Op een gegeven moment kwam hij bijna elke avond.'

'Was er dan niemand met wie je erover kon praten?'

'Dat weet ik niet. Misschien wel, maar daar dacht ik toen niet aan. Als zelfs mijn eigen moeder me al niet geloofde...' Stefanie staart naar het vloerkleed op de grond en plukt wat aan de wollen draden.

'Ik begrijp het,' zegt Lois. 'En toen kregen jullie dat ongeluk. Dat moet toch evengoed erg zijn geweest.'

Met een ruk kijkt Stefanie op. 'Het ging geweldig,' zegt ze met fel glinsterende ogen. 'Het ging precies zoals ik wilde. Ik had het niet erg gevonden als ik erbij omgekomen was, maar ik overleefde het. En mijn vader en moeder waren dood. Hartstikke dood.'

Er klinkt iets triomfantelijks in haar stem door dat Lois de kriebels geeft. Ze begrijpt het, natuurlijk begrijpt ze het, maar toch is ze gechoqueerd.

Stefanie is nog niet klaar met haar verhaal.

'Iedereen dacht dat het een gewoon ongeluk was,' vervolgt ze met een glimlach. 'De politie begreep niet hoe het kon gebeuren en heeft me eindeloos ondervraagd. Ik zei dat ik het niet wist, dat ik in de *Tina* zat te lezen. Maar dat was niet zo.'

Sommige dingen weet je al voor ze gezegd zijn. Je voelt ze aankomen als een donkere wolk die boven je hoofd schuift.

'Hoe ging het dan?' vraagt Lois voorzichtig.

'In een bocht sloeg ik mijn handen voor mijn vaders gezicht. Hij begon te schreeuwen en te slingeren, probeerde mijn handen weg te krijgen, maar toen moest hij het stuur even loslaten. En toen knalden we tegen die boom aan.' Ze giechelt, alsof ze zojuist onschuldig kattenkwaad heeft opgebiecht.

Lois is perplex. 'Heb jij zélf dat ongeluk veroorzaakt? Mijn god!'

'Na het ongeluk ging ik bij mijn opa en oma wonen,' vertelt Stefanie verder, alsof Lois' verbijstering haar ontgaat. 'Daar was het ook niet leuk, maar het was beter dan bij mijn ouders. Eigenlijk ging het best goed. Tot dat ene gebeurde.'

'Die verkrachting,' zegt Lois, nog maar nauwelijks bekomen van wat ze net gehoord heeft.

'Ja, die verkrachting,' bevestigt Stefanie, en ze voegt eraan toe: 'En toen kwam Tamara.'

52

Na die woorden blijft het lang stil in de kamer. Lois heeft moeite om haar houding te bepalen. Aan de ene kant voelt ze afschuw, aan de andere kant medelijden, en dan is er ook nog een gevoel van totale verbijstering. Hoe diep moet je gaan om te worden zoals Maaike? Hoeveel kan de menselijke geest aan voor hij knakt en een reddingslijn zoekt?

Haar medeleven wordt vermengd met iets van angst. Ze weet niet hoeveel alters Maaike heeft, maar de twee die ze heeft leren kennen zijn niet te vertrouwen. De hoop dat ze op hen in kan praten is tot nul gereduceerd.

Aan de andere kant vertelt Stefanie haar dit alles niet zomaar. Blijkbaar heeft ze wel behoefte aan begrip. Zoals ze daar op de grond zit, met gebogen schouders, het haar hangend langs haar gezicht, kan Lois zich een goed beeld vormen van de jonge Maaike. Dat moet ze onthouden: dat het om Maaike gaat. Met die twee alters van haar heeft ze niets te maken; ze moet Maaike zien te bereiken.

'Stefanie,' zegt ze, 'denk je dat ik even met Maaike zou kunnen praten?'

Verbaasd kijkt Stefanie haar aan. 'Daar ga ik niet over.'

'Waarom niet? Jullie wisselen toch ook?'

'Ja,' zegt Stefanie twijfelend. 'Alleen niet zo heel vaak. Ik weet niet hoe ik dat moet doen. Het gebeurt gewoon.'

'Doe je ogen dicht en vraag het haar,' dringt Lois aan.

'Roep Maaike voor me. Het is heel belangrijk.'

'Tamara zal boos worden,' zegt Stefanie met een klein stemmetje. 'Ze hoort alles, ook wat wij nu zeggen.'

'Als jij nu naar Maaike overschakelt, kan ze daar niets tegen doen. Alsjeblieft, haal Maaike voor me.'

'Ik zal het proberen.' Stefanie sluit haar ogen en blijft doodstil zitten.

Gespannen wacht Lois af. Voor het eerst is ze getuige van een wisseling. Zonder duidelijke overgang verandert het meisjesachtige gezichtje van Stefanie in dat van een ouder iemand, al is de onzekere trek die erop ligt dezelfde. Ze kijkt verbaasd om zich heen, nog steeds in de kleermakerszit waarin Stefanie zat. Haar ogen schieten van links naar rechts, als om te bepalen waar ze nu weer is, en blijven op Lois rusten. Het lijkt even te duren voor ze beseft dat Lois daar niet zomaar ligt, maar dat ze geboeid en gewond is.

'Wat doe jij nou hier? Wat is er aan de hand?' vraagt Maaike verschrikt.

'Tamara,' antwoordt Lois kort. 'Ze heeft me neergeslagen en gestoken met een mes.'

Maaike weet duidelijk niet wat ze moet zeggen. 'Echt?' zegt ze uiteindelijk.

'Ik heb Stefanie ook gesproken. Zij heeft me verbonden. Ik weet hoe het zit, Maaike. Ik weet van je alters.'

Zwijgend kijkt Maaike haar aan.

'Ik heb met een psychiater gesproken die veel van dissociatie weet. Hij heeft me uitgelegd dat jij niet verantwoordelijk kunt worden gehouden voor wat je alters uitvoeren. Ik weet dat jij geen moordenares bent, Maaike.'

'Ik kon er niets aan doen. Het was Tamara die die moorden pleegde.'

'Dat weet ik. Op het bureau weten ze het ook. We gaan je helpen, Maaike, dat beloof ik je. Wist je dat er een behandeling bestaat?'

'Ik heb erover gelezen.'

'Zou je dat niet willen proberen? Dan verdwijnt Tamara.'

'En Stefanie.'

'Stefanie ook, ja. Dat wil zeggen, ze keren terug tot wat ze ooit waren: delen van jouw persoonlijkheid. Ze gaan niet echt weg, alleen krijg jij de controle over je leven weer terug.'

Maaike haalt een hand door haar haar en kijkt Lois verachtelijk aan. 'Enig idee hoeveel tijd die behandeling kost? Dat kan jaren duren.'

'Wat maakt het uit? Het lijkt mij wel de moeite waard.'

'Ze zullen me opsluiten in een psychiatrische kliniek en me er nooit meer uit laten.'

'Dat is niet waar. Echt niet.'

Vermoeid haalt Maaike haar schouders op. 'Wat weet jij daar nou van?'

'Ik geef toe dat het een langdurig proces kan worden, maar ik verzeker je dat je niet je leven lang wordt opgesloten. Er zal voor je worden gezorgd, Maaike. Er lopen daar gespecialiseerde mensen rond die jou je leven terug kunnen geven. Je zult er kunnen schilderen zonder je zorgen te maken over wat Tamara allemaal uitvoert. Ze zal stapje voor stapje uit je leven verdwijnen.' Lois' woorden klinken indringend, maar ze heeft niet het gevoel dat ze Maaike bereiken. Daarvoor kijkt ze te nerveus om zich heen en staan haar ogen te onrustig. Toch heeft ze geluisterd, al levert het Lois niet veel op.

'Dat lukt ze nooit,' zegt Maaike na een korte stilte. 'Tamara laat zich door niemand wegsturen.'

'Ze wordt niet weggestuurd. Ze wordt samengebracht met jouw persoonlijkheid. Jullie zullen weer één worden, alleen neem jij vanaf dat moment de beslissingen. Je zult Tamara's invloed heus nog wel voelen, maar jij beschikt over de innerlijke rem die zij niet heeft.'

Verbaasd en een beetje wantrouwig kijkt Maaike haar aan. 'Hoe weet jij dat allemaal?'

'Dat heb ik gelezen.'

'Gelézen?'

'Ja, in psychologieboeken. Niet alleen het verschijnsel DIS wordt besproken, ook de behandeling ervan.' Met opzet vermijdt Lois het woord 'stoornis'. 'Volgens mij heb je er zelf ook over gelezen. Ik heb de boeken in je kamer zien liggen. Je wéét dat er iets aan te doen is, Maaike. Ik begrijp dat je bang bent en er niet op durft te vertrouwen dat het goed komt, maar ik laat je niet in de steek. Als je me nu losmaakt en je overgeeft, zal ik ervoor zorgen dat je de beste behandeling krijgt die er maar bestaat. Ik geef je mijn woord.'

Met houterige bewegingen komt Maaike overeind en kijkt schichtig om zich heen. 'Dat kan ik niet doen.'

'Waarom niet? Je bent het toch niet eens met wat Tamara doet?'

'Nee, nee, natuurlijk niet. Maar ik zal er wel de schuld van krijgen. Dat David en Julian dood zijn, en dat jij hier zo ligt...' Maaike wendt zich af, doet een stap naar de deur.

'En Daniela.'

Het is Lois' grootste troef en de klap die ze ermee uitdeelt komt aan. Maaike kijkt met een ruk om.

'Hoe bedoel je, Daniela?'

'Ze is vermoord, Maaike. Je vriendin is van de trap geduwd en verstikt met een plastic zak.'

Vol ongeloof kijkt Maaike haar aan. 'Niet waar. Dat lieg je.'

'Ik verzin het echt niet. Bel haar maar op en kijk of ze opneemt.' Diep vanbinnen voelt Lois zich schuldig dat ze het zo hard moet spelen. Ze ziet Maaike verbleken als haar woorden tot haar doordringen.

'Ik heb haar gebeld. Ik vroeg me al af waarom ze geen contact meer met me opnam,' fluistert Maaike. 'Is ze echt dood? Heeft Tamara haar vermoord?'

'Wat denk je zelf?'

Maaike laat zich op de rand van het bureau zakken en slaat haar handen voor haar gezicht.

'Ze heeft het gedaan,' zegt ze gesmoord. 'Daniela moedigde me aldoor aan om naar de politie te gaan, maar dat durfde ik niet. Ik herinner me ons laatste gesprek; toen hadden we het daar ook over. O god, en toen heeft Tamara het natuurlijk overgenomen en...' Er gaat een rilling door haar heen en ze begint onbedaarlijk te huilen.

'Maaike, luister naar me. Hoor je me? Het is vreselijk wat Daniela is overkomen, maar ik wil dat je nu even naar me luistert. We hebben weinig tijd. Tamara wil van de bewoonster van dit huis, Helen Groenenwoud, te weten komen waar Remco uithangt. De kans is groot dat ze Helen vervolgens vermoordt en achter Remco aan gaat. Wat ze met mij van plan is, weet ik niet, maar we hebben niet bepaald een leuke verstandhouding opgebouwd. Jij kunt ervoor zorgen dat het hier en nu stopt. Maak me los en we pakken dit samen aan.'

Gespannen kijkt ze naar Maaike, die met schokkende schouders op de rand van het bureautje zit. Het duurt even voor ze tot bedaren komt, en dan kijkt ze van Lois weg.

'Ze wil terugkomen,' fluistert ze. 'Tamara probeert te wisselen.'

'Hou haar tegen! Geef haar de kans niet. Maak me los, Maaike. Snel!'

'Dat gaat niet. Ik...'

Lois ziet Maaikes ogen wegdraaien en schreeuwt haar bijna terug. 'Blijf hier! Maaike, kom op, je kunt het! Geef er niet aan toe! Tamara is moe, je kunt haar aan.'

Of het die peptalk is of het feit dat Tamara's krachten inderdaad afnemen, is niet duidelijk, maar Maaike knippert met haar ogen en glimlacht flauwtjes.

'Ik ben er nog.'

'Goddank.' Lois sluit een moment haar ogen, maar opent ze meteen weer. 'Wil je dan nu alsjeblieft een schaar of een mesje gaan zoeken?'

Maaike verlaat de kamer en in de halve minuut die ze wegblijft, ligt Lois met gesloten ogen te bidden. Ze is niet gelovig, maar er zijn momenten in het leven dat een gebedje geen kwaad kan. Er klinken voetstappen en ze kijkt verwachtingsvol op.

In de deuropening verschijnt een vrouw met een kalme, vastberaden uitdrukking op haar gezicht. Tamara! Even slaat de schrik haar om het hart, maar dan ziet ze dat het nog steeds Maaike is. Het is evenwel een heel andere Maaike, een die ze bijna niet herkent. Het weifelende en onzekere is uit haar houding verdwenen en dat geeft Lois hoop. Het is duidelijk dat Maaike een beslissing heeft genomen.

Met een besliste beweging zet ze een nagelschaartje in de tie-wraps en bevrijdt Lois' armen. Daarna maakt ze haar voeten los en helpt haar overeind. Bezorgd kijkt ze toe hoe Lois haar armen masseert.

'Gaat het?'

'Ja, dank je. Dat was een goede beslissing van je. Ik beloof je dat alles in orde komt.'

Maaike glimlacht. 'Dat weet ik.' Ze staat op en loopt opnieuw de kamer uit.

Meteen alert probeert Lois ook op te staan om haar te volgen, maar die plotselinge beweging jaagt zo'n gierende pijn door haar hoofd dat ze bijna valt. Voorzichtig loopt ze naar de deur. Het gaat tergend langzaam. Ze heeft zo lang in één houding gelegen dat ze bij elke stap door haar benen zakt.

'Maaike?' roept ze. 'Waar ben je?'

Er komt geen antwoord. Ongerust strompelt Lois de overloop op. Beneden hoort ze Maaike heen en weer lopen, en zo snel als ze durft, zich goed vasthoudend aan de leuning, gaat Lois de trap af. Opnieuw roept ze Maaike, maar er komt weer geen antwoord. Haar voorgevoel van naderend onheil neemt met de seconde toe.

Lois negeert de hoofdpijn en de wond aan haar schouder. Ze strompelt naar de woonkamer. Op de drempel staat ze abrupt stil en houdt ze zich vast aan de deurpost.

Maaike zit op de bank, heel recht en met een bleek, vertrokken gezicht. Ze kijkt strak naar de muur tegenover haar, terwijl ze Lois' dienstwapen tegen haar slaap gedrukt houdt.

53

Maaike kan niet bevatten dat ze in deze situatie is beland. Haar leven lang heeft ze gehoopt op een normaal, redelijk gelukkig bestaan, en een tijdlang leek die droom ook uit te komen. Je kunt je verleden niet ontvluchten, hoe hard je ook rent. Ze merkt het aan de herinneringen die af en toe bij haar aankloppen en binnengelaten willen worden. Dat gaat niet; ze heeft ze niet voor niets buitengesloten.

Haar leven zou draaglijk kunnen zijn als ze zich zou overgeven aan de waarheid, heeft een psycholoog haar ooit voorgehouden. Maaike was daar niet zo van overtuigd.

De waarheid wordt je altijd voorgehouden als het Grote Ideaal waarvoor gestreden moet worden. De waarheid loutert en bevrijdt, is het waard om jezelf voor te kwellen. Al probeert alles wat je geestelijk welzijn beschermt nog zo hard om je pijn te onderdrukken, psychologen weten het beter. Gesteund door een jarenlange studie, gezegend met een gezonde geest, zetten ze al hun overredingskracht in om je demonen uit de krochten van je onderbewustzijn te slepen.

De enige waarheid die Maaike heeft ontdekt, is dat verdringing haar veel meer oplevert. In elk geval een redelijk normaal bestaan.

Maar nu voelt ze zich moe, leeg en uitgewrongen. Wat heeft het voor zin om op deze manier door te gaan? Ze is het zat om te figureren in haar eigen leven.

De loop van het pistool voelt koud en hard aan tegen haar slaap. Het enige wat ze hoeft te doen is de trekker overhalen en dan is het voorbij. Haar leven, maar ook de pijn, de wanhoop en de voortdurende zoektocht naar zichzelf en een schamel beetje geluk.

Ze hoort een gerucht bij de deur en ziet Lois staan, met een dodelijk verschrikte uitdrukking op haar gezicht. Ze mag haar wel, ze vertrouwt haar ook, het is niet haar schuld. Maar Lois weet niet hoe het voelt om er helemaal alleen voor te staan en geen enkel toekomstperspectief te hebben. In feite doet ze dit ook voor haar. Als ze de trekker nu overhaalt, sterft Tamara en is Lois veilig. Ze voelt Tamara vechten om het van haar over te nemen, maar deze keer is zij, Maaike, sterker. Wanhoop is een krachtig wapen.

'Maaike...'

Lois' zachte, vriendelijke stem bereikt haar uit de verte.

'Maaike, niet schieten. Laten we even praten. Ik kom naar je toe.'

Dat kan ze beter niet doen. Het maakt haar zenuwachtig. Ze wil zeggen dat Lois moet blijven waar ze is, maar de woorden blijven steken in haar keel.

Ze ziet dat Lois op een stoel vlak bij haar plaatsneemt en ze kijkt haar waarschuwend aan. Lois praat tegen haar. Haar mond gaat open en dicht, maar Maaike hoort er niets van. De woorden dwarrelen om haar heen als sneeuw in de lucht. Ze doet haar ogen dicht. Vaag beseft ze dat het 1 januari is. Een mooie dag om een goed voornemen uit te voeren.

Ze gaat schieten. Lois ziet het aan Maaikes gezicht. Ze herkent de blik in haar ogen, de wazige staaruitdrukking die erin verschijnt. Al haar gepraat over de behandelingen die er tegenwoordig voor DIS zijn, haar belofte om te zorgen dat ze alle hulp krijgt die ze nodig heeft – het gaat allemaal langs

Maaike heen. Ze gaat zelfmoord plegen.

Niet weer, denkt ze wanhopig.

Een fractie voor Maaike haar ogen sluit, komt Lois overeind en springt met een snoekduik boven op haar. Dan schiet Maaike.

54

'We hadden jullie al in de peiling,' zegt Fred. 'De overbuurman had gebeld dat je bij hem langs was geweest en dat je auto nog in de straat stond. Dat vond hij vreemd. Een halfuur later en we waren komen binnenvallen.'

Hij zit aan het ziekenhuisbed waar Lois in ligt, met zeven hechtingen in haar schouder en pijnstillers tegen de zware hersenschudding die ze heeft opgelopen.

'En Helen?' vraagt Lois.

'Die hebben we op tijd kunnen bereiken en gewaarschuwd dat ze een logeeradres moest zoeken. Maaike zou vergeefs op haar hebben zitten wachten.'

'Tamara,' zegt Lois. 'De echte dader heet Tamara. Het is maar goed dat ze niet wist dat Helen gewaarschuwd was, anders was ze helemaal geflipt.'

'En dan had ze haar woede op jou gekoeld.' Fred schudt verwonderd zijn hoofd. 'Die meid spoort echt niet.'

De wanhoopssprong waarmee Lois op Maaike dook, deed de kogel van richting veranderen. Hij vloog rakelings langs Maaikes gezicht door het raam van de erker. Kort daarna viel een interventieteam binnen dat Maaike arresteerde en een ambulance voor Lois liet komen.

Nu ligt ze in het Medisch Centrum Alkmaar, met uitzicht op de ingang, waar het een komen en gaan van mensen is, maar haar gedachten zijn nog bij Maaike.

'Ze wordt toch wel goed behandeld?' vraagt Lois ongerust. 'Waar is ze nu?'

'Ze zit in een observatiecel op bureau Mallegatsplein. We hebben haar een advocaat toegewezen.'

'Denk eraan dat zij ook slachtoffer is.'

'Maak je geen zorgen. Ze wordt onder handen genomen door verhoorspecialisten.'

Lois knikt. In bepaalde gevallen wordt het verhoor gedaan door specialisten die een opleiding hebben gehad bij gecompliceerde gevallen als deze. Ze weet ook dat Maaike na zeventachtig uur zal worden voorgeleid bij de rechter-commissaris, die vervolgens wel zal bepalen dat Maaike voor maximaal veertien dagen in bewaring wordt gesteld. Binnen die twee weken zal Maaike voor de raadkamer komen, die waarschijnlijk zal oordelen dat ze voor negentig dagen in gevangenhouding gaat. Daarna zal haar zaak pro forma worden behandeld door de rechtbank en kan Maaike, als ze wil, worden onderzocht in een tbs-kliniek.

Lois hoopt maar dat ze zich niet tegen een psychiatrisch onderzoek zal verzetten. Het is haar enige kans om beter te worden. Soms kunnen mensen die tbs krijgen langer vastzitten dan in de gevangenis, maar het gaat erom waar je het meest aan hebt. Een gevangenisstraf van achttien, twintig jaar lijkt Lois geen enkel nut te hebben in Maaikes geval.

'Het was riskant wat je deed.' Freds stem klinkt verwijtend. 'Om nog maar te zwijgen over die ongelooflijk domme actie om alleen op dat huis af te gaan. Daar moeten we nog een hartig woordje over spreken.'

'Maar niet nu.'

'Nee, niet nu. Ik wil dat je helemaal opgeknapt bent als ik je de huid vol scheld.'

'Afgesproken,' zegt Lois. 'Het kan trouwens best een tijdje duren voor ik echt helemaal opgeknapt ben. Uiterlijk lijkt het algauw heel wat, maar van een hersenschudding kun je nog een flink tijdje last houden. En van een steekwond helemaal.'

'Ik zal eraan denken.'

Ze kijken elkaar aan en de ernstige rimpels die Freds gezicht tekenen, maken plaats voor een glimlach. 'Wat ik ook nog zeggen wilde: goed gedaan, meid. Maar dat blijft onder ons.'

'Natuurlijk.'

'O ja, ik kwam die vriend van je, die psychiater, in de gang tegen. We mochten maar met één tegelijk naar binnen, dus hij zit te wachten. Zal ik hem doorsturen?'

'Is Onno er?' zegt Lois verrast. 'Wat lief.'

'Ik neem aan dat dat betekent dat je hem wel wilt zien. Ik zal plaats voor hem maken.' Fred staat op, aarzelt een moment en geeft Lois dan een onhandige kus op haar wang. 'Sterkte, meid. Ik kom gauw weer terug. De anderen komen ook nog.'

Hij draait zich om om weg te gaan, maar blijft op het laatste moment toch staan.

'Wat is er?' zegt Lois.

'Niets. Dat wil zeggen, er is wel iets, maar dat kan wachten.'

'Vertel op.'

'Dit is denk ik niet het goede moment.'

'Fred, als je het niet zegt kom ik uit bed en volg ik je tot de uitgang en verder.'

Fred grijnst. 'Je bent ertoe in staat. Nou goed, ik heb nieuws over je vader.'

'Wát?'

'Je vader. Ik heb hem gevonden.' Het is maar goed dat ze ligt, want Lois voelt zich opeens heel duizelig worden. Ze wordt overspoeld door tegengestelde emoties. Het letsel aan haar schouder is niets vergeleken bij de pijn van een oude, nooit geheelde wond die opeens de kop opsteekt.

'Ik heb al zijn gegevens, ik kan ze je zo geven. Wil je dat?'

Lois geeft geen antwoord.

'Het hoeft niet meteen,' zegt Fred. 'Ik begrijp dat je hoofd daar nu niet naar staat. Ik kan ze voor je bewaren. Als je beter bent kun je ernaar kijken.'

Nog steeds blijft Lois zwijgen.

'Ik had beter niets kunnen zeggen,' zegt Fred met een zucht. 'Of ik had een ander moment moeten kiezen. Volgens Nanda heb ik de tact van een beer. Weet je wat, we houden erover op. We doen net alsof dit gesprek niet heeft plaatsgevonden.'

'Fred...'

Vragend kijkt haar collega haar aan.

'Leg die gegevens maar in de la van mijn bureau. Misschien kijk ik ernaar als ik terug ben. Misschien ook niet.'

Fred geeft haar een knikje. 'Precies. Eén ding tegelijk. Denk er maar rustig over na. Zal ik dan nu je vriend de psychiater maar binnenlaten?'

'Doe dat,' zegt Lois. 'Ik kan er wel een gebruiken. O ja, Fred, nog een gelukkig nieuwjaar.'

Al op weg naar de deur draait Fred zich naar haar toe en glimlacht breed. 'Gelukkig nieuwjaar, partner.'

DANKWOORD

Met dank aan Serhat Basoglu en Marco Visser, teamchefs van de regionale recherche Noord-Holland Noord, met wie ik recherchezaken heb besproken en die met me hebben meegelezen tijdens het schrijven van dit boek. Zonder hun inzet zou ik *Aan niemand vertellen* niet hebben kunnen schrijven.